आहार एवं पोषण विज्ञान

आहार एवं पोषण विज्ञान

डॉ. रेनू कुमारी

एसोसियट प्रोफेसर

गृह विज्ञान विभाग

डॉ. श्री कृष्ण सिन्हा महिला महाविद्यालय

मोतिहारी (बिहार)

राज पब्लिकेशन्स

नई दिल्ली-110002

आहार एवं पोषण विज्ञान

प्रथम संस्करण: 2023

₹ 695

आई.एस.बी.एन. 978-93-82281-67-2

प्रकाशक : **राज पब्लिकेशन्स**
108, 4855/24, अंसारी रोड,
दरियागंज, नई दिल्ली- 110002
दूरभाष: 011-23250939, 9811010939
ई मेल : rajpublications@yahoo.co.in

शब्द संयोजक : अंगिता ग्राफिक्स, दिल्ली - 110084

मुद्रक : बालाजी ऑफसेट प्रिन्टर्स, दिल्ली- 110052

परम श्रद्धेय गुरूदेव

''श्री सरोज कुमार रक्षित (नानु बाबा)''

को समर्पित

विषय सूची

खण्ड - चार- प्राणिज भोज्य पदार्थ

खण्ड - पाँच- खाद्य् पदार्थों में मिलावट और सुरक्षा

खण्ड - छः प्रतियोगिता मंच

प्राक्कथन

आहार और पोषण का आपस में वही रिश्ता है, जो मछली और जल का। हम सभी लोग जानते हैं कि भोजन के रूप में जो भी आहार ग्रहण करते है, वह शरीर के अन्दर विभिन्न सूक्ष्म पोषक तत्वों में विभक्त होकर शरीर को पोषित करता है, अर्थात् आहार के द्वारा ही प्राणी को पोषक होते हैं। इन पोषक तत्वों से ही हमारे शरीर का निर्माण होता है और क्रियाएँ नियन्त्रित होती हैं। शरीर के समस्त कार्यों को संचालित करने के लिए ऊर्जा की पूर्ति भी आहार के द्वारा ही होती है। इसीलिए कह सकता हूँ कि आहार या भोजन मानव जीवन की मूलभूत प्राथमिक आवश्यकताओं में से एक है क्योंकि इसके बिना मानव या समस्त प्राणी जीवित नहीं रह सकता।

प्रत्येक प्राणी सबसे पहले अपनी इसी आवश्यकता की पूर्ति हेतु प्रयास करता है। मानव या प्राणी जो भी भी आहार ग्रहण करता है वह शरीर के अन्दर विभिन्न रासायनिक क्रियाओं के द्वारा सूक्ष्मतत्वों में विभक्त होकर अपने सरलतम् रूप में आ जाता है। जिसे हम आहार के पाचन का अन्तिम उत्पाद कहते हैं। इस उत्पाद को हमारा शरीर आवश्यकता के अनुसार उपयोग करता है, जिसे पोषण कहा जाता है। इस प्रकार भोजन के द्वारा हमारे शरीर की संरचना तथा मरम्मत के लिए विभिन्न तत्व मिलते हैं, जिन्हें हम पोषक तत्व कहते हैं।

आहार एवं पोषण में मुख्य रूप से आहार के विभिन्न पोषणीय तत्वों को रखा गया है, जिन्हें - वसा, प्रोटीन, कार्बोहाइड्रेट, विटामिन, खनिज लवण आदि नामों से जाना जाता है। इन पोषणीय प्रमुख एवं गौण पोषण तत्वों की कमी से होने वाले रोगों का भी वर्णन किया गया है।

हम सभी लोग जानते हैं कि प्राचीन काल में मानव कन्दमूल –फल, फूल खाकर अपना जीवन निर्वाह करता था। मानवीय ज्ञान के विकास के साथ- साथ मानव ने अपने आहार में भी सुधार किया। यानि कि जो मानव अपने आहार को कच्चा खाता था वह अब अपने आहार को भून कर खाने लगा। इस प्रकार अग्नि और पहिये के अविष्कार के साथ ही साथ प्रगति के पथ पर आज वही मानव अपने शरीर को पोषित करने वाले भोजन के बारे में निरन्तर खोजों की ओर अग्रसर है। इस प्रकार कह सकते हैं कि - मानव की सदैव से ही भोजन के उपयोग, शरीर द्वारा उसका अभिपोषण तथा शरीर पर पड़ने वाले उसके प्रभाव आदि के विषय में जानने की उत्सुकता एवं रुचि रही है।

हमारे कहने का तात्पर्य है कि पोषण के नवीन ज्ञान से मनुष्य की औसत आयु में वृद्धि हुई है। अच्छे आहार और उन्नत पोषण के परिणामस्वरूप मानसिक कुशलता में भी अभिवृद्धि होती है।

18वीं सदी में लैवोसियर महोदय के द्वारा शरीर में ऊर्जा उत्पत्ति तथा ऑक्सीजन उपयोग के सम्बन्ध में पहला अनुसंधान किया गया। इसी शताब्दी में ब्लेक और प्रीस्टले ने भी अनेक प्रयोग करके श्वसन और ऊर्जा चयापचय में सम्बन्धों को सिद्ध किया। कार्ल वाइन ने प्रोटीन और चयापचय की आवश्यकताओं पर अध्ययन किए।

20 वीं सदी के शुरूआत में आहार एवं पोषण विज्ञान के सम्बन्ध में जानकारियाँ उपलब्ध हो सकीं यानि कि इस सन्दर्भ में अधिकांश जानकारियाँ आधुनिक युग की हैं। सन् 1901 में क्लिटण्डर (Clittender) ने प्रौढ़ों की प्रोटीन आवश्यकता पर अध्ययन किया। सन् 1959 में डी. एफ. टर्नर की पुस्तक 'हैण्ड बुक ऑफ डाइट थिरैपी' का तृतीय संस्करण का प्रकाशन

शिकागो विश्वविद्यालय प्रेस, शिकागो से हुआ। इस पुस्तक के पेज संख्या 208 पर पोषण के सन्दर्भ में लिखा हैं कि – *''पोषण विभिन्न क्रियाओं का संयोजन है, जिनके द्वारा जीवित प्राणी अपनी क्रियाशीलता को बनाए रखने के लिए तथा अंगों की वृद्धि एवं उनके पुर्ननिर्माण हेतु आवश्यक पदार्थों को प्राप्त करता है व उनका उपभोग करता है।''* इस प्रकार पोषण शरीर में भोजन के विभिन्न कार्यों को करने की सामूहिक प्रक्रियाओं का ही नाम है। पोषण शरीर की आकृति एवं आकार को प्रभावित करता है जबकि वंशानुक्रम मनुष्य के शारीरिक ढाँचे की अधिकतम सीमा निर्धारित करता है। वातावरण शरीर को अधिकतम् सीमा तक बढ़ने में सहायक या बाधक होता है। सन् 1966 में इंग्लैण्ड के वैज्ञानिक होपिन्स (Hoppins) ने चूहों के आहार पर प्रयोग करके सिद्ध किया कि भोज्य पदार्थों में प्रोटीन के रूप में जिंक पाया जाता है।

--- डॉ. आनन्द कुमार उपाध्याय

संबोध 'शोध पत्रिका' सह संपादक

प्रस्तावना

हमारे प्राचीन ग्रंथों में शरीर को मंदिर कहा गया है। बाइबिल में भी कहा गया है कि "Body is the temple of God". मानव की तीन मूलभूत आवश्यकताओं में प्रथम स्थान भोजन का ही आता है, क्योंकि इसके बिना जीवन की कल्पना नहीं की जा सकती है। स्वस्थ और शक्तिशाली शरीर का निर्माण उचित पोषण पर निर्भर करता है। शारीरिक आवश्यकता से अधिक और कम दोनों ही स्थिति में पोषण हमारे शरीर के लिए हानिकारक है।

संतुलित आहार लेकर ही हम अपने शरीर को कुपोषण से बचा सकते हैं। अंग्रेजी में एक कहावत है "Make food your Medicine" अर्थात् भोजन हमारे लिए दवा का काम करे। भोज्य पदार्थों में अनेक रासायनिक तत्व होते हैं, जिसे पोषक तत्व कहते हैं। इन पोषक तत्वों को प्रोटीन, कार्बोहाइड्रेट, वसा, खनिज-लवण, विटामिन, जल और रेशा कहते हैं। भोजन में यदि उचित मात्रा में ये पोषक तत्व रहें, तो हमारा शरीर कुपोषण का शिकार नहीं होगा।

दीर्घायु जीवन जीने के लिए दैनिक जीवन में संतुलित एवं सुपोषित आहार की आवश्यकता को केन्द्र में रखकर इस पुस्तक "आहार एवं पोषण विज्ञान" की रचना की गयी है।

आहार के ज्ञान के अभाव में शरीर मंदिर नहीं बल्कि बीमारियों का घर

बन जाता है। मनुष्य का जीवन नर्क के समान हो जाता है। धन सामने रहने के बावजूद खुशियाँ गायब हो जाती हैं और वह इसका उपभोग नहीं कर पाता है। इसीलिए कहा गया है "स्वास्थ्य ही धन है"। एक स्वस्थ शरीर में ही स्वस्थ मस्तिष्क का वास होता है। मुझे उम्मीद है कि पाठकों को इस पुस्तक से पोषण एवं आहार संबंधी जानकारियाँ मिलेंगी जो उनके दीर्घायु जीवन के लिए आवश्यक हैं।

इस पुस्तक के अंत में वस्तुनिष्ठ प्रश्न एवं उनके उत्तर भी दिए गए हैं, जो विभिन्न प्रतियोगी परिक्षाओं को ध्यान में रखकर दिए गए हैं।

--- **डॉ. रेनू कुमारी**

एसोसियट प्रोफेसर

गृह विज्ञान विभाग

डॉ. श्री कृष्ण सिन्हा महिला महाविद्यालय

मोतिहारी (बिहार)

खण्ड - एक

आहार का रासायनिक विश्लेषण

1

वसा एवं तेल (Fat and Oil)

> **वसा एवं तेल (Fat and Oil)**
>
> - **परिभाषा, नामकरण एवं स्रोत**
> - **वसा का वर्गीकरण**
> - **वसा के कार्य**
> - **वसा का पाचन,**
> - **अवशोषण तथा उपापचय**
> - **वसा की कमी के प्रभाव**
> - **वसा की अधिकता का प्रभाव**

उपर्युक्त शीर्षक के आधार पर अध्याय के विश्लेषण से पहले मेरे मन में एक प्रश्न उठता है कि वसा और तेल में अन्तर क्या है ? कार्बोहाइड्रेट व प्रोटीन की भाँति ही वसा एक आवश्यक पोषक तत्व है। इसके लिए मानव को जन्तु और वनस्पति दोनों पर ही निर्भर रहना पड़ता है। जन्तु और वनस्पति स्रोतों से प्राप्त पदार्थों में वसा और तेल फॉस्फोलिपिड मुख्य हैं यानि कि ये दोनों पदार्थ लिपिड वर्ग के अन्तर्गत आते हैं।

रासायनिक संरचना की दृष्टि से वसा और तेल दोनों में कोई अन्तर नहीं है। 20 से 25 डिग्री सेन्टीग्रेट (साधारण ताप) तापमान पर जो तरल ठोस अवस्था में होते हैं उन्हें वसा कहा जाता है तथा जो ठोस अवस्था में नहीं होते

हैं, उन्हें तेल कहा जाता है यानि कि जो वसा साधारण ताप पर द्रव होते हैं, वे तेल (Oil) कहलाते हैं। अर्थात् साधारण ताप पर वसा ठोस और तेल द्रव होते हैं। ये दोनों जल में अविलेय होते हैं परन्तु ईथर, बेन्जीन आदि कार्बनिक विलायकों में आसानी से घुल जाते हैं। ये जल से हल्के होते हैं तथा जल के साथ हिलाने पर पायस बनाते हैं। जैसे – मूँगफली का तेल, सूर्यमुखी का तेल, सोयाबीन का तेल, सरसों का तेल आदि वनस्पति स्रोतों से प्राप्त वसा तेल कहलाते हैं। जन्तुओ से प्राप्त वसा ठोस होते हैं, जिन्हें चर्बी कहा जाता है।

ग्लिसरीन एवं वसीय अम्लों के मिश्रण को वसा कहते हैं। लिपिड वसीय अम्ल तथा ग्लिसरॉल के ईस्टर होते हैं (Lipids are esters of fatty acids and glycerol)। Lipid शब्द ग्रीक भाषा के Lipos से लिया गया है, जिसका हिन्दी में रूपान्तरित रूप वसा है। कहीं-कहीं Lipids के लिए लिपाइन्स अथवा लिपाइड्स शब्दों का प्रयोग किया जाता है। सन् 1943 में लिपिड शब्द का प्रयोग सबसे पहले Bloor ने किया था।

वसा एक कार्बनिक यौगिक है, जो कार्बन, हाइड्रोजन तथा ऑक्सीजन तत्वों के संयोग से बना होता है। वसा में कार्बन, हाइड्रोजन की अपेक्षा ऑक्सीजन तत्व काफी कम मात्रा में संयुक्त होते हैं। हाइड्रोजन तथा ऑक्सीजन का अनुपात जहाँ कार्बोहाइड्रेट में 1: 2 होता है वहीं वसा में यह अनुपात 1: 3 से लेकर 1: 7 तक होता है। सम्भवतः इसी गुण के कारण वसा में ऊर्जा देने की अधिक शक्ति होती है। वसा में नाइट्रोजन तत्व नहीं होता है। कार्बोहाइड्रेट की तुलना में वसा अधिक ऊर्जा देता है यानि कि एक ग्राम वसा से नौ कैलोरी ऊर्जा मिलती है।

➢ वसा के गुण (Properties of Fat)

वसा के सामान्य लक्षण निम्नलिखित हैं –

1. जल में अविलेय यानि कि ये जल में घुलते नहीं हैं।
2. कार्बनिक विलायकों में विलेय यानि कि ईथर, बैंजीन, क्लोरोफोर्म आदि

में घुलनशील होते हैं।

3. ये ऊतकों घटकों एवं खाद्य् पदार्थो का एक मुख्य वर्ग है।
4. ये वसीय अम्लों के वास्तविक एस्टर हैं।
5. इनमें वास्तविक वसायें जैसे : मोम, फॉस्फोलिपिड्स तथा स्टिरोल्स आदि आते हैं।
6. गर्म करने पर वसीय अम्ल तथा ग्लिसरॉल अलग होने पर एक्रोलिन हानिकारक पदार्थ बनाते हैं।
7. पानी के साथ मिलने पर इसके कण अतिसूक्ष्म होकर पानी पर तैरने लगते हैं।
8. अन्य भोज्य तत्वों की अपेक्षा देर से पाचनशील है।
9. क्षारीय पदार्थो के साथ मिलकर वसा साबुन के समान चिकना पदार्थ बनाती है। इस क्रिया को साबुनीकरण का जाता है।
10. वसा की सुगन्ध, उनका गलनॉक तथा उनकी जमने की क्षमता तथा कार्बन श्रृंखलाओं पर निर्भर करती है।

➤ नामकरण

वसीय अम्लों का क्रमबद्ध नामकरण जनेवा पद्धति पर आधारित है। इसके अनुसार वसीय अम्लों का नामकरण हाइड्रोकार्बन परमाणुओं की संख्या के आधार पर किया जाता है। हाइड्रोकार्बन के नाम के अन्त में उपस्थित इलेक्ट्रोन आइन के स्थान पर उपसर्ग ओइक (-oic) लिखा जाता है। इस प्रकार संतृप्त वसीय अम्लों के अन्त में उपसर्ग एनोइक (- anoic) और संतृप्त वसीय अम्लों के अन्त में (- enoic) होता है। वसीय अम्लों में कार्बन परमाणुओं की स्थिति का निर्धारण या तो संख्या डालकर अथवा ग्रीक अक्षरों का प्रयोग करके किया जाता है। संख्या पद्धति में - COOH समूह के कार्बन को 1 उससे लगे कार्बन को 2 और इसी प्रकार अन्य कार्बन को लिखते हैं जबकि अक्षर पद्धति में - COOH कार्बन को छोड़कर उससे लगे कार्बन पर अल्फा अर्थात C_2 तथा C_3 को बीटा और गामा के नाम से जाना जाता है।

➤ रासायनिक संगठन (Chemical Composition)

रासायनिक संरचना से संतृप्त वसीय अम्ल में प्रत्येक कार्बन परमाणु से दो हाइड्रोजन परमाणु जुड़े रहते हैं। जैसे : H-C-H तथा कार्बन परमाणु से मिथाइल समूह जुड़ा रहता है। प्राण्यिो में पाए जाने वाले लिपिड्स में सबसे प्रचुर मात्रा में मिलने वाले संतृप्त वसीय अम्ल ब्यूटाइरिक अम्ल, पामाटिक अम्ल, स्टियरिक अम्ल आदि होते हैं।

असंतृप्त वसीय अम्लों का नामकरण, उसमें उपस्थित कार्बन परमाणुओं की संख्या, द्विबन्धों की संख्या एवं द्विबन्धों की स्थिति के आधार पर किया जाता है। सबसे पहले उन कार्बन परमाणुओं की संख्या लिखते हैं जिन पर द्विबन्ध पाया जाता है। फिर अणुओं में उपस्थित सम्पूर्ण कार्बन परमाणुओं की संख्या को रोमन में लिख कर अन्त में उपसर्ग –enoic लगा देते हैं। हाइड्रोजन के अणु कार्बन अणुओं की अपेक्षा कम होते हैं इसलिए ये द्विबन्ध द्वारा जुड़े रहते हैं। सामान्यत: वसीय अम्लों का गलनॉक बहुत कम हो जाता है। प्रकृति में पाए जाने वाले सभी मुख्य असंतृप्त वसीय अम्ल कमरे के तापक्रम पर द्रव अवस्था में होते हैं।

➤ वसा के स्रोत (Sources of Fat)

हम सभी लोग जानते हैं कि दूध से मलाई तथा घी निकलता है और खोया बनाया जाता है। इस आधार पर कह सकते हैं कि दुग्ध और दुग्ध उत्पाद वसा प्राप्ति के अच्छे साधन हैं। दूध की मलाई में लगभग 20 – 40 प्रतिशत वसा पायी जाती है। इसी प्रकार सरसों का तेल, सोयाबीन का तेल, सूर्यमुखी का तेल तथा मूँगफली का तेल एवं सूखे मेवे भी वसा के अच्छे स्रोत हैं। यहाँ पर हमारा तात्पर्य है कि जो वसा वनस्पति स्रोतों से पायी जाती है वह मुख्यरूप से तेल के रूप में होती है, अर्थात् वनस्पति पदार्थ के बीजों और फलों में तेल के रूप में वसा पायी जाती है।

जन्तुओं के शरीर में वसा चर्बी के रूप में संग्रहित होती है। जैसे – सुअर की चर्बी, विभिन्न पशु व पक्षियों के माँस।

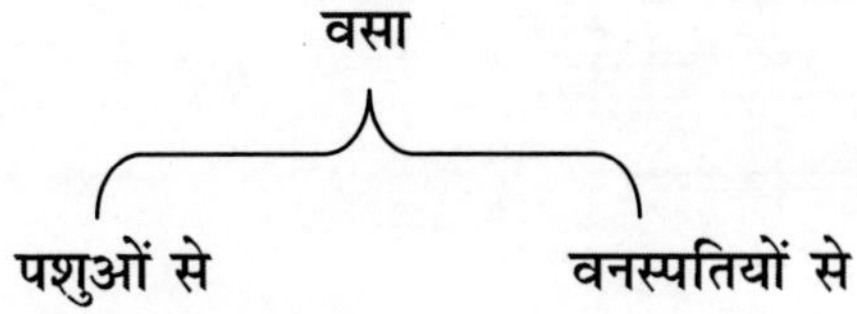

वसा पशुओं एवं वनस्पतियों से प्राप्त होती है। जैसे – दूध, घी, मक्खन, दही, मलाई, क्रीम एवं दूध से बने पदार्थो तथा अण्डा, मछली, माँस चर्बी इत्यादि पशुओं से मिलता है जबकि अखरोट, बादाम, पिस्ता, नारियल, चिरौंजी, काजू, मूँगफली, सरसों, तीसी, सूखे मेवे एवं बीजों तथा कुछ मात्रा में अनाजों इत्यादि वनस्पितियों से मिलता है। यानिकि तिलहन में वसीय तत्व पूरे दाने में बिखरा रहता है परन्तु अनाज के दाने में उसके तत्व में ही तेल संग्रहित रहता है।

➢ लिपिड्स का वर्गीकरण

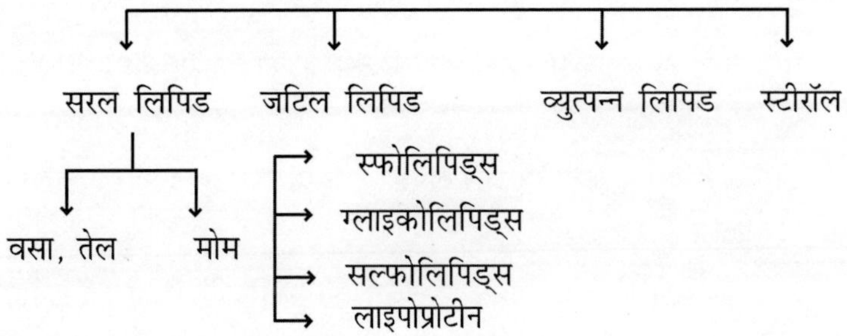

1. सरल लिपिड (Simple Lipids)

इन्हें उदासीन लिपिड्स भी कहा जाता है। सरल लिपिड्स वे हैं, जो विभिन्न एल्कोहलों के साथ बनाए गए अम्लों के ईस्टर हैं।

A. वसा अम्लों तथा एल्कोहलों के यौगिक हैं।

B. साधारण तापक्रम पर वसाऐं ठोस तथा तेल तरल होते हैं।

C. ग्लिसरॉल तथा वसीय अम्लों के आपस में मिलने से बनते हैं।

D. इन्हें ट्राईग्लिसराइड भी कहते है।

साधारण लिपिड़ दो प्रकार के होते हैं –

साधारण लिपिड

वसा एवं तेल — **मोम**

(Fat and Oil) — **(Wax)**

(A) वसा एवं तेल (Fat and Oil)

वसीय अम्लों के ग्लिसरॉल के साथ बनाए गए ईस्टर्स इस वर्ग में आते हैं। साधारण तापक्रम पर जो ठोस अवस्था में होते हैं, उन्हें वसा कहा जाता है। इनकी महत्वपूर्ण विशेषताएँ निम्नलिखित हैं –

1. 20^0C तापक्रम पर जो संघनित होकर ठोस बन जाते हैं, उन्हें वसा कहते है जबकि जो ठोस नहीं रहते उन्हें तेल कहते हैं।
2. वसा जल की तुलना में हल्की होती हैं तथा इनका आपेक्षिक गुरूत्व 0.86 के लगभग होता है।
3. क्षार के साथ गर्म करने पर जल अपघटन के फलस्वरूप इनमें साबुनीकरण हो जाता है।
4. जल अपघटन Lipose नामक एन्जाइम की उपस्थिति में होता है।
5. पेट्रोलियम ईथर, अल्कोहल और बैन्जीन में घुलनशील हैं

(B) मोम (Wax)

1. यह ग्लिसरॉल के स्थान पर किसी अन्य अधिक अणुभार वाले एल्कोहल के साथ वसीय अम्लों के एस्टर्स होते हैं।
2. इनकी हाइड्रोकार्बन श्रृंखलाओं में द्विबन्ध नहीं पाए जाते तथा वे जल में सर्वथा अघुलनशील होते हैं।
3. वसीय अम्ल के जैविक लक्षण होते हैं।
4. इनका अणुभार वसा एवं तेल से ज्यादा होता है। जैसे – मधुमक्खी का मोम।

2. जटिल लिपिड (Complex Lipids)

जब वसा के साथ अन्य पदार्थ भी उपस्थित होते हैं, तो उसे यौगिक लिपिड्स कहते हैं। जैसे –फॉस्फोलिपिड्स, ग्लाइकोलिपिड्स आदि। इनके गुण इस प्रकार हैं –

1. इनमें वसीय अम्लों एवं ग्लिसरॉल के साथ साथ कुछ अन्य कार्बनिक यौगिक या अवसीय पदार्थ मिले रहते हैं।
2. यह एल्कोहल तथा किसी अन्य अतिरिक्त समूह के साथ वसीय अम्लों के एस्टर्स होते हैं।
3. इनमें फास्फोलिपिड्स तथा ग्लाइकोलिपिड्स प्रमुख हैं।

जटिल वसाएँ /लिपिड्स निम्नलिखित प्रकार के होते हैं –

(A) फॉस्फोलिपिड्स

इस प्रकार के वसीय अम्ल एल्कोहल, फॉस्फोरिक अम्ल तथा नाइट्रोजन युक्त क्षार के मिलने से बनते हैं। जैसे – लेसिथिन्स (Lecithins), सेफेलिन्स (Cephalins), प्लाज्मोलोजन्स (Plasmologens) आदि।

1. इस वर्ग में वे लिपिड्स आते हैं, जिनमें फॉस्फोरस पाया जाता है
2. इनमें नाइट्रोजिनस क्षारक तथा अन्य पदार्थ भी मिलते हैं यानिकि Nitrogen व Phosphorus युक्त Glycerides हैं।
3. ये जीवित में पाए जाते हैं।
4. कोशिका की पारगम्यता को नियन्त्रित करते हैं।
5. ये संश्लेषित एवं भोजन से प्राप्त वसा के परिवहन तथा उपापचय को भी नियन्त्रित करते हैं।
6. ये रुधिर के थक्का बनाने में भाग लेते हैं।
7. कोशिकाओं के जीवद्रव्य, माँसपेशियों, गुर्दे, यकृत एवं नाड़ी ऊतकों में पाए जाते हैं।
8. इसके उदाहरण निम्नलिखित हैं – लेसिथीन्स, सिफेलीन्स, प्लैज्मेलोजन्स।

9. लेसिथिन में ग्लिसरॉल, फॉस्फोरिक अम्ल और वसीय अम्ल होते हैं।

10. बहुत से फॉस्फोलिपिड्स जैसे – ग्लीसराफॉस्फोलिपिड्स में एल्कोहल ग्लीसरॉल होता है।

वसीय अम्ल + ग्लिसरॉल + फॉस्फोरिक अम्ल + नाइट्रोजिन क्षार = फॉस्फोलिपिड

(B) ग्लाइकोलिपिड्स

ये शर्करा वाले लिपिड्स होते हैं यानिकि ये शर्करायुक्त लिपिड्स हैं। इनमें वसीय अम्ल के साथ – साथ गेलेक्टोज शर्करा भी पायी जाती है, जैसे किरेसिन, सेरिब्रोन।

1. इनमें वसा अम्लों के अतिरिक्त नाइट्रोजन व कार्बोहाइड्रेट्स कण भी होते हैं।

2. ये तन्त्रिका ऊतक के श्वेत पदार्थ के महत्वपूर्ण घटक हैं, किन्तु ये स्प्लीन व अण्डे के पीतक में भी पाए जाते हैं यानिकि मस्तिष्क में सेरेब्रोसाइड्स तथा नाड़ियो में गैन्गलियोसाइड्स के रूप में उपस्थित रहते हैं।

3. सेरेब्रोसाइड्स में हेक्सोसेस (ग्लूकोस या गेलैक्टोस) वसीय अम्ल, एमीनो एल्कोहॉल होते हैं लेकिन फॉस्फोरिक अम्ल और ग्लिसरॉल नहीं होते हैं।

   वसीय अम्ल + ग्लिसरॉल + कार्बोज = ग्लाइकोलिपिड

(C) सल्फोलिपिड्स

1. यह लिपिड वसा तथा अन्य अवसीय पदार्थ (जैसे – कार्बोहाइड्रेट तथा सल्फ्यूरिक अम्ल) के आपस में मिलने से बनता है।

   वसा + कार्बोज + सल्फ्यूरिक अम्ल = सल्फोलिपिड

2. यह लिपिड मस्तिष्क में उपस्थित रहता है।

(D) लाइपोप्रोटीन

इस प्रकार की वसाओं में प्रोटीन के अणु भी जुड़े रहते हैं। यानि कि इन वसाओं के साथ अवसीय पदार्थ के रूप में प्रोटीन भी पायी जाती हैं।

इसीलिए इन्हें प्रोटियोलिपिड्स भी कहा जाता है।

वसा + प्रोटीन = लाइपोप्रोटीन

इस वसा के विशेष गुण इस प्रकार हैं –

1. शरीर में वसा का स्थानान्तरण इसी के रूप में होता है।
2. यह प्रोटीन रक्त में उपस्थित रहता है।

(3) व्युत्पन्न लिपिड

सरल एवं संयुक्त लिपिड के जल अपघटन करने से बनते हैं अर्थात व्युत्पन्न लिपिड्स के अन्तर्गत सरल व जटिल तथा कुछ अन्य पदार्थ जैसे – Sterids, Fatty aldehydes, ketons, alcohols तथा वसा विलेय विटामिन आदि।

ये वे वसाऐं हैं जिनकी प्राप्ति साधारण एवं संयुक्त वसाओं से जलीय विश्लेषण अथवा एन्जाइम द्वारा पाचन के बाद बनती है। जैसे – वसीय अम्ल तथा ग्लसरॉल साधारण वसा के पाचन अथवा जलीय विश्लेषण के फलस्वरूप प्राप्त होले वाली व्युत्पन्न वसाएँ हैं।

(4) स्टीरॉल (Sterol)

रासायनिक रूप से वसा से सम्बन्धित नहीं होते हैं। ये दो प्रकार के होते हैं –

कॉलेस्ट्रॉल जन्तु जगत से मिलता है जबकि आर्गोस्टीरॉल वनस्पिति जगत से। कॉलेस्ट्रॉल मानव की त्वचा के नीचे भी रहता है, जो सूर्य की पराबैंगनी किरणें की उपस्थिति में विटामिन डी में परिवर्तित हो जाता है। इनकी उपस्थित से पित्ताशय में कभी-कभी पथरी का निर्माण हो जाता है। वैज्ञानिकों के अनुसार, कॉलेस्ट्रॉल की अधिक मात्रा रक्त की धमनियों में जमा हो जाता है, जिससे रक्त नलिकाएँ संकुचित हो जाती हैं। इस कारण रक्त के अधिक दबाव से हृदयाघात बढ़ने की सम्भावनाएँ अधिक हो जाती हैं।

स्टीरॉल (Sterol) की विशेषताएँ इस प्रकार हैं –

1. इनमें वसीय अम्ल एवं एल्कोहल उपस्थित नहीं होते हैं।
2. ये वे कार्बनिक यौगिक हैं, जो मिश्रित चक्रीय रचना के बने होते हैं यानि कि इनकी बनावट वृत्तकार होती है।
3. ये साइक्लोपेन्टीन पर हाइड्रोफिनैनथ्रीन सम्बन्धित रहते है।
4. वसीय अम्लों के कोलेस्ट्रॉल तथा ऑरगोस्टीरॉल ईस्टर बनाते हैं, जो विटामिन डी के निर्माण में सहायक होते है।
5. स्टीरोइड्स एड्रिनल कॉर्टेक्स व नर एवं मादा जनदों द्वारा स्रावित होने वाले हारमोन हैं।
6. प्रकृति में ये स्वतन्त्र रूप से पाए जाते है।
7. प्राणिज स्टीरॉल्स में कोलेस्ट्रॉल एवं वनस्पतिज स्टीरॉल्स में Ergosterol तथा मोल्ड या यीस्ट में माइकोस्टीरॉल्स प्रमुख हैं।
8. Sterol विटामिन डी के चयापचय में सहायता करता है।

विशेष

1. वसा को गर्म करने पर एक्रोलिन के कारण धुआँ निकलता है, जो शरीर के लिए हानिकारक होता है।
2. सोयाबीन, बिनौले एवं सरसों के तेल में लिनोलिक अम्ल जबकि मूँगफली, जैतून के तेल ओलिक अम्ल अधिक पाया जाता है।
3. प्राणिज वसाओं में ओलिक अम्ल की सान्द्रता अधिक रहती है।
4. वनस्पतिक वसा में नारियल का तेल ठोस रूप में पाया जाता है।
5. स्वतन्त्र वसीय अम्ल कैल्सियम लवण की उपस्थित में क्षार के साथ क्रिया करके साबुन बनता है।
6. वसा में विटामिन ए, डी, ई एवं के मौजूद रहते है।
7. आवश्यक वसीय अम्ल जैसे लिनोलिक, लिनोलेनिक, ॲरैकिडोनिक अम्ल होते हैं। ये ऊतकों का सामान्य स्वास्थ्य बनाए रखने के लिए आवश्यक होते है।
8. लेक्टोस में गलैक्टोस को पचाने के लिए भी वसा आवश्यक है।

➢ वसा के कार्य

1. **ऊर्जा के स्रोत :** एक ग्राम वसा से लगभग 9.3 कैलोरी ऊष्मा प्राप्त होती हैं। जबकि कार्बोहाइड्रेट से मात्र 4 कैलोरी ऊर्जा मिलती है। इस प्रकार स्पष्ट है कि वसा कार्बोज की तुलना में 2.5 गुना ऊर्जा देती है।

2. **संचित भोजन के रूप में:** अविलयनशील गुण के कारण लिपिड अतिरिक्त ऊर्जा के रूप में संचित रहते हैं। निम्न घुलनशीलता तथा उच्च सघनता के विलक्षण गुण के कारण वसा में ऊर्जा संग्रहीत करने का आदर्श गुण होता है यानि कि शरीर में ऊर्जा का संग्रह नहीं हो पाया तो प्राणी को हर थोड़े समय पश्चात् ऊर्जा के लिए भोजन की आवश्यकता पड़ती रहती।

3. **ऊष्मा रोधी के रूप में :** वसा त्वचा के नीचे एकत्रित रहकर शरीर की ऊष्मा का संरक्षण करता है यानि कि यह ऊर्जा देने के साथ शरीर को गर्म रखने में मदद करता है।

4. **शरीर के तापमान को नियमित करता है :** शरीर के तापमान को नियमित एवं नियन्त्रित करने में महत्वपूर्ण भूमिका निभाता है। त्वचा के नीचे जमीं वसा ऊष्मा रोधी का कार्य करती है और शरीर के ताप को बाहर निकलने से रोकती है। फलतः वातावरण से शरीर की रक्षा करता है।

5. **प्रोटीन की बचत करना :** वसा, कार्बोहाइड्रेट के कारण प्रोटीन को ऊर्जा उत्पादन का कार्य नहीं करना पड़ता है क्योंकि शरीर के लिए पहले कार्बोहाइड्रेट ऊर्जा प्रदान करता है तदोपरांत अन्य। जब भोजन में वसा एवं कार्बोहाइड्रेट की कमी होती है तब प्रोटीन टूट कर ऊर्जा देने का कार्य करती है यानि कि शरीर में वसा की कमी होने पर प्रोटीन से ही ऊर्जा ली जाती है।

6.. **विटामिन्स के स्रोत :** वसा, वसा में घुलनशील विटामिन ए, डी, ई, एवं के आदि के अच्छे स्रोत हैं। इस कारण वसा इन विटामिनों के वाहक के रूप में कार्य करते हैं। कुछ जन्तु वसाएँ विटामिन ए व डी की अच्छे स्रोत मानी जाती हैं। जैसे - कॉड लिवर ऑयल या मछली के यकृत से बनाया गया तेल।

7. **त्वचा को स्वस्थ व कांतिमय बनाए रखने में :** लिनोलिक (Linoleic)

अम्ल त्वचा को रूखी, खुरदरी, भद्दी एवं बेजान होने से बचाता है अर्थात् यह अम्ल त्वचा को चिकना चमकदार एवं स्वस्थ बनाए रखने में सहायक होता हैं।

8. **आमाशय में पाचक रस के स्राव को कम करना :** वसा आमाशय में जठर रस के स्रावण को कम कर देता है। जिससे वसा युक्त भोजन का पाचन धीरे-धीरे तथा देरी से होता है। सामान्यतः आमाशय में भोजन काफी समय तक रहता है परन्तु वसा युक्त भोजन के सेवन से पाचन की अवधि बढ़ जाती है।

9. **पाचक नली में स्नेहक के रूप में :** वसा आमाशय एवं आंत मार्ग को चिकना बनाए रखता है, जिससे आंतों की पेशियाँ सुगमता से फैलती एवं सिकुड़ती है अतः भोज्य त्याज्य पदार्थ का विर्सजन सरलतापूर्वक हो जाता है।

10. **स्वाद बढ़ाने में :** वसा की उपस्थिति से भोजन के स्वाद में काफी वृद्धि हो जाती है। जैसे - देशी घी, डालडा, तेल आदि में पका कर बनाए गए पूड़ी, पराठा, मक्खन रोटी आदि भोज्य पदार्थों का स्वाद रुचि कर लगता हैं।

11. **भोजन का परिमाण कम करने में मदद करता है :** परम्पराओं में देखा जाता है कि जब कोई व्यक्ति तीर्थ यात्रा, देशाटन आदि के लिए जाता है तब वह अपने साथ वसा युक्त भोज्य पदार्थो को साथ ले जाता है। जैसे - पूड़ी, मीठा, मठरी, मांड़ा आदि इसके कम सेवन से व्यक्ति को अधिक ऊर्जा मिलती है, जिससे वह अपना कार्य सुचारु रूप से करता रहता है।

12. **कोमल अंगों की सुरक्षा :** वसा, शरीर में त्वचा के नीचे वसीय ऊतकों के रूप में जमा रहता है। इससे शरीर के अन्दर के अंगों की सुरक्षा होती है यानिकि यह एक गद्दी की तरह कार्य करता है।

➢ वसा का पाचन (Digestion of fat)

आहार के माध्यम से ग्रहण किया जाने वाला वसा या घी, मक्खन तथा खोआ और विभिन्न प्रकार के तेल के रूप में खाया जाने वाले वसीय पदार्थो

में मौजूद वसा का पाचन मुख व आमाशय में नहीं होता है। आमाशय में लाइपेज एन्जाइम की उपस्थिति में वसा की कुछ मात्रा वसीय अम्ल एवं ग्लिसरॉल में टूट जाती है यानिकि क्रमाकुंचन गति से भोजन एवं वसीय पदार्थ छोटे-छोटे टुकड़ों में टूटता है। यहाँ वसा का पायसीकरण होता है। धीरे-धीरे भोजन ड्यूडनम से होता हुआ छोटी आंत में प्रवेश करता है।

पक्वाशय में आन्त्र भित्ति से कोलिस्टोकाइनिन नामक हार्मोन निकलता है। रक्त के द्वारा पिताशय में पहुँच कर पित्तरस का स्रावण करता है। पित्तरस क्षारीय से भोजन क्षारीय हो जाता है तदोपरान्त अग्न्याशय से लाइपेज एन्जाइम युक्त अग्न्याशयिक रस निकलता है। यह रस पायसीकृत वसा को भी छोटे-छोटे खण्डों में तोड़ देता है। धीरे-धीरे ट्राईग्लिसराइड युक्त भोजन पक्वाशय से छोटी ऑत में पहुँच जाता है। छोटी आंत में स्टेपसिन एन्जाइम ट्राइग्लिसराइड को वसीय अम्ल एवं ग्लिसरॉल में विखण्डित कर देता है। यहीं पर इसका अवशोषण भी हो जाता है।

➢ वसा का अवशोषण

वसा का अवशोषण प्रोटीन और कार्बोहाइड्रेट की तुलना में जटिल होता है। वसीय अम्ल, वसीय कणों के साथ पित्त रस व पानी मिलाकर माइसेलस बनाते हैं। जिनका आकार 0.1 – 0.5 म्यू. होता है। जब ये छोटी आंत की श्लैष्मिक झिल्ली में पहुँचते हैं तब वसीय अम्ल एवं ग्लिसरॉल आत्म सात हो जाते हैं।

ट्राईग्लिसराइड............लाइपेज एन्जाइम............. वसीय अम्ल + ग्लिसरॉल

वसीय अम्ल + ग्लिसरॉल + पित्तरस + पानी .... माइसेलस

वसा में उपस्थित ग्लिसरॉल पृष्ठ शिरा के यकृत में पहुँचाया जाता है, जहाँ पर उपापचय की क्रिया सम्पन्न होती है।

➢ वसा का उपापचय

वसा के उपापचय का मुख्य स्थान यकृत है। उपापचय की क्रिया में मुख्य रूप से तीन पद होते हैं –

1. वसा का जल अपघटन

वसा का जल अपघटन करने वाले लाइपेज एन्जाइम की उपस्थिति में वसा अणु ग्लिसरॉल तथा अम्लों में अपघटित हो जाते हैं।

2. ग्लिसरॉल का ऑक्सीकरण

जल अपघटन के फलस्वरूप उत्पन्न ग्लिसरॉल में कुछ रासायनिक परिवर्तन होते हैं। ATP की उपस्थिति में इसका फॉस्फोरिलीकरण होता है। इसके पश्चात यह कार्बोहाइड्रेट उपापचय पथ में प्रवेश करके या तो पयरूविक में विघटित हो जाता है अथवा ग्लूकोस में टूट जाता है। अन्त में संचित कर लिया जाता है।

3. वसा अम्लों का ऑक्सीकरण

वसा अम्ल में ऑक्सीकरण के अन्तर्गत होने वाली विभिन्न उपापचय क्रियाओं की अभी तक समुचित रूप से पुष्टि नहीं हो पायी है, फिर भी नूप के बीटा ऑक्सीकरण के सिद्धान्त को काफी सर्मथन मिला है। इस सिद्धान्त के अनुसार लम्बी श्रृंखला वाले वसा अम्ल बीटा कार्बन पर आक्सीकरण होते हैं। जिसके फलस्वरूप कीटोन अम्ल बनते हैं, जो एसिटिक अम्ल तथा दूसरे अम्लों में टूट जाते है। इस क्रिया में वास्तविक अम्ल में स्थित कार्बन परमाणुओं से दो कार्बन परमाणु कम हो जाते हैं। इस प्रकार बना एसिटिक अम्ल पुनः ऑक्सीकरण के फलस्वरूप CO_2 एवं H_2O में टूट जाते हैं। यह प्रक्रिया तब तक चलती रहती है जब तक चार कार्बन परमाणु वाला पायरूविक अम्ल शेष रह जाता है। प्रत्येक चरण पर एसिटिक अम्ल का अणु अलग होकर CO_2 एवं जल में ऑक्सीकृत हो जाता है। चार कार्बन परमाणु वाला यह यौगिक ब्यूटारिक अम्ल कहलाता है, जो अन्त में एसीटाइल कोएन्जाइम के दो अणुओं ऑक्सीकृत हो जाता है। आवश्यकता से अधिक वसीय अम्ल कोलेस्ट्रॉल के रूप में परिवर्तित हो जाता है। यकृत में कोलेस्ट्रॉल के ऑक्सीकरण के पश्चात वह पित्तलवण में बदल जाते हैं।

➢ वसा की कमी का प्रभाव

वसा के संतृप्त वसीय अम्ल के आहार में कम होने से साधारण रूप से

कोई हानि नहीं होती है परन्तु आवश्यक वसीय विशेष रूप से लिनोलिक तथा आर्कीडोनिक की शरीर में कमी होने से शरीर की वृद्धि रुक जाती है। वसीय अम्ल ऊतकों एवं कोशिकाओं के सामान्य स्वास्थ्य के लिए अनिवार्य हैं। प्रजनन अंग ठीक से कार्य नहीं करते हैं, त्वचा की बीमारी हो जाती है। बच्चों व प्रौढ़ व्यक्तियों में Phrynoderma or Toad Skin नामक बीमारी हो जाती है। इस बीमारी में पीठ, पेट तथा टांगों की बाहरी तरफ छोटे-छोटे दानें निकल आते हैं। आहार में पर्याप्त मात्रा में वसा का सेवन नहीं करने से निम्न प्रभाव दिखाई देते हैं –

1. वसा की कमी से आवश्यक अमीनों अम्ल की कमी से शरीर का सामान्य वृद्धि एवं विकास रूक जाता है।
2. लिनोंलिक अम्ल धात्री के दुग्ध उत्पादन के लिए नितान्त आवश्यक है।
3. कार्बोज या वसा की कमी पर शरीर की वृद्धि रूक जाती है क्योंकि प्रोटीन शरीर को ऊर्जा प्रदान करती है, जिस कारण प्रोटीन अपना सही कार्य करने में असमर्थ हो जाती है यानि कि शारीरिक वृद्धि रूक जाती है।
4. त्वचा के नीचे की पर्त तेल ग्रन्थियाँ होती हैं, जिससे तेल निकालने से त्वचा चिकनी एवं चमकदार दिखती है।
5. त्वचा को स्वस्थ एवं कांतिमय बनाए रखने के लिए लीनोलिक, लिनोलेइक एवं अरिकडोनिक वसीय अम्लों की नितान्त आवश्यकता पड़ती है। इसकी कमी से त्वचा का स्वास्थ्य बिगड़ जाता है तथा त्वचा का रोग डरमेटाइटिस हो जाता है।
6. एक्जीमा (Eczema) नामक त्वचीय रोग हो जाता है।
7. विटामिन ई का संवहन भी वसा के द्वारा ही होता है, जिसकी कमी से सन्तानोत्पत्ति की क्रिया में गड़बड़ी पैदा हो जाती है।
8. मानव शरीर में वसा की कमी से रक्त में एसीटोन बढ़ जाता है।
9. वसीय अम्लों की कमी से कोशिकाओं में असंतुलन हो जाने के कारण शरीर में जल का संतुलन बिगड़ जाता है।

➢ वसा की अधिकता का प्रभाव

वसा की अधिकता का परिणाम वसा की अपेक्षा अधिक भयावह होता है

और कई बीमारियों को जन्म देता है। वसा युक्त भोजन के अधिक सेवन से शरीर का भार बढ़ने के साथ स्थूल होने लगता है और यही मोटापा की स्थिति Obesity रोग कहलाती है। मोटापे की स्थिति में मधुमेह रोग तीव्र प्रभाव डालता है। वसा की अधिकता से शरीर पर निम्नलिखित प्रभाव दिखाई पड़ते है –

1. वसा की अधिकता में एडिपोज तन्तु बनने लगते हैं, जिससे त्वचा के नीचे फेफडों, हृदय, गुर्दे आदि कोमल अंगों तथा शरीर के अन्य स्थानों पर वसा की परत जमा हो जाने से मोटापा बढ़ जाता है। मोटापा कई बीमारियों को जन्म देता है। जैसे – मधुमेह, उच्च रक्तचाप, हृदय रोग आदि।

2. वसा की अधिकता से रक्त में कोलेस्ट्रॉल की मात्रा बढ़ने से रक्त की धमनियों के आन्तरिक दीवारों पर जमनें लगते हैं। फलतः रक्त धमनियों की दीवारें संकरी होने लगती हैं। जिसे एथेरोस्क्लेरोसिस कहते हैं। यानिकि धीरे- धीरे हृदय रोग हो जाता है अर्थात हृदयाघात की सम्भावना बढ़ जाती है।

3. मोटापे के कारण गुर्दे के चारों ओर वसीय तन्तुओं की मोटी पर्त जमने से गुर्दे द्वारा निरुपयोगी पदार्थ जैसे – यूरिया, यूरिक अम्ल, अमोनियाँ आदि पदार्थों का पूर्णतः निष्कासन नहीं हो पाता है। इसीलिए ये पदार्थ रक्त में ही रह जाते हैं। अशुद्ध रक्त शरीर के लिए जहरीला एवं हानिकारक होता है। फलतः गुर्दे धीरे-धीरे कार्य करना बन्द कर देते हैं, जिस कारण व्यक्ति की मृत्यु की सम्भावना बढ़ जाती है।

2

प्रोटीन (Protein)

प्रोटीन (Protein)

- **प्रोटीन की परिचय, संगठन एवं स्रोत तथा संरचना**
- **कुछ प्रोटीनों के नाम एवं पदार्थ**
- **प्रोटीन का वर्गीकरण**
- **प्रोटीन के कार्य**
- **प्रोटीन की कमी के प्रभाव**
- **प्रोटीन का पाचन**
- **प्रोटीन का चयापचय / उपापचय**

सन् 1838 में Berzelius महोदय ने प्रोटीन शब्द के उपयोग का सुझाव दिया था जबकि सन् 1839 में डच रसायनज्ञ गेरार्ड मुल्डर ने कोशिकाओं के अन्दर उपस्थित नाइट्रोजन युक्त यौगिकों के लिए प्रोटीन शब्द का प्रयोग किया। इस प्रकार प्रोटीन का नामकरण मुल्डर महोदय ने किया। Protein शब्द ग्रीक भाषा के Proteios से बना है, जिसका अर्थ Pre - eminent or First यानिकि प्रथम स्थान वाला। जैविक पदार्थों की संरचना तथा कार्यिकी में प्रोटीन्स का स्थान बहुत महत्वपूर्ण है। प्रोटीन जीवद्रव्य का निर्माण करने वाला प्रमुख पदार्थ है इसलिए इसे जीवन की आधारशिला की संज्ञा दी गयी है। एन्जाइम्स जो कि प्रोटीन्स के बने होते हैं, कोशिकाओं की रासायनिक तथा भौतिक गतिविधियों को उत्प्रेरित करते हैं। इस

प्रकार जीवन के लिए प्रोटीन सर्वप्रथम एवं सर्वोच्च है।

➤ प्रोटीन का संगठन (Composition of Protein)

रासायनिक रूप से प्रोटीन्स (कार्बन, हाइड्रोजन, नाइट्रोजन तथा ऑक्सीजन के संयोग से बनती है यानिकि प्रोटीन्स, एमीनों अम्लों की आण्विक इकाइयों के बहुलक होते हैं। अतः एमीनो अम्लों को प्रोटीन्स की ईटें कहा जाता है। इन बहुलकों में कार्बन, हाइड्रोजन, ऑक्सीजन तथा नाइट्रोजन परमाणु होते हैं। कुछ प्रोटीन में सल्फर तथा फॉस्फोरस भी पाया जाता है जबकि कुछ में न्यूक्लियो प्रोटीन में फॉस्फोरस एवं हीमोग्लोबिन में लौह तत्व भी पाया जाता है। ये कोशिकाओं के घटकों के संरचनात्मक ढ़ाँचा बनाते हैं। कोशिकीय जीवद्रव्य में प्रचुर मात्रा में पाए जाने वाले ठोस पदार्थ हैं। सामान्यतः प्रोटीन का संगठन प्राप्ति स्थान पर निर्भर करता है। प्रोटीन में पाए जाने वाले सामान्य तत्वों का अनुपात इस प्रकार है –

तालिका एक

प्रोटीन का संगठन

क्र.	तत्व	प्रतिशत
1	कार्बन	50
2	आक्सीजन	23
3	नाट्रोजन	16
4	हाइड्रोजन	07
5	फॉस्फोरस	0.3
6	सल्फर	0.3
7	आयरन	0.34

मानव के भोजन में प्रोटीन ही एक ऐसा भोज्य पदार्थ है, जिसमें नाइट्रोजन पाया जाता है इसीलिए इसे नाइट्रोजन युक्त पदार्थ कहा जाता है। मानव शरीर में लगभग 16 प्रतिशत प्रोटीन होती है। रक्त, माँसपेशियाँ, बाल, नाखून, सींग, खुर, इत्यादि प्रोटीन से बने हुए शरीर के अंग हैं।

➤ स्रोत

वनस्पतिक जगत में प्रोटीन बीज, अनाजों, दालों तथा जन्तु जगत में दूध, अण्डा, माँस, मछली इत्यादि से प्राप्त होती है। सोयाबीन (43.2ग्रा.), मूँगफली (31.5 ग्रा.), मसूर की दाल (25.1ग्रा.), मूँग की दाल (24.5 ग्रा.), चना एवं उड़द की दाल (24.0 ग्रा.), आदि में प्रचुर मात्रा में पाया जाता है। इसके अतिरिक्त मछली (21.8ग्रा.), माँस (19.8ग्रा.), अण्डा (13.3ग्रा.), इत्यादि में भी प्रोटीन पायी जाती है। यह मात्रा प्रति 100 ग्राम पर निर्धारित की गयी है।

सोयाबीन में प्रोटीन की मात्रा सर्वाधिक होने के कारण इसे गरीबों का माँस भी कहा जाता है।

प्रोटीन मानव शरीर में पानी के बाद शरीर का सबसे बड़ा घटक है। शरीर की समस्त जीवरसायनिक, क्रियात्मक तथा जीव भौतिक क्रियाओं में प्रोटीन का ही प्रमुख हाथ होता है। माँसपेशियों में, रक्त में, हड्डियों, दांतों, नाखून, बाल तथा अन्य ऊतकों में प्रोटीन व्यापक मात्रा में पायी जाती है जबकि पित्तरस एवं मूत्र में प्रोटीन ही पायी जाती है।

➤ प्रोटीन की संरचना

वस्तुतः किसी भी आहरीय प्रोटीन का पोषक मान मुख्यतः उसमें निहित अनिवार्य अमीनो अम्लों की सुनिश्चित मात्रा व अनुपात में उपलब्धता तथा पचनीयता पर निर्भर करता है। इसी कारण खाद्य् प्रोटीनों में मौजूद अमीनों अम्लों की संरचना में भिन्नता पायी जाती है तथा अनिवार्य अमीनों अम्लों की इसी उपस्थिति की कसौटी पर प्रोटीन के गुणात्मक मूल्यों का काफी हद तक निर्धारण होता है। सभी अमीनों अम्ल एक जैसे नहीं होते हैं। इनमें भिन्नता पायी जाती है। हाइड्रोजन कार्बोक्सिल समूह तथा अमीनों समूह सभी अमीनों अम्लों में एक जैसे ही होते हैं। ''जिन समूहों में अमीनों तथा कार्बोक्सिल समूह उपस्थित होते हैं, उन्हें अमीनों अम्ल कहते हैं।'' प्रोटीन मुख्यतः अमीनों अम्लों से मिलकर बने होते हैं।

उदाहरण – $H_2N - CH_2 - COOH$ (ग्लाइसीन), $CH_3 - CH\,(CH_3) - CH -$

COOH (वेलाइन) एवं$HOOC-CH_2-CH(NH_2)-COOH$ (एस्पार्टिक अम्ल)।

उच्च श्रेणी के प्राणी जिनमें मानव भी सम्मिलित है, केवल कुछ ही एमीनो अम्लों को बना सकते हैं। प्राकृतिक रूप से पाए जाने वाले लगभग 20 अमीनो अम्लों में से मानव शरीर में केवल 10 अमीनों अम्ल ही उपापचयी मध्यवर्ती पादपों में संश्लेषित किए जा सकते हैं। अन्य 10 अमीनों अम्ल जो पर्याप्त मात्रा में संश्लेषित नहीं किए जा सकते तथा जो प्राणी के सामान्य शारीरिक कार्यों को सुचारु रूप से चलाने के लिए आवश्यक होते हैं।

पोषण की दृष्टि से ये अनिवार्य अमीनों अम्ल कहलाते हैं। अब तक कुल 22 प्रकार के अमीनों अम्लों का पता चला है। इनमें आइसोल्यूसिन, हिस्टीडीन, ल्यूसिन, लाइसिन, आर्जिनिन, थ्रियोनिन, फिनाइलएलानिन, वैलिन, तथा ट्रिप्टोफैन अमीनों अम्ल अनिवार्य होते हैं क्योंकि ये 10 अमीनों अम्ल शरीर की वृद्धि एवं विकास के लिए परमावश्यक हैं। इसके अतिरिक्त 5 अमीनों अम्ल ऐसे हैं जो आंशिक रूप से आवश्यक हैं। इनका निर्माण शरीर में नहीं होता है। ये अमीनों अम्ल शरीर के कोशिकाओं एवं तन्तुओं के निर्माण के लिए आवश्यक होते हैं। ये निम्नलिखित हैं- थॉयरॉक्सिन, सिस्टीन, ग्लाइसिन, टायरोसिन, तथा सीरिन। एनालिन, हाइड्रोक्सीप्रोलीन, प्रोलीन, एपार्टिक अम्ल, ग्लूटामिक अम्ल, सिस्टीनीन, नॉरल्यूसिन आदि अमीनों अम्ल शरीर के लिए आवश्यक नहीं होते हैं।

कुछ महत्वपूर्ण प्रोटीनों एवं पदार्थो के नाम इस प्रकार हैं -

तालिका संख्या - दो

कुछ प्रोटीन के नाम एवं पदार्थ

क्र.	प्रोटीन का नाम	पदार्थ
1	Albumin / Ovalbumin	अण्डा में
2	Amandin	बादाम
3	Arachin	मूँगफली में
4	Argenin / Oryzenin	चावल

5	Gelatin	फलों में
6	Globulin	माँसपेशियों में
7	Glutenin & Glaidin	गेंहूँ (पौधों में)
8	Glycinin / Lequmelin	सोयाबीन
9	Glycoprotein	लिवर, थायरॉइड, प्लाज्मा
10	Heam	रक्त
11	Histon	डी.एन.ए.
12	Horden	जौ
13	Keratin	बाल/नाखून/खुर/सींग
14	Lactoalbumin	दूध में
15	Lysin	अनाजों में
16	Methionin	दालों में
17	Myosin	मांसपेशियों में पायी जाती
18	Ossein / Collegen	अस्थि / उपास्थि
19	Ricin	अरण्डी

प्रोटीन का वर्गीकरण

1. पूर्ण प्रोटीन

1. ये उच्च जैवीय मूल्य वाले होते हैं।
2. इनमें सभी आवश्यक अम्ल पर्याप्त मात्र में विद्यमान रहते हैं।
3. ये प्राणियों को जीवित बनाए रखने में महत्वपूर्ण भूमिका निभाते हैं।
4. ये शरीर की वृद्धि एवं विकास करते हैं।

उदाहरण – दूध, अण्डे, आदि की प्रोटीन, सूखे मेवे में Excelsin सोयाबीन की प्रोटीन ग्लाइसिन।

2. आंशिक पूर्ण प्रोटीन

1. शारीरिक वृद्धि एवं विकास के लिए अनिवार्य नहीं है।
2. आंशिक रूप से क्षतिग्रस्त कोशिकाओं की मरम्मत भी करते हैं।
3. ये नए तन्तुओं एवं कोशिकाओं के निर्माण में भाग नहीं लेतीं हैं।
4. यह वनस्पतिक जगत से प्राप्त होती है। जैसे - दालों से।
5. प्रौढ़ावस्था में यह शारीरिक वजन को स्थिर बनाए रखता है।

3. अपूर्ण प्रोटीन

1. आवश्यक अमीनों अम्ल का पूर्णतया अभाव रहता है।
2. ये शारीरिक वृद्धि एवं विकास में बिल्कुल सहायक नहीं होते हैं।
3. ऊतकों, तन्तुओं एवं कोशिकाओं की मरम्मत भी नहीं कर पाते हैं।
4. इनसे शारीरिक वजन में भी वृद्धि नहीं हो पाती है।

   उदाहरण - फलों की प्रोटीन जिलेटिन ।

4. साधारण प्रोटीन

1. इनका निर्माण केवल अमीनो अम्लों से होता है।
2. ये जल अपघटन के बाद सबसे सरलतम् इकाई में टूट जाते हैं।
3. ये तन्तु अम्लों और क्षार द्वारा जल से अवक्षेपित हो जाते हैं।
4. तीव्र अम्लों व क्षारों की उपस्थिति में ये घुलनशील Metaprotein में बदल जाते हैं।

   उदाहरण - मक्के, अनाजों, रक्त, अस्थियों आदि की प्रोटीन।

5. संयुक्त प्रोटीन

1. साधारण प्रोटीन के अणु के साथ-साथ अन्य पोषक तत्व के अणु भी उपस्थित रहते हैं।
2. पोषक तत्वों के आधार पर अलग-अलग नाम होते हैं।

उदाहरण : ग्लाइकोप्रोटीन, न्यूक्लियोप्रोटीन, लाइपोप्रोटीन आदि।

6. उद्‌भूत प्रोटीन

1. भौतिक क्रियाओं, शारीरिक दाब, पाचक रसों की क्रिया अथवा जल विश्लेषक अभिकरणों की क्रिया के द्वारा प्रोटीन के आंशिक विखण्डन से उद्‌भूत प्रोटीन का निर्माण होता है।
2. इन प्रोटीनों का निर्माण सरल एवं संयुक्त प्रोटीन से होता है। उदाहरण - पेप्टोन, पेप्टाइड, पोलीपेप्टाइड आदि।

7. वनस्पति जगत से प्राप्त प्रोटीन

वनस्पति जगत से आंशिक पूर्ण या निकृष्ट प्रकार के प्रोटीन प्राप्त होते हैं। इसके अन्तर्गत मूँगफली दाल, सोयाबीन, बादाम, काजू, आदि आते हैं।

8. प्राणि जगत से प्राप्त प्रोटीन

उत्तम कोटि के होते हैं। ये पूर्ण प्रोटीन होती है। इनमें सभी दस आवश्यक अमीनों अम्ल मौजूद रहते हैं। उदाहरण - दूध, दही, खोया, पनीर, अण्डा मछली, आदि।

➤ प्रोटीन के कार्य

1. अमीनों अम्लों से मिलकर प्रोटीन बनती है जबकि प्रोटीन से कोशिकाएँ एवं कोशिकाओं से ऊतक तथा ऊतकों से मिलकर अंग बनते है। इस प्रकार यदि प्रोटीन पर्याप्त मात्रा में नहीं मिलेगी तब शरीर का विकास नहीं हो सकेगा।
2. शरीर निर्माण की सबसे छोटी इकाई कोशिका प्रोटीन की ही बनी होती है। शरीर की प्रत्येक कोशिका अपनी कार्य क्षमता, जीवन, वृद्धि एवं विकास के लिए प्रोटीन पर निर्भर रहता है।
3. निरन्तर कार्य करने से कोशिकाओं में टूट फूट भी होती रहती है, जिसकी मरम्मत भी प्रोटीन ही करता है। इसीलिए प्रोटीन को शरीर की आधारशिला कहा जाता है।

4. आपरेशन के दौरान कई कोशिकाओं को काटना पड़ता है तथा रक्त भी अधिक बह जाता है। रक्त बहने पर रक्त को जमने के लिए फाइब्रिन नामक प्रोटीन की आवश्यकता पड़ती है। फाइब्रिन ही फाइब्रिनोजन का जाल बनती है, जिसमें श्वेत एवं लाल रक्त कणिकाएँ तथा ठोस पदार्थ आकर फँस जाते हैं।

5. शरीर में अम्ल एवं क्षार की मात्रा को नियमित रखता है। जब शरीर में अम्ल अथवा क्षार की अधिकता या कमी हो जाती है तो वैसी परिस्थिति में स्वयं अम्ल या क्षार की तरह कार्य करता है, जिसे प्रोटीन बफर कहते है।

6. अम्ल और क्षार की मात्रा को संतुलित रखता है, इसी कारण रक्त की क्षारीयता बरकरार रहती है।

7. शरीर में रोग प्रतिरोधक क्षमता को बढ़ाने में मदद करते हैं अर्थात एण्टीबॉडी का निर्माण भी प्रोटीन द्वारा ही होता है।

8. प्रोटीन शरीर के जल संतुलन में महत्वपूर्ण भूमिका निभाता है। प्रोटीन की कमी से शरीर में पानी की मात्रा बढ़ जाती है।

9. रक्त प्लाज्मा में प्रोटीन कोलाइड्स के रूप में उपस्थित रहते हैं। ये प्रोटीन कोशिका झिल्ली के द्वारा नहीं छन सकते हैं।

10. माँसपेशियों के संकुचन के लिए मायोसिन एवं एक्टिन की आवश्यकता होती है। इसका निर्माण प्रोटीन द्वारा होता है।

11. नियासिन विटामिन के निर्माण में ट्रिप्टोफैन अमीनों अम्ल की आवश्यकता होती है।

12. आँखों के दृष्टि पटल में शंकु एवं दण्ड में क्रमश: आइडॉप्सिन एवं रोडोप्सिन नामक वर्णक पाए जाते हैं। ये वर्णक मन्द रोशनी तथा रंगों को देखने में मदद करते हैं। रोडोप्सिन में ऑक्सिन उपस्थित रहता है। ऑप्सिन के निर्माण के लिए प्रोटीन आवशयक है।

13. रक्त में उपस्थित स्थानान्तरण प्रोटीन पोषक तत्वों को ऊतकों एवं कोशिकाओं तक पहुँचाने में मदद करते हैं।

14. कार्बोहाइड्रेट एवं वसा की अनुपस्थिति में प्रोटीन ऊर्जा देने का कार्य करती

है। एक ग्राम प्रोटीन से 4 कैलोरी ऊर्जा की प्राप्ति होती है।

15. यूरिया उत्सर्गी प्राणियों में ऑर्निथीन, सिट्रलीन तथा ऑर्गिनी आदि एमीनों अम्ल एक चक्रीय विधि द्वारा यूरिया उत्पन्न करते हैं।

16. प्राणियों का श्वसनी वर्णक हीमोग्लोबिन एक संयुग्मित प्रोटीन है, जो रंगहीन क्षारीय प्रोटीन ग्लोबिन तथा हीम का बना होता है। इसमें ऑक्सीजन के साथ जुड़ने की क्षमता होती है।

➤ प्रोटीन की कमी के प्रभाव

प्रोटीन की कमी से बच्चों में मुख्य रूप से दो रोग हो जाते हैं, जो इस प्रकार हैं –

1. Kwashiorkor रोग

यह शब्द एक अफ्रीकन शब्द है, जिसका अर्थ है ''वह रोग जो पहले बच्चे को दूसरे बच्चे के बाद होता है। इस रोग का पता सन् 1935 में सिसली विलियम ने लगाया था। यह रोग 1 से 4 वर्ष के बच्चों को होता है। यह रोग उन्हीं बच्चों को होता है, जिनके भोजन में कार्बोहाइड्रेट तो पर्याप्त मात्रा में विद्यमान रहता है परन्तु प्रोटीन की कमी से होती है। अफ्रीका में यह रोग अक्सर बच्चों में पाया जाता है।

2. Marasmus रोग

Marasmus ग्रीक भाषा का शब्द है, जिसका अर्थ होता है – व्यर्थ होना। यह रोग 6 माह से लेकर 18 माह के शिशु को होता है। 4 वर्ष तक के बालक में भी यह रोग होते हुए देखे गए हैं। यह रोग निर्धन वर्ग के बच्चों में होता है, जिसके आहार में न केवल प्रोटीन की ही कमी होती है, अपितु ऊर्जा का भी अभाव रहता है।

यह रोग उस परिस्थिति में भी होता है जहाँ पर माँ जल्दी-जल्दी गर्भधारण करती है। बच्चे जल्दी होने पर उनकी देखभाल एवं पोषण के लिए पर्याप्त पोषक तत्व नहीं खिला पाते हैं। वैज्ञानिक मैरसमस रोग को सबसे बड़ा

और मुख्य कारण बताते हैं – प्रारम्भिक उचित एवं पौष्टिक आहार नहीं दिया जाना।

बचाव के लिए आहार में लौह एवं विटामिन युक्त भोज्य पदार्थ होनी चाहिए। इतना ही नहीं, बच्चों को वसा रहित दूध दिया जाना चाहिए क्योंकि वसा युक्त दूध कठिनता से पचता है। भोजन में घी, तेल, मिर्च, मसाले का प्रयोग नहीं किया जाना चाहिए। वसा रहित दूध में खिचड़ी, पके फल, दलिया, पका केला आदि मसल कर बच्चों को खिलाना चाहिए। तरल पेय पदार्थ जैसे सब्जियों का सूप, मूँग की घूटी दाल, फलों का रस, छाछ, दाल का पानी आदि दिया जाना चाहिए। इस रोग में ध्यान रखा जाता है कि सूजन की स्थिति में नमक का प्रयोग कम से कम किया जाए।

➤ प्रोटीन का पाचन

आहार में शामिल प्रोटीन का पाचन विशेष आमाशय, पक्वाशय तथा शेषान्त्र स्थानों पर होता है। यह क्रिया इस प्रकार है –

(अ) आमाशय : जब भोजन आमाशय में पहुँचता है तब गेस्ट्रीन हार्मोन की उत्तेजना से अम्लीय जठर रस भोजन में मिल जाता है। यही जठर रस भोजन को पचाने का कार्य शुरू कर देता है। इसमें 90 प्रतिशत जल एवं 0.5 प्रतिशत हाइड्रोक्लोरिक अम्ल तथा पेप्सिन एवं रेनिन एन्जाइम होते हैं। यह भोजन के माध्यम को अम्लीय बनाता है। साथ ही भोजन में उपस्थित हानिकारक जीवाणुओं, विषाणुओं आदि को मार डालता है।

दूध .... HCl + रेनिन .... दही

रेनिन दूध में उपस्थित कैसीनोजन नामक प्रोटीन के साथ क्रिया करके घुलनशील प्रोटीन को अघुलनशील केसीन (Casein) अर्थात Calcim Paracaseinate में बदल देता है। पेप्सिन एन्जाइम प्रोटीन को Peptones & Proteoses में बदल देता है।

Protein ——— Pepsein ——— **Peptones + Proteoses**

आमाशय में क्रमाकुंचन क्रिया के बाद भोजन लेई के समान हो जाता है, जिसे चाइम कहते हैं। यह लेई युक्त पदार्थ धीरे-धीरे पक्वाशय में पहुँच जाता है।

(ब) पक्वाशय : जब भोजन पक्वाशय में पहुँचता है तब सेक्रीटीन, पेन्क्रिमोजाइमिन तथा कोलेसिस्टोकाइनिन एन्जाइमों का स्रावण होता है। इनमें से कोलेसिस्टोकाइनिन रक्त द्वारा यकृत में पहुँचकर पित्ताशय से पित्तरस निकालने का संकेत करता है। पित्तरस की प्रवृत्ति क्षारीय होती है। इस प्रकार भोजन अम्लीय से क्षारीय हो जाता है। तदोपरान्त सेक्रीटिन एवं पेन्क्रिमोजाइनिन अग्न्याशय को उत्तेजित कर अग्न्याशय रस निकालते हैं। इसमें ट्रिप्सीन तथा काइमोट्रिप्सीन एन्जाइम उपस्थित रहते हैं। ये एन्जाइम बिना पचे या अधपची प्रोटीन पर क्रिया कर पेलीपेप्टाइडस तथा अमीनों अम्लों में बदल देते हैं।

अधपची प्रोटीन ... ट्रिप्सीन + काइमोट्रिप्सिन ...... पोलीपेप्टाइड्स + अमीनों अम्ल

धीरे-धीरे क्रमाकुंचन क्रिया से चाइम आगे की ओर खिसकता हुआ छोटी आंत में पहुँचता है। छोटी आंत में इरेप्सिन नामक एन्जाइम पोलीपेप्टाइड्स पर क्रिया करके सबसे सरलतम् अणु अमीनों अम्ल में परिवर्तित कर देता है।

पोलीपेप्टाइड्स .... इरेप्सिन एन्जाइम .... अमीनों अम्ल

इस प्रकार प्रोटीन का पाचन आमाशय, पक्वाशय एवं छोटी आँत में हो जाता है। तदोपरान्त प्रोटीन का अवशोषण शुरू हो जाता है।

➢ प्रोटीन का अवशोषण

प्रोटीन का अवशोषण छोटी आंत में सबसे सरलतम् इकाई अमीनों अम्ल के रूप में होता है अर्थात ये आंत की दीवार की म्यूकोसा कोशिकाओं द्वारा सरल विसरण द्वारा ग्रहण किए जाते हैं। आँत्रीय म्यूकोसा के माइक्रोविलाई व विलाई अवशोषण सतह में वृद्धि करते हैं। अवशोषित अमीनों अम्ल रक्त कोशिकाओं में प्रवेश करके शरीर की विभिन्न कोशिकाओं को पहुँचा दिए जाते हैं। आवश्यकता के अनुसार आंत की म्यूकोसा कोशिकाएँ एक प्रकार के

अमीनों अम्लों को दूसरे प्रकार के अमीनो अम्लों में परिवर्तित कर देती है। अमीनो अम्ल डीएमिनेशन द्वारा यूरिया में बदल दिया जाता है, जो मूत्र के साथ शरीर के बाहर निकाल दिया जाता है। 60 प्रतिशत प्रोटीन का अवशेषण छोटी आंत में 28 प्रतिशत बड़ी आंत में तथा शेष 11 प्रतिशत प्रोटीन का अवशोषण आमाशय में होता है।

➢ प्रोटीन का उपापचय

यकृत में अमीनों अम्लों में आवश्यकतानुसार निम्न में से कोई एक परिवर्तन होता है –

1. अमीनो अम्ल अस्थायी रूप से यकृत या अन्य ऊतक में संग्रह कर लिए जाते हैं।
2. अमीनो अम्ल बिना किसी परिवर्तन के अपने प्रारम्भिक स्वरूप में विभिन्न ऊतक कोशिकाओं को पहुँचा दिए जाते हैं, जहाँ इनसे प्रोटीन, एन्जाइम, प्लाज्मा, हारमोन का निर्माण होता है।
3. कुछ अमीनो अम्ल रुधिर में पहुँचने से पहले ही अन्य प्रकार के अमीनो अम्लों में परिवर्तित हो जाते है। यह क्रिया निर्माण कहलाती है।
4. अमीनो अम्लों की अतिरिक्त मात्रा निम्न किसी एक विधि द्वारा अन्य यौगिकों में बदल जाती है।

3

कार्बोहाइड्रेट (Carbohydrades)

- **कार्बोहाइड्रेट का परिचय**
- **कार्बोहाइड्रेट नामकरण**
- **कार्बोहाइड्रेट्स का रासायनिक संगठन**
- **कार्बोहाइड्रेट्स का वर्गीकरण,**
- **कार्बोहाइड्रेट्स के स्रोत,**
- **कार्बोहाइड्रेट्स के कार्य**
- **कार्बोहाइड्रेट की दैनिक आवश्यकता**
- **कार्बोहाइड्रेट्स का पाचन,**
- **कार्बोहाइड्रेट्स का अवशोषण, चयापचय**
- **कुछ महत्वपूर्ण कार्बोहाइड्रेट्स**
  - **मोनोसैकराइड्स:** ग्लूकोस, फ्रक्टोस, गैलेक्टोस
  - **डाईसैकराइड्स:** (सुक्रोस, माल्टोस, लैक्टोस)
  - **पोलीसैकराइड्स:** (मॉड, डेक्ट्रीन, ग्लाइकोजन, सेलुलोस)

कार्बोहाइड्रेट्स को पॉलीहाइड्रिक एल्कोहल के एल्डीहाइड अथवा कीटोन व्युत्पन्नों के रूप में परिभाषित किया जाता है। Hydrates of Carbon के आधार पर इस समूह को कार्बोहाइड्रेट कहा जाता है यानिकि कार्बनिक यौगिकों के समूह को कार्बोहाइड्रेट इसलिए कहा जाता है क्योंकि यह कार्बन, हाइड्रोजन तथा ऑक्सीजन के बने होते हैं अर्थात कार्बोहाइड्रेट्स (कार्बन, हाइड्रोजन एवं ऑक्सीजन तत्वों से मिलकर बने होते हैं। इसमें हाइड्रोजन तथा

ऑक्सीजन का अनुपात 2 : 1 होता है। इनका यही अनुपात जल में भी पाया जाता है। इन्हें $C_x(H_2O)_y$ या $(CH_2O)_n$ सामान्य सूत्र से व्यक्त किया जा सकता है। कार्बोहाइड्रेटस को ऊर्जा प्रदान करने वाले भोज्य तत्व भी कहा जाता है।

बहुत से तत्व ऐसे हैं जो रासायनिक गुणों के आधार तो कार्बोहाइड्रेटस हैं इनमें H_2 और O_2 का अनुपात 2 : 1 नहीं होता है। जैसे – Rhamnose, Rhamnohexose आदि। इसी प्रकार फार्मएल्डिहाइड, एसिटिक अम्ल, लैक्टिक अम्ल इत्यादि में H_2 और O_2 का अनुपात 2:1 होता है। परन्तु ये कार्बोहाइड्रेटस नहीं हैं। इसके अतिरिक्त अब यह ज्ञात हो चुका है कि कुछ कार्बोहाइड्रेटस में नाइट्रोजन, फॉस्फोरस एवं सल्फर भी पाया जाता है।

संक्षेप में, कार्बोहाइड्रेटस पोलीहाइड्रोक्सी एल्डिहाइड अथवा पोलीहाइड्रोक्सी कीटोन्स हैं। साधारण कार्बोहाइड्रेटस की इकाई में छः कार्बन परमाणु हाइड्रोजन व ऑक्सीजन के परमाणुओं के साथ एक श्रृंखला में संलग्न पाए जाते हैं। शरीर में वसा व प्रोटीन के टूटने पर भी कार्बोज तैयार होते हैं।

➢ नामकरण

सरल कार्बोहाइड्रेटस के नाम के अन्त में उपसर्ग (- Ose) जुड़ा होता और इनका सामान्य नाम, इनके प्राप्ति स्थान के आधार पर दिया जाता है। जैसे – फलों से प्राप्त शर्करा फ्रक्टोस, अंगूर से प्राप्त शर्करा अथवा ग्लूकोस, दूध से प्राप्त शर्करा लैक्टोस आदि । सामान्यतयः एल्डिहाइड समूह (- CHO) के कार्बोहाइड्रेटस को एल्डोज तथा कीटोनिक समूह की शर्कराओं को कीटोज नाम दिया जाता है। कार्बोहाइड्रेटस नामकरण की एक दूसरी पद्धति है, जिसमें इनके अणुओं में उपस्थित कार्बन परमाणुओं की संख्या एवं एल्डिहाइडिक और कीटोनिक समूहों को आधार माना जाता है।

➢ रासायनिक संगठन

इनमें कार्बन, हाइड्रोजन तथा ऑक्सीजन तत्व 2:1 में उपस्थित रहते हैं। जैसे – H_2O में रहते हैं। इनका सामान्य सूत्र CH_2O होता है। इनके संगठन

में हाइड्रोक्सी एल्डीहाइड्स या कीटोन होता है। सामान्यतः इनके संगठन में 6 अणु कार्बन व ऑक्सीजन तथा 12 अणु हाइड्रोजन होता है।

➢ वर्गीकरण

कार्बोहाइड्रेटस का वर्गीकरण भौतिक एवं रासायनिक विशेषताओं के आधार पर किया जा सकता है।

1. भौतिक विशेषताओं के आधार पर

(अ) शर्कराएँ

1. स्वाद में मीठी एवं ये रवादार होती हैं।
2. ये जल में घुलनशील होती हैं।
3. फल, सब्जियों शहद, गुण आदि उत्तम स्रोत हैं।
4. प्राकृतिक में व्यापक रूप से विद्यमान होती हैं।

(ब) अशर्कराएँ

1. ये पाउडर रूप में तथा स्वाद रहित होती हैं।
2. ठण्डे जल में अघुलनशील होती हैं।
3. सेल्युलोस की सुरक्षा दीवार होती है।
4. इनका कोई आकार नहीं होता यानिकि रवे बन ही नहीं सकते।
5. अनाज, दाल, सब्जियों के छिलके आदि में पाया जाता है।

2. रासायनिक विशेषताओं के आधार पर

रासायनिक विशेषता के आधार पर कार्बोहाइड्रेट्स को मूलतः तीन भागों में बांटा जा सकता है, ये निम्नलिखित हैं –

(अ) Monosachharides

यह Mono + Sachharides शब्दों से मिलकर बना होता है, जिसका अर्थ है – एक शर्करा। यानिकि मोनोसैकराइड्स में शर्करा का एक अणु होता

है, जो शर्करा का सबसे सरलतम् रूप है। पाचन क्रिया के बाद सभी कार्बोहाइड्रेटस इसी मोनोसैकराइड्स में बदल जाते हैं। ये एल्डिहाइड समूह और कीटोन समूह में बंटे होते हैं।

(ब) Disachharides

Di का अर्थ दो, Sachharides का अर्थ शर्करा यानिकि इसका अर्थ है Monosachharides के दो अणु मिलकर एक अणु Disachharide का बनाता है।

इनका रासायनिक सूत्र $C_{12}H_{22}O_{11}$ होता है। एक अणु ग्लूकोस के साथ फ्रक्टोस मिलकर सुक्रोस बनाता है। इसी प्रकार दो अणु ग्लूकोस मिलकर एक अणु माल्टोस बनाता है।

ग्लूकोस + फ्रक्टोस = सुक्रोस
ग्लूकोस + ग्लूकोस = माल्टोस
ग्लूकोस + गैलक्टोस = लैक्टोस

इनकी विशेषताएँ इस प्रकार हैं –

1. ये जल में घुलनशील होते हैं।
2. ये टूटने पर Monosachharide में बदल जाते हैं।
3. ये स्वाद में मीठे होते हैं।
4. इनमें रवे बनाए जा सकते हैं

उदाहरण – सुक्रोस, माल्टोस, लैक्टोस आदि।

(स) Polysachharides

Poly + Sachharides शब्दों से मिलकर बना है यानिकि तीन या तीन से अधिक शर्करा की सरल इकाइयों से मिलकर बने होते हैं। इनका रासायनिक सूत्र $(C_6H_{10}O_5)_n$ है। यहाँ n अणुओं की संख्या को प्रदर्शित करता है। इन्हें सामान्य रूप से स्टार्च के नाम से जाना जाता है, इनकी विशेषताएँ हैं –

1. ये ग्लूकोस की लम्बी श्रृंखला के जुड़ने से बनते हैं।

2. पौधों के वृद्धि एवं विकास के लिए उपयोगी होता है।

3. इनका कोलॉयडल घोल तैयार हो जाता है।

4. ये स्वादहीन होते हैं।

➢ कार्बोहाइड्रेट के स्रोत

अधिकाँश भारतीय परिवारों में भोजन के लिए गेहूँ, चावल, आलू, बाजरा, मक्का आदि का प्रयोग किया जाता है यानिकि सामान्य व्यक्ति का आहार गेहूँ व अन्य मोटे अनाज की रोटियाँ अथवा चावल भात हैं, जिनमें कार्बोहाइड्रेट अधिक मात्रा में पाया जाता है। कार्बोहाइड्रेट सभी प्रकार के अनाजों, जड़ वाली सब्जियों सूखे फल आदि अच्छे स्रोत हैं यानिकि ये गेहूँ, चावल, मक्का, रागी, गुड़, शहद, आलू, शकरकन्द, चुकन्दर, किशमिश, अंजीर, मुनक्का, सेब, आम, अमरूद, मूँगफली, काजू, पनीर आदि कार्बोहाइड्रेट के अच्छे स्रोत हैं।

➢ कार्बोहाइड्रेट के कार्य

1. **ऊर्जा प्रदान करना :** कार्बोहाइड्रेट का मुख्य कार्य शरीर को ऊर्जा देने का है यानिकि शरीर की समस्त क्रियाओं को संचालित करने के लिए ऊर्जा देती है। भोजन के पाचन क्रिया के बाद स्टार्च ग्लूकोस में टूट जाता है। ग्लूकोस रक्त वाहिनियों द्वारा अवशोषित कर लिया जाता है यानिकि रक्त में 80 mg / 100 mg ग्लूकोस रहता है, जो शरीर की माँसपेशियों तथा ऊतकों को कार्य करने की शक्ति देता है।

2. **प्रोटीन की बचत :** प्रोटीन का मुख्य कार्य शरीर की वृद्धि और विकास करना है परन्तु कार्बोहाइड्रेट और वसा की अनुपस्थिति में प्रोटीन ही टूट कर ऊर्जा देती है। कार्बोहाइड्रेट से शरीर की माँग के अनुसार कैलौरी मिलने से प्रोटीन का उपयोग ऊर्जा स्रोत में न होकर निर्माणात्मक रूप में ही होता है।

3. **विटामिन बी समूह के संश्लेषण में :** दूध में पायी जाने वाली लैक्टोस शर्करा विटामिन बी समूह के संश्लेषण के लिए आवश्यक होती है। मनुष्य की छोटी आंत में कुछ ऐसे जीवाणु उपस्थित होते हैं, जो विटामिन बी

समूह के संश्लेषण में सहायक होते हैं।

4. **कैल्सियम के अवशोषण में सहायक :** दूध में पायी जाने वाली लैक्टोस शर्करा कैल्सियम के अवशोषण तथा उपयोगिता बढ़ाने के लिए आवश्यक होती है।

5. **पाचन तन्त्र को स्वस्थ रखने में सहायक :** रेशे अपचनशील होने के कारण पेट को साफ रखने के लिए अत्यन्त जरूरी हैं। यह आंतों की क्रमाकुंचन गति को बढ़ाता है। जिससे भोजन आगे सरकता जाता है अर्थात रेशों की उपस्थिति के कारण मलाशय से मल सरलता पूर्वक सुगमता से बाहर निकल जाता है। रेशे कब्ज रोग से भी बचाता है।

6. **रक्त में कोलेस्ट्रॉल स्तर को कम करना :** हृदय रोग से बचाने के लिए रक्त में कोलेस्ट्राल की मात्रा कम होनी आवश्यक है। भोजन में उपस्थित रेशे शरीर में कोलेस्ट्राल की मात्रा को कम करता है।

7. **विषाक्त पदार्थों को हानि रहित बनाना :** पाचन क्रिया के दौरान विषाक्त ग्लाइकुरोनिक अम्ल उत्पन्न होता है। इस अम्ल को कार्बोहाइड्रेट फिनोलिक हाइड्रोक्सिल समूह के साथ मिलने से विषैला प्रभाव नष्ट हो जाता है। यदि यह प्रतिक्रिया नहीं होती तब शरीर में यौन हारमोन का अत्यधिक मात्रा में उत्पन्न होने लगते हैं।

8. **यकृत को स्वस्थ रखने में सहायक :** यकृत विषैले तथा हानिकारक जीवाणुओं का नाश ग्लाइकोजन की उपस्थिति में ही करता है। यदि यकृत में ग्लाइकोजन की भरपूर मात्र नहीं होती है, तो विषैले पदार्थ हानिकारक जीवाणु आदि जैविक अंगों के मुख्य तन्तुओं तक पहुँच कर उन्हें क्षति ग्रस्त कर सकते हैं।

9. **नाड़ी संस्थान को स्वस्थ रखने में :** केन्द्रीय नाड़ी संस्थान तथा मस्तिष्क को स्वस्थ बनाए रखने के लिए ग्लूकोस जरूरी है। मस्तिष्क तथा नाड़ियों को ग्लूकोस नहीं मिले तो मस्तिष्क कार्य करना बन्द कर सकता है।

10. **अनेक गम्भीर रोगों से सुरक्षा :** अधिक रेशे युक्त भोज्य पदार्थों के सेवन से हृदय रोगी को आराम मिलता है क्योंकि ऐसे आहार में वसा, प्रोटीन, कार्बोहाइड्रेट की मात्रा कम रहती है। शरीर के तापक्रम को नियन्त्रित भी

रखता है।

11. **वसा के आक्सीकरण को सामान्य बनाए रखने में सहायक :** जब भोजन में कार्बोहाइड्रेट की मात्रा कम हो जाती है तो वसा का ऑक्सीकरण सामान्य रूप से नहीं हो पाता है। शरीर में कीटोन बॉडीज उत्पन्न हो जाते हैं, जिसके फलस्वरूप शरीर की अम्लीयता बढ़ जाती है, जो शरीर के लिए हानिकारक होती है। यह अवस्था कीटोसिस कहलाती है। इस अवस्था में रक्त व मूत्र में वसा के चयापचय के फलस्वरूप उत्पन्न व्यर्थ पदार्थों का जमाव उत्पन्न हो जाता है। व्यक्ति थकान व बेचैनी अनुभव करने लगता है। मधुमेय रोग हो जाता है।

➢ कार्बोहाइड्रेट की दैनिक आवश्यकता

भारतीय कॉन्सिल ऑफ मेडिकल रिसर्च, विश्व स्वास्थ संगठन द्वारा दैनिक आहारीय एवं पोषकीय आवश्यकताओं की तालिकाओं के अन्तर्गत भारतीयों के लिए कार्बोहाइड्रेट की दैनिक आवश्यकता की कोई मात्रा निर्धारित नहीं की गयी है। विद्वानों के अनुसार 70% कैलोरी ऊर्जा कार्बोहाइड्रेट से प्राप्त होनी चाहिए। यह ऊर्जा का सबसे सस्ता साधन है अतः निम्न आय वर्ग के आहार की 80% ऊर्जा की आवश्यकता इसी से पूरी की जाती है। आय बढ़ने के साथ-साथ इसके द्वारा पूर्ण की जाने वाली ऊर्जा का प्रतिशत घटता जाता है। इसी तरह से विकासशील व विकसित देशों के आहार में इसकी मात्रा अलग-अलग होती है।

विकासशील देशों की आम जनता अपनी कैलौरी की आवश्यकता का 60 - 70 % कार्बोहाइड्रेट्स से पूरी करती है। यूरोप में 40 - 50 % जबकि अमेरिका में घटकर 30 – 40 % ही रह जाता है। कहा जा सकता है कि धनाड्य लोग कम जबकि गरीब लोग कार्बोहाइड्रेट पर ज्यादा निर्भर रहते हैं।

संतुलित आहार में कार्बोज द्वारा मिलने वाली कैलोरीज का प्रतिशत कम से कम 40 % तो होना ही चाहिए। अलग-अलग उम्र एवं स्थितियों में कुल कैलोरी मान को नीचे की तालिका संख्या तीन में दर्शाया गया है –

तालिका तीन

आयु वर्ग के साथ कैलोरीमान

क्र.	आयुवर्ग	कैलोरी का प्रतिशत
1	वयस्क	50 - 70
2	गर्भवती व धात्री	40 - 60
3	शिशु	40 - 50
4	बालक	40 - 60
5	किशोर	50 - 70

इसका ऊर्जा मूल्य 4.2 कैलोरी प्रति ग्राम होता है यानिकि कार्बोहाइड्रेटस प्रज्वलित होकर 4 कैलोरी ऊर्जा प्रदान करता है। भोजन का कैलोरी मान कैलोरियों की वह संख्या है जो एक ग्राम भोजन के पूर्ण पाचन से प्राप्त होती है अर्थात एक किलोग्राम जल का तापक्रम $1^{o}C$ बढ़ाने के लिए जितनी ऊष्मा का प्रयोग किया जाता है, उस ताप की मात्रा को ही किलोकैलोरी कहते हैं।

➢ कार्बोहाइड्रेट का पाचन

कार्बोहाइड्रेट का पाचन मुँख गुहा से लार में पाए जाने वाले टायलिन एन्जाइम से शुरू हो जाता है। इस एन्जाइम के प्रभाव से स्टार्च Dextrin में बदल जाता है लेकिन मुँख में भोजन बहुत कम समय तक ही रहता है जिस कारण कार्बोहाइड्रेट पूर्ण रूपेण डेक्सिट्रिन में नहीं बदल पाता है।

मुँख से भोजन ग्रासनली से होता हुआ आमाशय में पहुँच जाता है जहाँ पर कार्बोहाइड्रेट का पाचन नहीं होता है। आमाशय से आमाशयिक रस निकलता है। इस रस में HCl होता है, जो भोजन के माध्यम को अम्लीय बनाता है। इसके प्रभाव से जीवाणुओं, विषाणुओं, कीटाणुओं आदि का नाश हो जाता है।

भोजन आमाशय से होता हुआ छोटी आँत के पक्वाशय भाग में पहुँचता है। यहाँ पर अग्न्याशय रस में एमाइलेस एन्जाइम क्रिया करके डाईसैक्राइड में

बदल देता है। तदोपरान्त भोजन छोटी आँत के शेषान्त में आन्त्रीय रस से क्रिया करके मोनोसैक्राइड में बदल दिए जाते हैं।

पूर्ण पाचन की क्रिया संक्षेप में इस प्रकार है –

(अ) मुख गुहा में

कार्बोहाइड्रेट............ टायलिन एन्जाइम .... डेक्सिट्रिन

(ब) पक्वाशय में

डेक्सिट्रिन .... HCl जठर रस .... डाईसैकराइड (माल्टोस)

(स) अग्नाश्य में

माल्टोस .... एमाइलेस .... ग्लूकोस + ग्लूकोस

(द) छोटी आँत में : डाईसैकराइड

.... माल्टेस .... ग्लूकोस

.... लैक्टेस .... ग्लूकोस + गैलक्टोस

.... सुक्रेस .... ग्लूकोस + फ्रक्टोस

➢ कार्बोहाइड्रेट का अवशोषण

पचे हुए भोज्य पदार्थ आँत की अर्धपारगम्य म्यूकस झिल्ली में से विसरित होकर रुधिर एवं लसिका कोशिकाओं में पहुँच जाते हैं। इस क्रिया को अवशोषण कहते हैं यानिकि पचे हुए खाद्य् पदार्थों के विसरित होकर रुधिर में पहुँचने की क्रिया को ही अवशोषण कहते हैं। अवशोषण की क्रिया मुख्य रूप से आँत में ही होती है।

कार्बोहाइड्रेट का अवशोषण छोटी आँत के रसांकुरों द्वारा किया जाता है। सबसे शीघ्र गैलक्टोस फिर ग्लूकोस तदोपरान्त फ्रक्टोस का अवशोषण होता है। समय बढ़ने के साथ ही साथ अवशोषण की दर घटती जाती है। रक्त द्वारा अवशोषित भोज्य पदार्थों को यकृत में पहुँचा दिया जाता है। आवश्यकतानुसार

शरीर के माँग के अनुसार इनका प्रयोग होता रहता है।

➢ कुछ महत्वपूर्ण कार्बोहाइड्रेट

रासायनिक संरचना के आधार पर कार्बोहाइड्रेट की एक इकाई के यौगिक को मोनोसैक्राइड, दो इकाइयों के यौगिक को डाईसैकराइड एवं दो से अधिक इकाई के यौगिक को पोलीसैकराइड के नाम से जाना जाता है। रासायनिक रूप से ये पोलिहाइड्रिक एल्कोहल्स के एल्डिहाइड व कीटोन के व्युत्पन्न हैं। जल अपघटन द्वारा ये शर्कराऐं अलग अलग हो जाती है। स्टार्च या मॉड कोशिका द्रव्य में अविलेय या अघुलनशील होते है बकि अधिकाँश शर्कराएँ जीवद्रव्य में संग्रहित रहता है। सामान्यत: कार्बोहाइड्रेट का विविरण इस प्रकार है -

1. Monosaccharides

यह वे शर्कराएँ हैं जिन्हें जल अपघटन के द्वारा अत्यधिक सरल रूप में परिवर्तित नहीं किया जा सकता। इनका सामान्य सूत्र $C_nH_{2n}O_n$ है। ये छ: कार्बन परमाणु वाली शर्करा हैं। इनका एल्कोहलिक किण्वन होता है। ये ऊर्जा का प्रमुख स्रोत हैं तथा अन्य कार्बोहाइड्रेट के लिए उपादान का कार्य करती हैं। इसके उदाहरण है - ग्लूकोस, फ्रक्टोस, ग्लैक्टोस।

(अ) ग्लूकोस

इसका रासायनिक सूत्र $C_6H_{12}O_6$ है। यह कार्बोहाइड्रेट की सबसे सरल इकाई है। इसे सामान्यत: द्राक्ष शर्करा या अंगूर या रक्त की शर्करा भी कहते हैं। यह जल में अल्फा एवं बीटा ग्लूकोस का साम्यावस्था मिश्रण बनाती है। मीठी सब्जियों एवं फलों में 2 से 6 प्रतिशत तथा शहद में 30 से 40 प्रतिशत तक मौजूद होता है। रक्त में 80 से 100 मिग्रा./ मिली. से ज्यादा ग्लूकोस उपस्थित नहीं रहता है। इससे अधिक मात्रा होने पर इन्सुलिन हारमोन की उपस्थिति में ग्लाइकोजन में बदल जाता है। यह यकृत एवं माँसपेशियों में जा कर जमा हो जाता है परन्तु इन्सुलिन के अभाव में परिर्वतन नहीं हो पाने से मूत्र के द्वारा बाहर निकलने लगता है। परिणामत: मधुमेय रोग हो जाता है।

(ब) फ्रक्टोस

ग्लूकोस की भाँति इसका भी रासायनिक सूत्र $C_6H_{12}O_6$ होता है। अन्तर यह होता है कि ग्लूकोस में एल्डिहाइड समूह (- CHO) होता है जबकि फ्रक्टोस में कीटोन समूह (- CO)। साधारण शक्कर के पाचन के द्वारा भी शरीर में तैयार हो जाती है। सामान्यत: इसको फल शर्करा या Levulose भी कहते हैं। ग्लूकोस की तुलना में फ्रक्टोस की मिठास दो गुना ज्यादा होती है। गन्ने के रस, चुकन्दर, मीठे फलों आदि में सामान्य रूप से विद्यमान रहता है।

(स) गैलेक्टोस

यह डाईसैकेराइड लेक्टोस के पाचन से शरीर में उत्पन्न होती है। यह दुग्ध शर्करा लैक्टोस के टुटने से प्राप्त होती है। यह वनस्पति जगत में नहीं पायी जाती है। यकृत में इसका परिर्वतन ग्लूकोस में हो जाता है। बच्चों में जब गैलेक्टोस को ग्लूकोस में बदलने की क्रिया नहीं हो पाती तो इस विकार को गैलेक्टीसेमिया कहते हैं। यह इस क्रिया के लिए आवश्यक एन्जाइम की कमी के कारण देखा जाता है।

2. Disaccharides

एक ही या विभिन्न मोनोसैकेराइड्स के दो अणुओं के ग्लाइकोसाइडिक बन्धन द्वारा परस्पर संयोजित होने के फलस्वरूप डाईसैकराइड शर्करा का एक अणु बनता है। इस संयोजन में जल का एक अणु अपनयित हो जाता है। मोनोसैक्राइड के दो अणुओं के संघटन से बनते हैं तथा जल अपघटन में जल का एक अणु बाहर निकलता है। इनका मूलानुपाती सूत्र $C_{12}H_{22}O_{11}$ है। पादपों में पाए जाने वाले सुक्रोस व माल्टोस तथा प्राणियों में पाया जाने वाला लैक्टोस इसके उदाहरण हैं।

संक्षेप में, सभी डाईसैकराइड्स शर्कराएँ हैक्सोज शर्कराओं के आपस में जुड़ने से बनती हैं। जैसे –

ग्लूकोस ($C_6H_{12}O_6$) + फ्रक्टोस ($C_6H_{12}O_6$) = सुक्रोस ($C_{12}H_{22}O_{11}$) + जल

पोषण की दृष्टि से यह खाद्य् पदार्थों में पाए जाने वाले कार्बोहाइड्रेट् में

लगभग 30 प्रतिशत तक पाया जाता है। डाईसैकराइड्स में कई प्रकार के कार्बोहाइड्रेट सम्मिलित होते हैं। महत्वपूर्ण डाईसैकराइड्स इस प्रकार हैं –

(अ) सुक्रोस

दैनिक जीवन में प्रयोग में लायी जाने वाली चीनी सुक्रोज ही है। इसे सामान्य रूप से गन्ने की शुगर अथवा चुकन्दर की शर्करा भी कहते हैं। यह गन्ने, ताड़, चुकन्दर, शकरकन्द, एवं फलों में बहुतायत में पाया जाता है। यह अत्यधिक मीठा, क्रिस्टलीय व जल में सरलता से घुलने वाला होता है। जल अपघटन द्वारा यह ग्लूकोस एवं फ्रक्टोस में विघटित हो जाता है। जब इसको तनु HCl की उपस्थिति में गर्म किया जाता है तब इसमें बराबर मात्रा में ग्लूकोस एवं फ्रक्टोस के मिश्रण बनते हैं, जिसे Invert Suger कहते हैं।

पाचक एन्जाइम या जलीय अपघटन के द्वारा सुक्रोज एक अणु ग्लूकोज एवं एक अणु फ्क्टोज में टूट जाता है। अधिकांशतः सुक्रोज पाचन नली के आन्तरिक भित्ति की कोशिकाओं ग्लूकोज एवं फ्क्टोज के रूप में पचा लिया जाता है, परन्तु सुक्रोज की बहुत अधिक मात्रा में सेवन करने पर सुक्रोज की कुछ मात्रा बिना किसी रूप में परिवर्तित हुए कोशिकाओं द्वारा सोख ली जाती है जो कि बाद में उत्सर्जित कर जाती है।

(ब) माल्टोस

इसे सामान्यतः जई की शर्करा भी कहते हैं। जब अनाजों का अंकुरण होता है तब स्टार्च Diastase एन्जाइम की उपस्थिति में माल्टोस में परिवर्तित हो जाता है यानिकि यह पाचन क्रिया के दौरान एमाइलेस (Amylase) या टायलिन (Ptyalin) एन्जाइमों द्वारा मॉड या ग्लाइकोजन पर क्रिया के फलस्वरूप बनती है। शरीर में पॉलीसैकराइड्स स्टार्च के पाचन से भी माल्टोज बनता है तदोपरान्त यह माल्टेस (Maltase) एन्जाइम की उपस्थिति में ग्लूकोस के दो अणुओं में टूट जाती है।

(स) लैक्टोस

इस शर्करा को सामान्य रूप से दुग्ध शर्करा भी कहते हैं क्योंकि यही

एकमात्र शर्करा है जो जन्तुओं के दूध में पायी जाती है। दूध पीने वाले शिशुओं को मिलने वाला यही एक मात्र कार्बोहाइड्रेट है। गाय व भैंस के दूध में औसतन 4 प्रतिशत व मानव दूध में 7 प्रतिशत की मात्रा में पायी जाती है। आँतों में पाए जाने वाले लेक्टेस एन्जाइम के द्वारा यह अपघटित होकर एक अणु ग्लूकोस व एक अणु गैलेक्टोस का बनाती है।

3. Polysaccharides

ये जटिल शर्कराऐं है, जो मोनोसैकेराइड्स के अनेक अणुओं के जुड़ने से बनती हैं तथा इसके बाद के जल के उतने ही अणु बाहर निकलते हैं अर्थात ये 10 या 10 से अधिक मोनोसैकेराइड्स के संयोग से बनते हैं।

(अ) मॉड (Starch)

यह दो दीर्घ बहुलक (Polymer) अणुओं का मिश्रण है। वनस्पति जगत स्टार्च प्राप्ति के मुख्य स्रोत हैं। स्टार्च कार्बोज का वह रूप है जिस रूप में पौधे अपने अन्दर कार्बोहाइड्रट का संग्रह करते हैं। इस तरह भोजन में ऊर्जा का यह मुख्य साधन है। स्टार्च कन्द, जड़ एवं बीज व फलों में मौजूद रहता है। यह अरबी, आलू, शकरकन्द, चावल, गेहूँ, मक्का, जौ, घुइयाँ, रागी आदि में बहुतायत में पाया जाता है। जड़ एवं तने वाली सब्जियों में 20 – 35 तथा सूखे बीज जैसे मटर, सेम, ग्वारुली आदि में 40 प्रतिशत मॉड़ होता है। स्टार्च मुख्यत: एमाइलेज तथा इमाइलोपेक्टिन से मिलकर बना होता है।

स्टार्च ठण्डे पानी में घुलनशील होता है तथा गर्म पानी में डालने से इसकी कोशिका की दीवर फट जाती है। अन्दर के छोटे छोटे स्टार्च कण बाहर निकल आते हैं, जो पानी सोख कर फूल जाते हैं। यह क्रिया जिलेटनीकरण कहलाती है। ऊष्मा, अम्ल व पाचक एन्जाइम की क्रिया से डेक्सट्रिन में बदल जाता है।

(ब) डेक्सट्रीन (Dextrin)

यह अंकुरित अनाजों में अधिकता से मिलता है। अनाजों के अंकुरण की क्रिया के दौरान अनाज का स्टार्च पहले डेक्सट्रिन में परिवर्तित होता है। स्टार्च

पकाने की क्रिया में भी उसका कुछ भाग डेक्सट्रीन में बदल कर ऊपर आ जाता है। जब रोटी पकाते हैं तब लाल भूरे रंग में सिकती है या जब चावल को गरम तबे पर भूनते हैं तो लाल भूरे रंग में बदल जाता है। रोटी एवं भुने चावल के रंग में परिवर्तन का मुख्य कारण डेक्सट्रीन में बदलने लगता है। जब व्यक्ति रोटी चबा चबाकर खाता है तो मीठी लगने लगती है, इसका कारण डेक्ट्रीन ही है। छोटी आँत में एमाइलेज की उपस्थिति में जब मॉड़ का उद्ध विच्छेदन होता है, तो पहले डेक्सट्रीन तब बाद में माल्टोस में बदल जाता है। यह माल्टोस, माल्टेस एन्जाइम की क्रिया के बाद ग्लूकोस में बदल जाता है। मक्के की शक्कर व शहद में भी इसकी उपस्थिति होती है।

मॉड़ ....$_{\text{Amylase}}$........... डेक्सट्रीन ....माल्टोस ....$_{\text{Maltase}}$........... ग्लूकोस

(स) ग्लाइकोजन (Glycogen)

इसे जन्तु स्टार्च भी कहते हैं क्योंकि यह प्राणियों के शरीर में संचित भोजन के रूप में पाया जाता है। यह ग्लूकोस के अनेक अणुओं का बहुलक है यानिकि ग्लूकोस की 5000 से 10000 इकाइयाँ मिलकर ग्लइकोजन का निर्माण करती है। शरीर में ऊर्जा का अति महत्वपूर्ण संचित भण्डार है। यह पेशी तन्तुओं व यकृत कोशिकाओं में ही संचित रहता है। यह पानी में घुलनशील होता है किन्तु जीवद्रव्य में यह कोलॉयड अवस्था में होता है। एक स्वस्थ व्यक्ति के शरीर में 550 ग्राम तक ग्लाइकोजन जमा होता है। इसमें से 350 ग्राम माँसपेशियों में तथा 200 ग्राम यकृत में जमा होता है अर्थात ग्लाइकोजन यकृत में 3 - 7 प्रतिशत और माँसपेशियों में 0.5 - 1 प्रतिशत तक पाया जाने वाला सुरक्षित कार्बोहाइड्रेट है।

व्यक्ति अपने भोजन के द्वारा ली गयी ऊर्जा पर्याप्त न होने पर यह ग्लाइकोजन से पुनः ग्लूकोज में टूट कर ऊर्जा देती है। जब वह खाद्य् पदार्थों के रूप में लिए जाते हैं तब यकृत तथा माँसपेशियों में ग्लाइकोजन नहीं पाया जाता है क्योंकि काटने के समय अधिकतम् मात्रा लैक्टिक अम्ल के रूप में परिवर्तित हो जाती है।

(द) सेलुलोस (Cellulose)

यह सैकड़ों मोनोसैकराइड अणुओं का बना होता है। यह पौधों की कोशिका भित्तियों में पाया जाता है। वनस्पति जगत में पाए जाने वाले कार्बन का 50 % से अधिक भाग सैल्यूलोज में मिलता है। इसका सबसे शुद्ध रूप रूई है, जिसे कपास (Cotton) से प्राप्त किया जाता है यानिकि इसमें लगभग 90 % सैल्यूलोज होता है। इसका मानव में कोई महत्व नहीं होता है। मनुष्य इसे पचा नहीं सकता है क्योंकि इस पर पाचक रस एमाइलेस का कोई प्रभाव नहीं पड़ता है यानिकि यह मानव के शरीर में कोई पोषक मूल्य न होते हुए भी यह लाभदायक है क्योंकि इसके रेशे आँतो की माँसपेशियों की क्रमानुकुन्चन गति को तेज कर देता है, जिससे मल को गति मिलने से आसानी से त्याज्य हो जाता है अर्थात कब्ज होने से बचाता है।

गाय, घोड़े, हाथी, कुत्ता, खरगोश आदि जानवरों के पाचन अंगों में सेलुलोस को विभक्त करने वाले जीवाणु पाए जाते हैं, जिनकी मदद से जानवरो के शरीर में सेलुलोस का पाचन हो जाता है ये जानवर सेलुलोज को ग्लूकोज बना कर ऊर्जा में बदल लेते हैं। कीटों का वाह्य कंकाल Chitin नामक पोलीसैकराइड का बना है। जैसे–चीटियों, केंकड़ों, कॉकरोच, मक्खी, बर्र आदि।

4

विटामिन (Vitamins)

> - **परिचय, सामान्य गुण, दैनिक आवश्यकता एवं वर्गीकरण**
> - **विटामिन एः** स्रोत, रासायनिक संरचना, गुण, विशेषताऐं, कार्य, रोग।
> - **विटामिन बी समूहः** स्रोत एवं कमी से रोग।
> - **विटामिन सीः** स्रोत, रासायनिक संरचना, गुण विशेषताऐं, कार्य, रोग।
> - **विटामिन डीः** स्रोत, रासायनिक संरचना, गुण, विशेषताऐं, कार्य, रोग।
> - **विटामिन ईः** स्रोत, रासायनिक संरचना, गुण, विशेषताऐं, कार्य, रोग।
> - **विटामिन केः** स्रोत, रासायनिक संरचना, गुण, विशेषताऐं, कार्य, रोग।

विटामिन शब्द का प्रयोग आहार के प्रमुख अवयवों से भिन्न उन सभी अवयवों के लिए किया जाता है, जिनकी आहार में अत्यन्त अल्प मात्रा में आवश्यकता पड़ती है। जिनकी कमी से विशेष प्रकार के रोग हो जाते हैं अर्थात आहार के वे प्रमुख तत्व जो शरीर के उत्तम स्वास्थ के लिए अत्यावश्यक हैं। यानिकि ये शरीर की वृद्धि, विकास, तन्दुरुस्ती, चुस्ती एवं फुर्तीला बनाए रखने के लिए निहायत जरूरी है।

विटामिन की खोज सन् 1912 में पोलैण्ड के वैज्ञानिक Casimir funk की थी। Vita एवं amine शब्दों से मिलकर Vitamine शब्द बना है। जिसका अर्थ है – Amines for the vitality यानिकि जीवन देने वाला। बाद में पाया गया कि इस समूह के सभी यौगिकों में नाइट्रोजन नहीं पाया जाता है अर्थात् ये एमाइन प्रकृति के नहीं होते इसलिए ड्रूमण्ड की विचारधारा के अनुसार ऐसे यौगिकों को Vitamine के स्थान पर Vitamin शब्द का प्रयोग किया जाना उपयुक्त माना गया अर्थात दूसरा नाम विटामिन रखा गया।

विटामिनों के सामान्य गुण निम्नलिखित हैं –

1. जन्तुओं की वृद्धि एवं विकास के लिए विटामिन आहार जरूरी होते हैं।
2. आहार में लगभग 0.5 मिग्रा. की मात्रा बहुत कार्य करती है।
3. इनमें C, H, O के अतिरिक्त, छ तत्व भी पाए जाते हैं।
4. इनसे शरीर को ऊर्जा प्राप्त नहीं होती है।
5. शारीरिक संरचना के लिए संरचनात्मक इकाई के रूप में कार्य नहीं करते हैं।
6. इनका प्रमुख कार्य शरीर में ऊर्जा का स्थानान्तरण करना, उपापचय प्रक्रियाओं को उत्तेजित करना है।
7. एन्जाइम संस्थान के रूप में विटामिन साधारण ताप तथा PH पर विभिन्न प्रकार की अभिक्रियाओं को उत्प्रेरित करते हैं।
8. जन्तुओं में इनकी कमी से विभिन्न रोग हो जाते है।
9. जन्तुओं में इनके संश्लेषण करने की क्षमता नहीं होती है।
10. ये आंशिक रूप से नष्ट हो जाती हैं।
11. ये प्रतिरक्षाकारक का कार्य नहीं करती हैं।
12. इनको अलग से लेने पर भी ये प्रभावकारी होती हैं।
13. शरीर की समस्त कोशिकाएँ कुछ सीमा तक विटामिन संचित करती है।

➢ दैनिक आवश्यकता

विटामिन की दैनिक आवश्यकता, उपयोग, करने वाले जन्तु की प्रकृति

पर आधारित है। सामान्य सिद्धान्त निम्न हैं –

1. आवश्यकता जीव के आकार के समानुपाती होती है।
2. प्रौढ़ों की अपेक्षा नवजातों को विटामिन की आवश्यकता अधिक रहती है।
3. व्यायाम की अवस्था में विटामिन की आवश्यकता बढ़ जाती है।
4. गर्भावस्था एवं दुग्धावस्था में मादाओं को बढ़ते एवं विकास करते बच्चों को विटामिन डी की अधिक आवश्यकता पड़ती हैं।
5. बीमारी एवं घायलावस्था में विटामिन की आवश्यकता, सामान्य अवस्था से अधिक हो जाती है।
6. कार्बोहाइड्रेट्स के अधिक उपयोग के लिए विटामिन बी समूह की अधिक आवश्यकता पड़ती है।
7. विटामिन्स के अभाव में उत्पन्न होने वाले लक्षणों को Avitaminosis कहते हैं।
8. दैनिक आहार में मात्र 0.5 मिग्रा. विटामिनों की जरूरत पड़ती है।

1. विटामिन ए (Vitamin - A)

इसे Antixeropthalmic एवं Retionol के नाम से भी जाना जाता है। इसका सूत्र $C_{20}H_{30}O$ है।

➢ **स्रोत** : यह विटामिन स्तनधारियों के यकृत, के अतिरिक्त दुग्ध एवं दुग्ध पदार्थों में पाया जाता हैं। वनस्पतिज भोज्य पदार्थों में लाल ताड़ का पेड़, धनियाँ पत्ता, गाजर, सहजन, आदि बीटा कैरोटीन के उत्कृष्ट स्रोत हैं। पत्तागोभी, मेथी के पत्ते, पोदीना, कद्दू, संतरा, टमाटर, आड़ू, आम, पपीता आदि मध्यम स्रोत के रूप में जाने जाते है। कैरोटीन केवल पीले अनाज में ही पाया जाता है अत: ये विटामिन ए के अच्छे साधन हैं।

➢ **गुण**

1. विटामिन ए अत्यधिक असन्तृप्त प्राथमिक एल्कोहल है।
2. यह विटामिन जल में अविलेय परन्तु वसा व कार्बनिक विलायकों में विलेय हैं।

3. यह रंगहीन तैलीय द्रव पदार्थ है।
4. विभिन्न स्रोतों से सावधानीपूर्वक आसवन करने पर इसके द्वारा पीले रंग के केलास प्राप्त होते हैं।
5. वायु में अस्थायी हैं परन्तु Antioxidants की उपस्थिति में स्थायी हैं।
6. आग के प्रति स्थिर होता है पर सूर्य की पाराबैंगनी किरणों द्वारा प्रकीर्णित होने पर नष्ट हो जाता है।
7. इसका नाश साधारण ताप में नहीं होता है।
8. इनमें एल्कोहल होने के कारण विटामिन ए एस्टर का निर्माण करता है। यह एस्टर शरीर में संग्रहीत रहता है।
9. उत्प्रेरक की उपस्थिति में इसका हाइड्रोजनीकरण करने पर हाइड्रोविटामिन प्राप्त होती है। जिसके सूत्र $C_{20}H_{40}O$ है, जिससे इसमें 5 द्विबन्ध की उपस्थित सिद्ध होती है।
10. ओजोन प्रतिक्रिया की प्रक्रिया से विटामिन ए का परिर्वतन जीरोनिक अम्ल में हो जाता है।
11. शुद्ध रूप से विटामिन ए हल्के पीले रंग का रवेदार यौगिक है
12. कैरोटीन गहरे लाल रंग का होता है।

➤ विटामिन ए का कार्य

1. विटामिन ए की कमी से पीड़ित व्यक्ति जब तेज प्रकाश से अंधेरे स्थान में जाता है तो वस्तुएँ शीघ्र दिखाई नहीं देती हैं। इस रोग को रतौंधी के नाम से जाना जाता है।
2. त्वचा, सभी ग्रन्थियों व उनकी नलिकाओं तथा शरीर के सभी प्रणालियों की श्लेष्मिक कला को स्वस्थ बनाए रखना विटामिन ए का प्रमुख कार्य है। श्लेष्मिक कला में म्यूकस का स्रवण होता है, जो शरीर की संक्रमण से सुरक्षा करता है।
3. विटामिन ए के अभाव में म्यूकस का स्राव घटता है। शरीर की संक्रमण से सुरक्षा करने का सामर्थ भी कम हो जाता है। यही कारण है कि विटामिन ए को एण्टिइन्फेक्टिव विटामिन भी कहा जाता है।

4. इस विटामिन की कमी से चेहरे की त्वचा शुष्क हो जाती है तथा उस पर मुहाँसे निकल जाते हैं।

5. विटामिन ए अस्थियों के सामान्य वृद्धि एवं विकास के लिए बेहद जरूरी है। आवश्यकता से अधिक विटामिन ए हड्डियों के लिए विषाक्त भी होता है। इसकी अधिकता से हड्डियाँ भुर भुरी हो जाती हैं, जिससे थोड़ी सी चोट लगने या गिरने से हड्डियाँ टूट जाती है।

6. विटामिन ए के अभाव में यौन हार्मोन नहीं निकल पाने से स्त्री पुरुष के जनन अंगों में विकार उत्पन्न हो जाते हैं।

7. विटामिन ए रहित भोजन से दाँतों की एनामेल की क्षीणता का प्रभाव दन्त कोशिका प्रसू तथा दन्तुधातु पर भी पड़ता है। दाँतों की रचना विकृत हो जाती है।

8. विटामिन ए शरीर में प्रतिरोधक की तरह कार्य करता है। यह शरीर में ताजगी, बल एवं शक्ति प्रदान करने में महत्वपूर्ण भूमिका निभाता है।

9. विटामिन ए की कमी से गुर्दे तथा यकृत में पथरी पड़ने की आशंका रहती है।

10. इस विटामिन की कमी से WBC कणिकाओं की संख्या में कमी होने लगती है, जिसके कारण ल्यूकोपेनिया रोग हो जाता है।

11. प्रोटीन संश्लेषण में भी विटामिन ए मदद करता है।

12. विटामिन ए की भोजन में कमी हो जाने पर RNA का चयापचय ठीक से नहीं हो पाता है। परिणामतः प्रोटीन की सामान्य क्रियाशीलता प्रभावित होती है।

13. गुर्दे के आन्तरिक सतह पर आच्छादित ऊतक का आवरण चढ़ा होता है, जो निरन्तर श्लेष्मा का स्रावण करता है। विटामिन ए के अभाव में यह स्रावण बन्द हो जाने से पथरी जमने लगती है।

14. विटामिन ए के अभाव में त्वचा की श्वेत ग्रन्थियाँ ठीक प्रकार से कार्य नहीं करती हैं, जिसके कारण पसीना नहीं निकलता है। त्वचा सूखी, खुरदरी, रुक्ष, कठोर एवं हार्नी हो जाती है। त्वचा पर छोटे-छोटे दाने निकल आते हैं, त्वचा कछुए की त्वचा जैसी दिखने लगती है। इस रोग को

टोड़स्किन भी कहते हैं।

15. शरीर में विटामिन ए की कमी बनी रहने से जीरोप्थैल्मियाँ रोग हो जाता है। इस रोग में आँख की कोर्नियाँ की श्लैष्मिक झिल्ली सूख जाती है। धीरे-धीरे आँखों की रोशनी नष्ट हो जाती है।

➤ विटामिन ए की अधिकता का प्रभाव

विटामिन ए की कमी का जितना अधिक प्रभाव पड़ता है उतना ही परिणाम अधिकता का भी होता है यानिकि विटामिन ए की अधिकता से निम्न प्रभाव दिखाई देते हैं -

1. भूख कम लगती है।
2. जोड़ों में दर्द तथा पैर की अस्थियों में सूजन आ जाती है।
3. यकृत, सिर दर्द एवं चिड़चिड़ापन बढ़ जाता है।
4. आँख की रेटिना से रक्त निकलने लगता है।
5. त्वचा शुष्क एवं खुरदरी हो जाती है।
6. साँस लेने में कठिनाई होने लगती है।
7. रक्त सीरम में अधिकता से बाल झड़ने लगते हैं।
8. होंठों पर फुन्सियाँ एवं छाले बनने लगते हैं।

2. विटामिन बी एवं बी समूह (Vitamin B Complex)

विटामिन बी एक समूह है, जिसे आँग्ल भाषा में Vitamin B Complex कहते हैं, जिसके एक मुख्य अंश का कार्य तान्त्रिकाशोध रोधन है। उसे थायमनी कहा जाता है, तथा दूसरे मुख्य अंश राइबोफ्लोबिन का काम वृद्धि में सहायता करने का है। इस समूह के महत्वपूर्ण विटामिनों का वर्णन निम्नलिखित हैं -

1. विटामिन $बी_1$

इसे थाइमिन के नाम से जाना जाता है। यह रंगहीन, रवादार, जल में पूर्णतः घुलनशील पदार्थ है। अम्ल का प्रभाव नहीं होता है। इसकी गन्ध खमीर

के समान तथा स्वाद नमकीन होता है। व्यापारिक रूप में यह थायमिन हाइपोक्लोराइड के नाम से बेचा जाता है। आँत के सुचारु कार्य के लिए यह आवश्यक है यानिकि इससे पाचन क्रिया में सुधार हो जाता है। यह विटामिन भोजन को शक्ति में बदलने का कार्य करता है अर्थात यह भूख को बनाए रखने के लिए आवश्यक है। रक्त में श्वेताणुओं की रोग भक्षण क्षमता में वृद्धि भी करता है। अपच, वमन, अतिसार, मलावरोधन आदि क्रियाओं के नियन्त्रण के लिए जल ग्रन्थि सम्बन्धी रोग निवारण हेतु शरीर को पूर्ण स्वस्थ रखने और उसके विकास के लिए आवश्यक है।

इस विटामिन से बेरी–बेरी रोग हो जाता है। यह रोग मूल रूप से तीन प्रकार का होता है।

(अ) शुष्क बेरी-बेरी रोग

त्वचा में संवेदनाशीलता का नष्ट होना, पैरों से प्रारम्भ होकर पूरे शरीर में पक्षाघात का होना, माँसपेशियों का क्षीण होना आदि प्रमुख लक्षण हैं।

(ब) आर्द्र बेरी-बेरी रोग

भुजाओं से आरम्भ होकर शरीर में ओडीमा और परिणाम स्वरूप पैरों में सूजन आना आद्र बेरी–बेरी रोग के लक्षण हैं। साथ ही माँसपेशियाँ कमजोर हो जाती है। श्वास उथली एवं धड़कन की गति बढ़ जाती है। शरीर की वृद्धि रूक जाती है। बेचैनी मलावरोध, वमन या पेचिश भी हो सकती है।

(स) शिशु बेरी-बेरी रोग

शिशु के तीसरे चौथे सप्ताह में रोग का लक्षण धीरे–धीरे या शीघ्र उत्पन्न हो सकता है। धीरे धीरे दिखाई देने पर सबसे पहले आँत खराब होती है यानिकि भूख का न लगना, उल्टी एवं पेशाब कम मात्रा में होती है। अतिसार और कब्ज भी हो सकती है। इस कारण शिशु कमजोर एवं बेचैन हो जाते हैं। बच्चों के चेहरे, हाथों और पैरों में सूजन आ जाती है और रंग पीला पड़ जाता है। हृदय दुर्लब हो जाता है और बच्चा बोल नहीं पाता है। साँस लेने में कठिनाई तथा माँसपेशियाँ सख्त हो जाती हैं। शीघ्र ही ऐंठन से पीड़ित होकर मृत्यु हो

सकती है।

2. राइबोफ्लेबिन (B_2)

यह संतरे की तरह पीलापन लिए हुए रवादार पदार्थ है। अम्ल, ताप तथा वायु का प्रभाव नहीं पड़ता है किन्तु क्षार तथा प्रकाश में आसानी से नष्ट हो जाता है। कुछ सीमा तक जल में घुलनशील है। दूध का पाश्चुरीकरण करने, काँच के वर्तन में गर्म करने तथा पकाते समय खुला रखने पर भी नष्ट हो जाता है। यह वृद्धि में सहायक है। यह शरीर में अन्य एन्जाइम के साथ मिलकर शरीर की विभिन्न क्रियाओं में भाग लेते हैं। यह ऑक्सीकारी एन्जाइम का निर्माण करता है, जो श्वेतासार, प्रोटीन और वसा के चयापचय की प्रतिक्रियाओं के लिए आवश्यक होता है।

दूध व दूध से बने पदार्थों, अण्डा, पालक, मेंथी, चौलाई, खमीर, सोयाबीन और अंकुरित अनाजों में तथा ताड़ी में विशेष रूप से पाया जाता है।

इस विटामिन के अभाव में व्यक्ति दुर्बल तथा वृद्ध जैसा दिखाई देने लगता है। यौवन का विकास अवरूद्ध हो जाता है। पाचन शक्ति कमजोर हो जाती है, जिस कारण व्यक्ति अनेक प्रकार के रोगों से घिर जाता है। इस विटामिन की कमी से होंठों का रंग गहरा लाल हो जाता है। जीभ पर बैगनी लाल रंग के छाले बन जाते हैं, जिस कारण जीभ में दर्द होता है। आँखों से पानी गिरना, जलन, सूजन, देखने की क्षमता में कमी हो जाती है।

3. विटामिन बी$_3$

सन् 1933 में R.J. Williams तथा उनके साथयों ने मिल कर बायोस सम्मिश्रण के भाग के रूप में इस करक की सबसे पहले पहचान की। साधारणतय: यह सभी खाद्य् पदार्थों में पाया जाता है। इसका सर्वोत्तम स्रोत शहद है। Pantothenic acid प्राणी स्रोतों से प्राप्त होने वाले भोजन में व धन्य कणों तथा लियों में विस्तृत रूप से वितरित होता है। अण्डपीतक, यकृत, सूखी यीस्ट, चावल की परत, अंकुरित अनाज इत्यादि भी अच्छे स्रोत माने जाते हैं।

Pantothenic acid के रूप में यह कार्बोहाइड्रेट, प्रोटीन, एवं वसा के चयापचय में सहयोग देता है। हार्मोन निर्माण में भी मदद करता है। पायरूविक अम्ल का आक्सीकरण करता है। मानव शरीर में एण्टीबॉडीज के उत्पादन एवं संवाहन के लिए शरीर में वृद्धि, त्वचा व बालों के स्वास्थ के लिए आवश्यक है। इसकी कमी से हृदय की गति में अस्थिरता उत्पन्न हो जाती है। आमाशय में पीड़ा रहती है। बदहजमी, जी मिचलाना, तलवों में जलन, रक्तचाप का गिरना और कभी-कभी मूर्छा की शिकायत हो जाती है।

4. विटामिन बी$_5$ या नियासिन (Niacin)

स्पेन के चिकित्सक Gasper Casal ने सन् 1935 में पेलॉग्रा रोग का वर्णन किया जबकि Elvehjem Wolley ने पैलेग्रा रोग के लिए उत्तरदायी कारक Nicotinic acid की पहचान की थी।

इसे विटामिन बी$_5$ तथा Nicotinic acid या निकोटिनामाइड भी कहा जाता है। यह पानी में घुलनशील, रंगहीन तथा कसैला स्वाद का होता है। अम्ल क्षार, रोशनी, ताप तथा वायु में यह नष्ट हो जाता है। यह आद्रता ग्राही होता है।

नियासिन, प्रोटीन, कार्बोहाइड्रेट तथा वसा के आक्सीकरण और फलस्वरूप ऊर्जा उत्पत्ति में सहायक एन्जाइम का काम करता है। त्वचा, आँत और स्नायु प्रणाली के सुचारु कार्य के लिए निकोटिनिक अम्ल आवश्यक है। यह शरीर में संचित नहीं रहता है, अतः भोजन के साथ प्रतिदिन लेना आवश्यक है।

सूखी खमीर, चावल, मूँगफली आदि अच्छे स्रोत हैं। सम्पूर्ण अनाज, फलियाँ, माँस, मछली, आदि अच्छे स्रोत हैं। अंकुरित अनाज, गेहूँ, बिना पॉलिस के चावल, बाजरा आदि में भी यह कुछ मात्रा में पाया जाता है।

Goldberger ने पैलेग्रा रोग को एक न्यूवता रोग के रूप में स्थापित किया। इसके अभाव में मनुष्य पेलग्रा नामक बीमारी से ग्रस्त हो जाता है। इस बीमारी में प्रारम्भिक लक्षण में भूख की कमी, शारीरिक कमजोरी, लगातार वजन में कमी, सिरदर्द, कमर दर्द होता रहता है। मुँह में छाले पड़ जाते हैं और

भोजन निगलने में गले में दर्द होने लगता है। आमाशय में HCl की कमी के कारण बदहजमी हो जाती है, जिससे रक्तहीनता हो जाती है। हाथ, पाँव एवं गले पर काले चकत्ते पड़ने लगते हैं। अधिक शराब पीने के कारण इस विटामिन की कमी हो जाती है यानिकि शराब पीने से पैलेग्रा रोग होने की सम्भावना बढ़ जाती है।

5. विटामिन बी$_6$ (Pyridoxin)

इस विटामिन को सबसे पहले Stiller महोदय ने सन् 1939 में संश्लेषित किया था। प्राकृतिक रूप से मिलने वाले इस विटामिन के दो रूप Pyridoxal तथा Pyridoxamine है। सामूहिक रूप से यह तीनों पदार्थ विटामिन बी$_6$ कहलाते हैं। यह एल्कोहल और जल में घुलनशील है। यह थोड़ा बहुत ताप तो सहन कर लेता है पर अल्ट्रावयलिट एवं आक्सीजन से क्षतिग्रस्त हो जाता है। स्नायुओं को सामान्य स्थिति में बनाए रखने के लिए आवश्यक है। यह विटामिन बी$_6$ का सक्रिय रूप को–एन्जाइम पिरिडॉक्सिल सल्फेट है। यह अनेक एमीनों अम्लों के चयापचय से सम्बन्धित प्रक्रिया में एक को–एन्जाइम के रूप में कार्य करता है। यह लाल रक्त कण के निर्माण के नियन्त्रण में सहायता करता है। शरीर की वृद्धि के लिए यह आवश्यक तत्व है।

गेहूँ के अंकुर, बिना पॉलिस चावल इसके अच्छे स्रोत हैं। सम्पूर्ण अनाज, फलियाँ, तिलहन, गिरी, अण्डे, दूध, माँस, मछली, हरी पत्तेदार सब्जियाँ, सोयाबीन, मूँगफली आदि में भी पाया जाता है।

प्राकृतिक रूप से मिलने वाले भोज्य पदार्थों द्वारा संतुलित आहार में विटामिन बी$_6$ की कमी कदाचित ही देखने को मिलती है। इस विटामिन की कमी से एनीमियाँ रोग हो जाता है। परिणामत: शरीर में वृद्धि रूक जाती है। माँसपेशियों में तनाव होने लगता है और वे सिकुड़ने लगती हैं। इसकी कमी से चर्म रोग हो जाता है एवं भूख मर जाती है।

6. विटामिन बी$_9$ (Folic Acid)

इसे Folacin or Pteroylglutamic acid आदि नाम से भी जाना

जाता है। Michell, Snell तथा Williams ने Folic acid नाम दिया क्योंकि इस विटामिन के शक्तिमान सान्द्र पालक की पत्तियों से प्राप्त किया था। यह एक चमकीला पीला पदार्थ है, जो सूर्य की किरणों से नष्ट हो जाता है। यह अम्लीय माध्यम में अस्थिर होता है। यह लाल रक्त कणिकाओं के परिपक्वन में सहायता प्रदान करता है तथा कुछ एन्जाइम प्रणाली में भी भाग लेता है। गर्भ धारण करने वाली महिलाओं को खिलाने से वे सफलतापूर्वक बच्चे को जन्म देती हैं। कोशिकाओं के केन्द्रक में स्थित न्यूक्लियोप्रोटीन के निर्माण में सहायक होता है यानिकि फॉलिक अम्ल उन अभिक्रियाओं में भाग लेता है, जिनके फलस्वरूप DNA संश्लेषण के लिए आवश्यक प्यूरिन्स और थायमिन का संश्लेषण होता है।

यह गहरी हरी पत्तियों वाले शाकभाजियों, अनाज, चावल की सफेदी, मटर, फली में प्रचुर मात्रा में पाया जाता है। साबुत अनाज, अन्य सब्जियों, फलों व दूध में भी थोड़ी मात्रा में पाया जाता है। इसकी कमी से रक्तहीनता हो जाती है। मुँख तथा पाचन नली कुप्रभावित होती है। गर्म देशों में संग्रहणी रोग फॉलिक अम्ल की कमी से होता है।

7. विटामिन बी$_{12}$ (Cyanacoblamin)

सन् 1948 मेंSmith एवं Parker महोदय ने सबसे पहले कोबाल्ट तथा फॉस्फोरस युक्त एक लाल क्रिस्टिलीय यौगिक के रूप में यकृत से अलग किया था। यह एक ऐसा विटामिन है, जिसमें कोबाल्ट एवं फॉस्फोरस धातु भी उपस्थित रहता है। यह कार्बोज के चयापचय में विशेष सहयोग देता है। मस्तिष्क एवं तन्त्रिका कोशिकाओं की ऊर्जा शक्ति के लिए उपयुक्त मात्रा में ग्लूकोस उपलब्ध कराता है। वृद्धि व विकास काल में इसकी विशेष आवश्यकता होती है।

प्रकृति में इसका एकमात्र स्रोत मृदा तथा प्राणियों में पाए जाने वाले सूक्ष्मजीव के संश्लेषण के मार्ग से होता है। इस विटामिन के प्राथमिक आहारी स्रोत दूध एवं दुग्ध चूर्ण तथा पनीर, अण्डा व मछली में पाया जाता है। यकृत में यह सबसे अधिक पाया जाता है। माँस, मछली, गुर्दे, अण्डे एवं मस्तिष्क

इसके स्रोत माने जाते हैं।

यह विटामिन लाल अस्थि मज्जा में लाल रूधिर कणिकाओं की परिपक्वता के लिए आवश्यक होता है। विभिन्न सहएन्जाइमों के घटक के रूप में यह केन्द्रीय अम्ल उत्पादन को प्रभावित करता है। इसकी कमी से परनीशियस रक्तहीनता एवं जिह्वा में सूजन आ जाती है, जिसके कारण स्वाद में खटास आ जाती है। इतना ही नहीं, कमी मानसिक रोगों को जन्म देती है तथा मानसिक विकास में अवरोध उत्पन्न करती है।

8. विटामिन बी$_H$

यह कोशिकाओं के स्वास्थ्य एवं निर्माण में सहायक होता है। यह त्वचा में एवं स्नायविक संस्थान को ठीक बनाए रखने में मदद करता है। प्राणियों में सामान्य गर्भाधान और दुग्ध स्रवण के लिए आवश्यक है। यह फूलगोभी, अंकुरित अनाज, साबुत अनाज, सोयाबीन, चावल की ऊपरी पर्त में अधिक पाया जाता है। इसके अभाव में त्वचा में परिवर्तन होने लगते हैं। व्यक्ति को भूख कम लगती है, वह सुस्त हो जाता है। मितली आने लगती है। रोगियों में निराशा और अवसाद की मात्रा बढ़ जाती है। रक्त में कॉलेस्ट्राल की मात्रा बढ़ जाती है।

9. एमीन बेंजोइक अम्ल

फोलिक अम्ल में टेरीडिन और ग्लूटामिन अम्ल में उनके अणुओं के भाग के रूप में रहता है। इसे अधिक मात्रा में लेने से जीवाणुओं की वृद्धि में अवरोध होता है। कुछ प्राणियों में इससे इन्स्यूलिन की प्रतिक्रया में वृद्धि होती है। इससे थॉयरॉइड के हार्मोन बनने में रूकावट पैदा होती है। ऊतकों में एड्रीनलीन ऑक्सीकरण से होने वाली क्षति रूक जाती है। इसकी कमी से शारीरिक विकास रूक जाता है एवं बाल पकने लगते हैं।

10. आइनोसिटोल (Inositol)

आइनोसिटोल के 9 समावयव में से मायोआइनोसिटोल प्रकृति में मिलने

वाला सर्वाधिक महत्वपूर्ण तथा एकमात्र समावयव है, जो जैविक रूप से प्रभावी होता है। यह तत्व सभी अन्य बी विटामिन में उपस्थित रहता है। मानव पोषण में इस यौगिक की सार्थकता को सिद्ध नहीं किया जा सकता है। कुछ वैज्ञानिकों का कहना है कि यह कॉलिन और बायोटिन से घनिष्ठ रूप से सम्बन्धित है। यह यकृत में वसा के संचयन को कम करता है। स्वस्थ हृदय के लिए नितान्त आवश्यक है। हृदय की माँसपेशियों में इसकी मात्रा अधिक रहने से हृदय के संकुचन और फैलाव की गति बढ़ जाती है, जिससे छोटी आँत के संकुचन की क्रिया बढ़ जाती है।

यह माँस, मछली, अण्डा, हरी पत्तों वाली शाक भाजी में, अंकुरित गेहूँ, साबुत अनाज, दृढ़फल, खमीर व अन्य फलों एवं सब्जियों में पाया जाता है।

11. कोलिन (Cholin)

यह एक महत्वपूर्ण उपापचय है यद्यपि इसे एक विटामिन के रूप में वर्गीकृत नहीं किया जा सकता है क्योंकि यह शरीर द्वारा संश्लेष्ति किया जाता है। कोलाइन तथा एसिटिक अम्ल से उत्पन्न होने वाला acetylcholine तंत्रिका तन्त्र की गतिविधियों के लिए एक रासायनिक मध्यस्थ का कार्य करता है। यह आहार का एक महत्वपूर्ण पोषक तत्व है जो लैसिथिन का एक भाग है। यह यकृत में वसा को एकत्र नहीं होने देता है। स्नायविक ऊतकों की संवेदना शक्ति को बनाए रखता है। तथा स्नायुतन्त्रों द्वारा संदेशों के विनिमय का कार्य करता है। यह अण्डे के पीले भाग, यकृत, गुर्दे, दालों, माँस, दूध, साबुत अनाजों में अधिक पाया जाता है। इसकी कमी से यकृत में वसा जमाव होने लगता है, साथ ही रक्त चाप, अतिसार और हृदय रोग होने की सम्भावना रहती है।

3. विटामिन सी (Ascorbic Acid)

इसे Ascorbic Acid के नाम से भी जाना जाता है। सबसे पहले थियोबैण्ड ने सन् 1895 में पता लगाया कि कई दिनों तक खाने के लिए सिर्फ अनाज दिया जाए तब स्कर्बी रोग उत्पन्न होता है। हाल्टस तथा फोर्लिक ने अपने प्रयोगों के आधार पर कहा कि भोजन में ताजे फल तथा ताजी सब्जियाँ

प्रयोग करने पर स्कर्बी रोग की रोगथाम की जा सकती है। वॉग एवं किंग ने सन् 1928 में विटामिन सी को नीबू से अलग किया था।

➢ स्रोत

नीबू जाति के फलों में यानिकि टमाटर, चौलाई, नारंगी, संतरा, मौसमी, खट्टा नीबू, अंगूर, झरबेरी, आड़ू आदि में पाया जाता है। स्ट्राबेरी, ऑवला एवं अमरूद में यह विटामिन अत्यधिक मात्रा में पायी जाती है। प्राणिज भोज्य पदार्थों में बहुत कम यानिकि नहीं के बराबर पाया जाता है।

➢ गुण

1. रंगहीन, गंधहीन, रवेदार, ठोस पदार्थ है।
2. इसका जलीय घोल अम्लीय प्रकृति का होता है।
3. ईथर, क्लोरोफार्म, बेन्जीन, वसा पदार्थ में अविलेय होता है परन्तु एल्कोहल में अंशतः घुलनशील होता है।
4. उच्च ताप एवं सूर्य प्रकाश में संग्रह करने तथा पकाने पर यह नष्ट हो जाता है।
5. तरल अवस्था में जल्दी ही नष्ट हो जाता है।
6. उच्च तापक्रम पर ऑक्सीकरण तीव्र गति से होता है।
7. विटामिन सी युक्त खाद्य् पदार्थों को काट कर हवा में खुला छोड़ देने से रंग बदल जाता है।
8. यह भौतिक अवस्था में भाग लेने वाले एन्जाइम के प्रति अस्थिर होता है।
9. एस्कार्बिक अम्ल में यद्यपि कार्बोक्सिल समूह नहीं होता फिर भी इसे अम्ल कहते हैं क्योंकि इसका जलीय घोल अम्लीय प्रकृति का होता है।

➢ विटामिन सी के कार्य

1. प्रवल अवकारक पदार्थ के कारण ऑक्सीकरण डिहाइड्रोस्कार्बिक अम्ल बनता है।

   Ascorbic + o_2 = Dehydroascorbic acid + H_2O

इस क्रिया से स्पष्ट है कि विटामिन सी शरीर में इलेक्ट्रॉन (e^-) ट्रान्सपोर्ट सिस्टम का एक सदस्य है।

2. एस्कार्बिक अम्ल एड्रिनल कॉर्टेक्स के अन्तर्गत उचित मात्रा में पाया जाता है। इसलिए सम्भवत: इस हार्मोन के संश्लेषण में विटामिन सी का उपयोग होता है।

3. लाल रक्त कणिकाओं के निर्माण के लिए यह विटामिन जरूरी है क्योंकि इसके अभाव में रक्त क्षीणता का विकास होता है।

4. एस्कोर्बिक अम्ल मुख्य रूप से कोशिका दीवारों, कार्टिलेज तथा हड्डियों के आधार द्रव्य में कोलायडी अन्त: कोशिकीय पदार्थ जैसे कोलेजन एवं सीमेन्ट पदार्थ के निर्माण में प्रयुक्त होता है।

5. आहार में इसकी कमी से संरचनात्मक दुर्बलता हो जाती है।

6. नर एवं मादा की जनन क्षमता प्रभावित होती है।

7. इसकी कमी से मसूड़ों में सूजन आ जाती है, जिससे सरलता से घाव तथा छिद्र बन जाते हैं। दाँतों में अन्त: कोशीय पदार्थ की कमी के कारण मसूड़ों का माँस सड़ना प्रारम्भ हो जाता है। जिससे मुख से दुर्गन्ध तथा मसूड़ों से पीप आने लगती है। यानिकि दन्तपूय (Pyorrhea) रोग हो जाता है।

8. शरीर की उपापचयी क्रियाओं का सम्पन्न करने में कोएन्जाइम की भाँति कार्य करता है।

9. यह अस्थियों के स्वस्थ वृद्धि, विकास एवं निर्माण में महत्वपूर्ण योगदान देता है। अत: कमी से अस्थि मैट्रिक्स तथा संयोजक पदार्थों का निर्माण ठीक से नहीं हो पाता है। इतना ही नहीं अस्थियों में विद्यमान अस्थि तन्तु रासायनिक परिवर्तनों के कारण फाइब्रोब्लास्ट में बदल जाता है।

10. यह लौह तत्व के अवशोषण को सरल, शीघ्र एवं सुगम बनने में महत्वपूर्ण भूमिका अदा करता है। यह लौह तत्व के फेरिक को फेरस रूप में बदलता है। जिसका आँतों में अवशोषण शीघ्रता से हो जाता है।

11. यह ट्रिप्टोफैन अमीनों अम्ल के सेरोटोनिन में बदलता है। सेरोटोनिन नाड़ी संवेदना प्रेषण का कार्य करता है तथा रक्त नलिकाओं के संकुचन विमोचन में सहायक होता है।

12. यह एण्टीऑक्सीडेन्ट के रूप में कार्य करता है।
13. म्यूकोपोलिसैकेराइड्स के निर्माण में भी मदद करता है।
14. घावों को भरने में मदद करता है।
15. यह एपीनिफ्नि हारमोन तथा एड्रीनल ग्रन्थि से निकलने वाले संक्रमण प्रतिरोधक स्टीरोयड्स के निर्माण में सहायक होते हैं।

➢ विटामिन सी की कमी से होने वाले रोग

जब आहार में लम्बे समय तक लगभग एक माह तक विटामिन सी बिल्कुल न हो तो बच्चों एवं वयस्क मानव में इसकी कमी से स्कर्वी रोग के लक्षण दिखाई देने लगते हैं।

(अ) शिशुओं में स्कर्वी के लक्षण

शिशुओं में स्कर्बी रोग अत्यन्त खतरनाक होता है यदि समय रहते उपचार नहीं किया गया तो वे असमय ही मृत्यु के मुँह में पहुँच जाते हैं। स्कर्वी रोग के लक्षण निम्नलिखित हैं –

1. भूख न लगना।
2. बच्चे चिड़चिड़े, आलसी एवं सुस्त हो जाते हैं।
3. पैरों में सूजन आ जाती है तथा दर्द रहने लगता है। जिस कारण पैर छूने पर बच्चे पैर खींच लेते हैं अथवा जोर-जोर से चिल्लाने या रोने लगते हैं।
4. रक्त वाहिनियों की दीवारें फटने से आन्तरिक रक्त स्राव तथा त्वचा, मसूड़ों व श्लैष्मिक झिल्लियों में रक्त स्राव अधिक होता है।
5. शरीर में घाव होने पर जल्दी नहीं भरते हैं।
6. त्वचा पर फोड़े फुन्सियाँ एवं छोटे-छोटे घाव हो जाते हैं।
7. हड्डियों में रक्त जमा हो जाने पर सूज जाती हैं।
8. हड्डियाँ कोमल हो जाने से कैल्सिफिकेशन की प्रक्रिया रूक जाती है।
9. शरीर की त्वचा पीली एवं मुख में बदबू आने लगती है।
10. Scorbutic Rosary रोग हो जाता है।

विशेष

11. छ: माह से कम उम्र के शिशुओं में स्कर्वी रोग नहीं होता है।
12. 6 –12 माह के शिशुओं में यह रोग अधिक होता है।
13. शिशुओं में वयस्कों से अलग तरह का स्कर्बी रोग होता है।

(ब) वयस्कों में स्कर्वी रोग

आहार में ताजे फल एवं हरे पत्तेदार सब्जियों को सम्मिलित करने से स्कर्वी रोग नहीं होता है परन्तु मद्यपान वाले लोगों, पागलों आदि में स्कर्वी रोग हो जाता है। रोग के लक्षण निम्नवत हैं –

1. विटामिन सी की कमी से कमजोरी, चिड़चिड़ापन तथा सिरदर्द होने लगता है।
2. आलस्य, सुस्ती, थकान एवं निठल्लापन बढ़ जाता है।
3. भरपूर नींद लेने के बावजूद भी ताजगी महसूस नहीं करता है।
4. कठिन परिश्रम करने की इच्छा नहीं होती हैं।
5. त्वचा का रंग भद्दा, पीला अथवा मलीन हो जाता है।
6. त्वचा पर लाल नीले चकत्ते पड़ जाते हैं। ऐसा त्वचा के नीचे आन्तरिक रक्तस्राव के कारण होता है।
7. आँखों के नीचे स्याही सी कालिमा छा जाती है।
8. शरीर के जोड़ों में तीव्र पीड़ा होती है तथा सूजन आ जाती है।
9. मसूड़े कोमल एवं पिलपिले तथा सूज जाते हैं, दबाने पर इनमें रक्त बहने लगता है। इस स्थिति में संक्रमण व घाव होने की सम्भावना बढ़ जाती है।
10. दाँत कमजोर होकर गिरने लगते हैं।
11. शरीर के घाव देर से भरते हैं। पस / मवाद भर जाता है।
12. शरीर की माँसपेशियाँ निष्क्रिय हो जाती है। हृदय गति रूकने की सम्भावना बढ़ जाती है।

विशेष

1. विटामिन सी का अवशोषण शीघ्रता एवं सुगमता से छोटी आँत के द्वारा हो

जाता है। आमाशय में अम्ल की कमी होने पर इसका अवशोषण ठीक से नहीं हो पाता है।

2. शरीर में विटामिन सी का संग्रह गुर्दो की क्रियाशीलता पर निर्भर करता है।

3. पीयूष ग्रन्थि में इस विटामिन की सान्द्रता सबसे अधिक होती है।

4. विटामिन डी Vitamin D

इस विटामिन का दूसरा नाम प्रतिबाल चक्र कारक या अस्थि विकृति नाशक विटामिन है। सामान्य रूप इसे सन्‌साइन (Sunshin vitamin) विटामिन भी कहा जाता है क्योंकि इस विटामिन का पूर्वांग जो जन्तुओं की त्वचा में पाया जाता है। पराबैगनीं किरणों द्वारा प्रकीर्णित होने पर विटामिन डी में परिवर्तित हो जाता है। रीरिंक तथा वॉनविज्क ने क्रियाशीलता आर्गोस्टीरॉल से विटामिन डी को रवे के रूप में तैयार किया जबकि शैंक ने सन् 1937 में क्रियाशीलता 7 डीहाइड्रोकॉलेस्ट्रॉल से विटामिन डी को रवे के रूप में तैयार किया।

➢ स्रोत

वनस्पतियों में यह विटामिन पूर्णतय: अनुपस्थित होता है। सूर्य की रोशनी तथा आहार से प्राप्त होती है। दूध, मक्खन एवं दूध से बने भोज्य पदार्थों में तथा यकृत तेल में भी पाया जाता है।

➢ रासायनिक संगठन

रिकेट्स प्रतिरोध तथा स्टीरॉल्स यौगिकों के सम्मिलित रूप को विटामिन डी कहते हैं जो दो प्रकार का होता है –

1. **विटामिन डी$_2$:** यह पेड़ पौधों में पाया जाता है। इसे आर्गोस्टीरॉल व प्रोविटामिन अथवा बायोटेरॉल भी कहते हैं। इसका अणुसूत्र $C_{28}H_{44}O$ है। आर्गोस्टीरॉल पर सूर्य की पराबैगनीं किरणों की क्रिया से कैल्सीफिरॉल बनता है। यह फफूंदी एवं खमीर में सबसे अधिक पाया जाता है। यह एक स्टीरॉइड है, जिसके C_3 पर एक – OH समूह पाया जाता है।

2. **विटामिन डी$_3$:** इसे हाइड्रोकोलेस्ट्रॉल भी कहते हैं। यह मछलियों के तेल

में भी पाया जाता है। मनुष्य की त्वचा के नीचे यह उपस्थित रहता है, जो सूर्य की पराबैगनी किरणों के सम्पर्क में आकर विटामिन डी के रूप में बदल जाता है। यह विटामिन केवल जन्तुओं में पाया जाता है। इसकी संरचना में कुल तीन द्विबन्ध पाए जाते हैं।

➢ विटामिन डी के गुण

1. विटामिन डी अपने शुद्ध रूप में श्वेत रवेदार, गंधरहित पदार्थ है।
2. जल में घुलनशील नहीं हैं परन्तु वसा में घुल जाता है।
3. ये ऊष्मारोधी है और ऑक्सीकरण के भी प्रतिरोधी होते हैं।
4. यह अम्लों एवं क्षारों द्वारा अप्रभावित होते हैं।
5. यह छोटी आँत के द्वारा अवशोषित हो जाता है। पित्तरस तथा इसके अवशोषण में सहायता करते हैं।
6. संग्रह मुख्यत: त्वचा, मस्तिष्क तथा यकृत में होता है अल्प मात्र में यह रक्त, फेफड़े तथा प्लीहा में भी एकत्रित होता है।

➢ विटामिन डी के कार्य

1. यह छोटी आँत में कैल्सियम तथा फॉस्फोरस के अवशोषण को नियन्त्रित करता है। इसके अभाव में इन दोनों खनिजों का अवशोषण नहीं हो पाता है।
2. कैल्सियम तथा फॉस्फोरस हड्डियों के निर्माण, वृद्धि एवं विकास के लिए आवश्यक होते हैं। इसके अभाव में अस्थियों में कैल्सियम फॉस्फेट का जमाव ठीक प्रकार से नहीं हो पाता है।
3. यह विटामिन दाँतों के डेन्टीन तथा एनामेल भाग में कैल्सियम फॉस्फेट के जमाव में मदद करता है।
4. यह आँतों की श्लैष्मिक झिल्ली को कैल्सियम तथा फॉस्फोरस युक्त लवणों के शोषण हेतु उपयोगी बनता है।
5. इससे रक्त में Ca तथा P की मात्रा नियन्त्रित होती है।
6. यह रक्त प्लाज्मा में उपस्थित एन्जाइम्स एल्केलाइन फास्फेटेज की मात्रा को भी नियन्त्रित एवं नियमित करता है।

7. यह पैराथायरॉइड ग्रन्थियों से निकलने वाले हारमोन को नियमित एवं नियन्त्रित करता है। यह हारमोन अस्थियों से कैल्सियम तथा फास्फेट को निकालकर रक्त में मिला देता है। अतिरिक्त फॉस्फेट को मूत्र द्वारा विसर्जित कर देता है। इस प्रकार खून में कैल्सियम का स्तर सामान्य बना रहता है।
8. यह छोटी आँत के म्यूकोसा में प्रोटीन के संश्लेषण क्रिया में भी सहायता करता है।

➢ विटामिन डी की कमी के प्रभाव

1. खून में एल्केलाइन फॉस्फेट की मात्रा बढ़ने लगती है।
2. कैल्सियम तथा फास्फेट का अवशोषण ठीक प्रकार से नहीं हो पाता है अत: हड्डियाँ एवं दाँत कमजोर हो जाते हैं।
3. इसकी कमी से Reckets, Tetany, दाँतों का सड़ना, अस्थि मृदुलता रोग हो जाता है।

➢ विटामिन डी की अधिकता के प्रभाव

1. इसकी अधिकता से हाइपर कैल्सियमिया रोग हो जाता है। जिसमें जी मिचलाना, सिर दर्द, थकान, वजन में कमी, दस्त चिड़चिड़ापन, क्रोध आना आदि लक्षण उत्पन्न हो जाते हैं।
2. कभी-कभी तीव्र विषाक्तता की स्थिति में गुर्दों में पथरी पड़ जाने से खराब हो जाती है।
3. कैल्सियम की अधिकता से बार-बार प्यास का अनुभव होने लगता है जबकि बार बार मूत्र त्यागने हेतु जाना पड़ता है।
4. धमनियों में कैल्सियम तथा विटामिन डी का जमाव हो जाता है अत: रक्त प्रभाव में असंतुलन हो जाता है। इसके कारण व्यक्ति की मृत्यु तक हो जाती है।
5. शरीर की धमनियों में कैल्सियम के जमा होने से उच्च रक्तचाप या कभी कभी गुर्दों में पथरी होने की सम्भावना बढ़ जाती है।

5. विटामिन ई Vitmin - E

सर्वप्रथम सन् 1920 के आरम्भ में Matthil और Conklin ने इस विटामिन के अस्तित्व का पता लगाया था। उन्होनें यह ज्ञात किया कि प्राकृतिक भोज्य पदार्थों में कुछ विशेष प्रकार के पदार्थ पाए जाते हैं, जिनका सम्बन्ध प्रजनन शक्ति से होता है। इन दोनों रसायनज्ञों ने यह भी देखा कि जब युवा चूहों को सीमित आहार दिया जाता है, तो उनकी वृद्धि रुक जाती है और प्रजनन करने में असमर्थ हो जाते हैं।

सन् 1922 में Bishop ने यह घोषित किया कि विशेष प्रकार के भोजन, जैसे - हरी सलाद, गेहूँ का भ्रूण तेल आदि में एक ऐसा पदार्थ होता है जो युवक चूहो की वृद्धि तथा उनकी सामान्य प्रजनन शक्ति को स्थिर बनाए रखने के लिए आवश्यक होता है। इन्होने इस विशेष तत्व को बन्धयता विरोधी कारक नाम दिया। *सन् 1923 में Sure ने इस तत्व की पुष्टि करते हुए विटामिन E नाम* दिया।

सन् 1936 में Evans तथा Emerson ने इस विशेष तत्व का रासायनिक अध्ययन किया और इसका रासायनिक नाम दिया - टोकोफिरोल (Tocopherol), जो ग्रीक भाषा का एक शब्द है। ग्रीक भाषा में tocos का अर्थ है - शिशु जन्म तथा phera का अर्थ है - धारण करना जबकि -ol एक एल्कोहल है। इस प्रकार ग्रीक भाषा के तीन शब्दों से मिलकर बना Tocopherol अर्थात *वह तत्व जो शिशु जन्म में मदद करता* हो।

मानव पोषण (Human nutrition) में विटामिन ई का महत्व केवल लेशमात्र में होता है और इसकी अतिसूक्ष्म मात्रा (Minute quantity) की आवश्यकता होती है।

➢ भौतिक गुण (Physical properties)

शुद्ध विटामिन ई हल्के पीले रंग का एक तैलीय द्रव (Oily liquid) होता है। यह जल में अघुलनशील है परन्तु वसा, तेल तथा कार्बनिक घोलकों में सरलता से घुल जाता है। वायु की अनुपस्थिति में ताप अथवा अन्य बहुत

से प्रतिकूल प्रभावों से अप्रभावित रहता है। अत: यह ज्ञात विटामिनों में सबसे अधिक स्थिर पदार्थ है। ताप से 250^{0}C तक गरम करने पर भी नष्ट नहीं होता है परन्तु तीव्र अल्ट्रावॉयलेट किरणें इसके गुणों को अंशिक रूप से नष्ट कर देती हैं।

यह विटामिन मुख्यत: Tocopherol एवं Tocotrenol के रूप में पाया जाता हैं। इनमें Tocopherol अत्यधिक क्रियाशील होता है। समस्त टोकोफिरॉल शक्तिशाली ऑक्सीकरण रोधी पदार्थ (Anti- Oxidants) होते हैं। भोजन के पदार्थो की ऑक्सीकरण से रक्षा करते हैं। इस विटामिन पर अम्ल का प्रभाव नहीं पड़ता है। कुछ विशेष गुण इस प्रकार हैं –

1. विटमिन ई एक Anti – oxidation - substance पदार्थ है।
2. यह आँतों में कैरोटीन के ऑक्सीकरण को रोकता है।
3. यकृत में कार्बन टेट्राक्लोराइड के विष से बचाता है।
4. यह लाल रक्त कणिकाओं को ऑक्सीकारक पदार्थों से टूटने व नष्ट होने से बचाता है। इस प्रकार यह लाल रक्त कणिकाओं के निर्माण में सहायक है अर्थात Anaemia रोग से बचाता है।
5. बहुअसंतृप्त वसीय अम्ल आण्विक ऑक्सीजन द्वारा सरलता से खंडित हो जाते हैं, जिसके फलस्वरूप परऑक्साइड बनता हैं।

➢ स्रोत

नि:संदेह वनस्पति तथा जन्तु दोनों जगत से उपलब्ध होने वाले प्रत्येक खाद्य् पदार्थ (Food stuffs) में विटामिन E अधिक मात्रा में पाया जाता है। इसके सर्वाधिक समृद्ध स्रोत पादप तेल, जैसे – गेहूँ के अंकुर का तेल, बिनौलों का तेल (Cotton seed oil), चावल के भ्रूण का तेल (Rice germ oil), सोयबीन का तेल (Soyabean oil), आदि में अधिक मात्रा में मिलता है।

यह अनेक जन्तु पदार्थों में भी मिलता है। जैसे – दूध, मक्खन, अण्डे की जर्दी, जन्तुओं के वसीय तन्तुओं, माँस, जिगर आदि। दूध तथा कॉंड लिवर ऑयल (Cod liver oil) में विटामिन E अपेक्षाकृत कम मात्रा में होता है

जबकि ये पदार्थ विटामिन A तथा D के बलबान साधन (Potent Source) होते हैं।

➤ विटामिन ई की भूमिका (The Role of Vitamin E)

जन्तु प्रयोगों द्वारा अब तक प्राप्त ज्ञान के आधार पर कह सकती हूँ कि विटामिन ई प्रजनन संस्थान (Reproduction) पर प्रभावशाली होता है। आहार में विटामिन ई के अभाव (Deficiency) अथवा अनुपस्थिति से स्त्री तथा पुरूष दोनों के प्रजनन अंगों में खराबी होनों से बाँझपन या नपुंसकता पैदा हो जाती है।

यदि गर्भावस्था के दौरान शरीर में विटामिन ई की कमी होती है तब भ्रूण का विकास रुक जाता है और अन्त में लगभग दो सप्ताह के भीतर भ्रूण की मृत्यु हो सकती है। विटामिन ई की कमी वाले आहार से स्त्रियों की प्रजनन क्षमता स्थायी रूप से नष्ट नहीं होती है। यदि विटामिन ई से भरपूर आहार का सेवन किया जाए तब इस समस्या से निजात पायी जा सकती है। प्रजनन का सम्बन्ध अनेक हारमोन्स से भी होता है, जो विटामिन ई के साथ काम करते हैं। विटामिन ई की सामान्य से अधिक मात्रा लेने से अधिक जनन क्षमता नहीं बढ़ती है।

➤ विटामिन ई की आवश्यकताएँ (Requirments of Vitamin E)

सन् 1946 में Hickman और उनके सहयोगी Harris ने बतलाया कि एक सामान्य लड़को को प्राकृतिक टोकोफेरोल्स - मिश्रण की लगभग 25 - 30 मिलीग्राम मात्रा प्रतिदिन आवश्यक होती है।

गर्भावस्था के दौरान अधिक मात्रा में विटामिन की आवश्यकता पड़ती है।

6. विटामिन के Vitamin K

सबसे पहले सन् 1929 में Danish नामक वैज्ञानिक ने हरे पौधों में इस विटामिन का पता लगाया। सन् 1935 में Holst एवं Halbrook ने इस पदार्थ को रक्त स्राव रोधी विटामिन कहा। जबकि सन् 1939 में Dam महोदय ने

इसे शुद्ध रूप से प्राप्त करके विटामिन के (Vitamin K) नाम दिया।

इसका दूसरा नाम Anti - Haemorrhagic विटामिन है क्योंकि यह रक्त स्कन्दन में सहायता करता है।

➤ स्रोत (Sources)

यह हरी पत्तेदार शाक सब्जियों जैसे - पालक, बन्दगोभी, फूलगोभी, सलाद आदि में बहुलता से पाया जाता है अर्थात इस विटामिन के सर्वोच्च साधन वनस्पतिक हैं। यह अनाज के दानों, फलों, जड़ों तथा तनों की अपेक्षा पौधों की पत्तियों में अधिक मात्रा में मिलता है। टमाटर, बैगन, सोयाबीन का तेल, अनाज का चोकर भी इसके अच्छे उपलब्धि साधन होते हैं। आलू, गाजर आदि में कम मात्रा में पाया जाता है। जन्तु साधनों में यह कम मात्रा में पाया जाता है। जैसे - दूध, अण्डा, माँस तथा मछली।

➤ भौतिक गुण (Physical Propertis)

1. यह वसा में घुलनशील तथा ताप से अप्रभावित रहता है ।
2. 100 ^{0}C पर वायु की अनुपस्थित में 12 घण्टे तक गर्म करने पर नष्ट नहीं होती है।
3. तीव्र क्षारों एवं अम्लों से इसकी सक्रियता नष्ट हो जाती है।
4. सूर्य की पराबैंगनी किरणों की उपस्थिति में तथा साधारण विद्युत प्रकाश से शीघ्र नष्ट होने लगता है।

➤ कार्य

1. शरीर के कटने पर निकले हुए रक्त का बहाव शीघ्र रोक देता है।
2. रक्त प्रोटीन प्रोथ्रौम्बिन के लिए अनिवार्य है यानिकि इस विटामिन के अभाव में Pro – Thrombin का निर्माण नहीं होता है।

➤ कमी के प्रभाव

इसकी कमी से रक्त में Pro – Thrombin की मात्रा कम हो जाती है, जिस कारण रक्त के जमने में देर हो जाती है। चोट लग जाने पर रक्त शरीर

से अधिक निकल जाता है। रक्त की कमी से व्यक्ति की मृत्यु हो सकती है।

मानव वर्ग में विटामिन के की हीनता से कम प्रोथ्रौम्बिन निर्माण तथा निरन्तर रक्त बहाव के लक्षण केवल तब ही दिखाई देते हैं जबकि उन पर बाल अवरोधक पाण्डु रोग (Infantile obstructive Jaundice), पित्तीय रस मार्ग रुकावट तथा आँतों की गड़बड़ (Disturbances of Intestines), के कारण अति भयंकर आक्रमण (Severe attack) हो जाते हैं। ऐसी दशा में पीत (Bile) का आँतों में बहना बन्द हो जाता है। पीत रस की अनुपस्थिति में वसा पदार्थों का शोषण बहुत कम मात्रा में होता है। इस कारण वसा घोलकों में घुलनशील विटामिन के का शोषण भी बहुत कम मात्रा में होता है। इस प्रकार प्रोथोम्बिन सामान्य मात्रा में संश्लेषित नहीं होता है।

विटामिन K से साधारण रक्त स्कन्दन (Normal blood coagulation or clotting) में सहायता मिलती है। शल्य चिकित्सा के बाद रक्त के जमने में कितना समय लगता है, शरीर में विटामिन के की मात्रा पर निर्भर करता है। इसी कारण इसे रक्त स्राव विरोधी विटामिन कहा जाता है।

5

खनिज लवण (Mineral Nutrients)

> ➢ **परिचय एवं कार्य तथा स्रोत।**
>
> ➢ **प्रमुख खनिज तत्वः** कैल्सियम, सोडियम, क्लोरीन, फॉस्फोरस, पोटेशियम, मैग्नीशियम, सल्फर।
>
> ➢ **अल्प खनिज तत्व**
>
> लौह तत्व, आयोडीन, फ्लोरीन, ताँबा, जस्ता, मैग्नीज, कोबाल्ट, क्रोमियम

खनिज लवण शरीर को शक्ति नहीं देते, परन्तु फिर भी वे शरीर के लिए बहुत आवश्यक होते हैं क्योंकि शरीर की संरचना बनाने में विभिन्न घटकों के रूप में योगदान देते हैं। मनुष्य की शारीरिक क्रियाओं के परिचालन में तथा उसकी समृद्धि में खनिज तत्वों की आवश्यकता होती है। शरीर के कुल भार का 96 प्रतिशत भाग पानी, कार्बोज, वसा एवं प्रोटीन के मिलने से बनता है जबकि शेष 04 प्रतिशत भाग खनिज लवणों का होता है। अल्प मात्रा में होते हुए भी खनिज लवणों का महत्व कम नहीं है। शरीर की वृद्धि एवं विकास तथा सुरक्षा की दृष्टि से अमूल्य हैं। मानव शरीर में लगभग 24 खनिज लवण स्वतन्त्र रूप से अथवा संयुक्त रूप से मौजूद रहते हैं। सभी खनिज लवण मुख्य रूप से तीन स्वरूप में उपस्थित रहते हैं, जो इस प्रकार हैं –

1. कोशिकाओं में पाए जाने वाले स्वतन्त्र खनिज।

2. यौगिकों के रूप में पाए जाने वाले खनिज।

3. संयुक्त खनिज, जैसे – हीमोग्लोबिन।

मानव शरीर को लगभग 23 प्रकार के खनिज लवणों की जरूरत रहती है। इनमें मुख्य खनिज या प्रधान खनिज अथवा वृहतपोषक तत्व सात हैं यानिकि प्राणी शरीर के लिए आवश्यक सात अनिवार्य तत्व होते हैं। इन्हें भोज्य पदार्थों के माध्यम से ग्रहण किया जाता है। ये खनिज निम्नलिखित है – सल्फर, कैल्सियम, फॉस्फोरस, पोटैशियम, सोडियम, क्लोरीन एवं मैग्नीशियम। इन तत्वों को गौड़ या Macronutrient कहते हैं। यह तत्व शरीर में पाए जाने वाले कुल अकार्बनिक पदार्थ के 70 – 80 प्रतिशत भाग की रचना करते हैं।

गौड खनिज तत्व (Micronutrients) शरीर में अत्यन्त कम मात्रा में मौजूद रहते हैं। ये तत्व शारीरिक क्रियाओं के नियन्त्रण में महत्वपूर्ण भूमिका अदा करते हैं। इनकी कमी से शरीर की क्रियाएँ न केवल बाधित होती हैं बल्कि बन्द हो जाती हैं, जिससे जीवन जीना मुश्किल हो जाता है यानिकि वे तत्व जिन्हें प्रतिदिन के आहार में 20mg से कम मात्रा होती है। इन्हें दो वर्गों में रखा जा सकता है – एक वे जो शरीर में कम और दूसरे वे जो अत्यन्त कम मात्रा में आवश्यक होते है। लोहा, मैग्नीज, ताँबा, आयोडीन आदि कम मात्रा वाले खनिज तत्व होते है जबकि कोबाल्ट, एल्युमिनियम, जिंक, फ्लोरीन, सेलेनियम, क्रोमियम, ब्रोमीन, मोलिब्लिडनम, कैडमियम, सिलिकन, वैनेडियम एवं निकिल अत्यन्त कम मात्रा वाले खनिज तत्व होते है।

खनिज लवणों के कार्य

(अ) निर्माणात्मक कार्य

(1) **अस्थियों और दाँतों का निर्माण :** अस्थियों की मदद से शरीर को एक शक्ल दी जाती है। कैल्सियम एवं फास्फोरस के अतिरिक्त अन्य खनिज भी अस्थियों के निर्माण में भाग लेते है। ये उन्हें मजबूती एवं शक्ति प्रदान करते हैं। अल्प मात्रा में Na^+, Mg^+, Fl तत्व भी मौजूद रहते हैं। अस्थियों में 60 – 70 प्रतिशत तक कैल्सियम फॉस्फेट होता है।

(2) **पेशीय ऊतकों एवं तन्त्रिका तन्तुओं के निर्माण में :** फॉस्फोरस

तन्त्रिका तन्तुओं की रचना में सहायक होता है। कोशिकाएँ प्रोटीन से बनती हैं जबकि प्रोटीन में सल्फर उपस्थित होता है। सल्फर एवं फास्फोरस पेशीय ऊतकों जबकि सोडियम एवं पोटैशियम तन्त्रिका तन्त्र के आवेगों को पहुँचाने में मदद करते हैं। इतना ही नहीं फास्फोरस यकृत कोशिकाओं का निर्माण करते है।

(3) **हीमोग्लोबिन के निर्माण में :** रक्त के निर्माण के लिए लोहा एवं ताँबा आवश्यक है। अत्यन्त कम मात्रा में कोबाल्ट भी उपस्थित होता है। रक्त में ताँबे की उपस्थिति के कारण रक्त कणिकाएँ चमक लिए होती हैं। रक्त में लोहा, ताँबा, कोबाल्ट के अतिरिक्त कैल्सियम भी उपस्थित रहता है। रक्त के प्लज्मा में सोडियम एवं क्लोरीन पाया जाता है, जो शरीर में अम्ल क्षार संतुलन बनाएँ रखने में योगदान देता है।

(4) **हार्मोन के निर्माण में सहायक :** थायरॉक्सिन व थायमिन हारमोन के निर्माण के लिए क्रमशः आयोडीन व सल्फर तथा इन्सुलिन के निर्माण में जस्ता का होना जरूरी है।

(5) **आमाशयिक रस के निर्माण में :** भोज्य पदार्थो के पाचन के लिए आमाशय से आमाशयिक रस निकलता है। इसमें हाइड्रक्लोरिक अम्ल होता है। यह अम्ल भोजन के माध्यम को अम्लीय बनाता है। इस अम्ल के निर्माण के लिए क्लोरीन तत्व का होना अति आवश्यक है।

(ब) नियामक कार्य

जीवों के शरीर में होने वाली क्रियाओं का नियमन एवं नियन्त्रण खनिज लवणों के द्वारा होता है। जैसे – हृदय की धड़कन को सामान्य रखने के लिए कैल्सियम, पोटैशियम तथा सोडियम खनिज तत्वों का होना जरूरी है। कैल्सियम लवण रक्त के थक्का को जमाते हैं। इसी प्रकार माँसपेशियों का संकुचन एवं प्रसरण में भी सहायक होते हैं तथा शरीर के तरल द्रव्यों के परासरण दबाव को नियन्त्रित करते हैं।

➤ खनिज तत्वों के स्रोत

शरीर में खनिज तत्वों की उत्पत्ति नहीं होती है। विभिन्न प्रकार के फल,

सब्जियों एवं भोज्य पदार्थों के माध्यम से इनकी पूर्ति होती है। जैसे पालक एवं बथुआ से लौह तत्व और दूध एवं दूध से बने व्यंजनों से कैल्सियम, सल्फर, इत्यादि खनिज लवण मिलते इसी प्रकार गुण, बाजरा, सरसों व चने का साग, फूलगोभी, पत्तागोभी, बैगन आदि से भी पर्याप्त मात्रा में खनिज लवण प्राप्त होते हैं।

भोज्य पदार्थो में लवणों की मात्रा कितनी होगी यह वहाँ की मिट्टी, पानी व जलवायु पर निर्भर करता है, जहाँ पर यह पाए जाते हैं। यानिकि विभिन्न भोज्य पदार्थों में खनिज लवणों की मात्रा भिन्न-भिन्न होती है। जैसे – हिमालय के तराई क्षेत्र की मिट्टी में आयोडीन की कमी होती है। इसी प्रकार राजस्थान के नागौर जिले की मिट्टी एवं जल में फ्लोरीन की अधिकता के कारण वहाँ उगायी जाने वाली सब्जियों एवं फलों में भी फ्लोरीन की मात्रा तुलनात्मक रूप से अधिक पायी जाती है।

मुख्य खनिज तत्वों का वर्णन (Major Mineral Elements)

1. कैल्सियम

शरीर में कुल भार का 4% भाग खनिज लवणों का होता है, जिसमें से लगभग आधा वजन (2%) कैल्सियम के कारण होता है। शरीर में कुल जमा कैल्सियम का 99% भाग अस्थियों एवं दाँतों में उपस्थित रहता है। शेष 1% कैल्सियम कोमल तन्तुओं, रक्त के सीरम तथा अन्य तरल पदार्थों में पाया जाता है। जन्म के समय शिशु में कैल्सियम की मात्रा कम होती है। जैसे-जैसे बालक वृद्धि करता है वैसे-वैसे कैल्सियम की मात्रा बढ़ती जाती है। हड्डियों की वृद्धि एवं विकास के लिए कैल्सियम जरूरी है। शरीर में Ca का पूर्ण उपयोग तभी हो सकता है जब Ca एवं P का अनुपात सही हो यानिकि गर्भावस्था, स्तन्यदान, शिशु की वृद्धि एवं विकास की अवस्थाओं में Ca एवं P का अनुपात 1 : 1 होना चाहिए। प्रौढों के लिए Ca एवं P का अनुपात 1 : 2 होना चाहिए।

एक स्वस्थ शरीर के लिए प्रतिदिन महज 1.2 से 1.5 ग्राम कैल्सियम

की जरूरत होती है। वयस्कों को प्रतिदिन लगभग 700 मि.ग्रा. कैल्सियम लेना चाहिए। प्रत्येक अवस्था में कैल्सियम की जरूरत अलग-अलग होती है।

➤ स्रोत

सभी स्रोत में दूध एवं दूध से बने व्यंजन कैल्सियम का सर्वोत्तम स्रोत है। हरी सब्जियों में पत्तागोभी, फूलगोभी, लौकी, रागी, चौलाई के साग तथा दालें प्रमुख हैं। अनाज, माँस एवं अण्डा में भी कैल्सियम पाया जाता है। तिल में कैल्सियम अधिक मात्रा में पाया जाता है तथा छिलके में कैल्सियम ऑक्जलेट उपस्थित रहता है। प्राकृतिक चीजों से कैल्सियम की पूर्ति करें। इससे किसी तरह का कोई नुकसान भी नहीं होता है।

➤ कार्य

1. शरीर को एक ढ़ाँचा प्रदान करने वाली हड्डियों के लिए आवश्यक होता होता है। अस्थियों से बने गर्त में कई कोमल अंग सुरक्षित रहते हैं।
2. कैल्सियम की कमी के कारण शारीरिक वृद्धि एवं विकास में बाधित हो जाता है।
3. भोजन में कैल्सियम की मात्रा कम होने पर प्रोटीन की मात्रा कम हो जाती है यानिकि प्रोटीन की मात्रा कम होने पर सामान्य वृद्धि बाधित होती है।
4. शरीर के कटे हुए भाग पर रक्त का थक्का बनाने में कैल्सियम मदद करता है।
5. माँसपेशियों के फैलने एवं सिकुड़ने की क्रिया को नियन्त्रित कर क्रियाशील बनाए रखने में सहयोग देता है।
6. कैल्सियम कोशिका भित्तियों में से द्रव्यों के आने जाने को नियन्त्रित करता है।
7. कैल्सियम लैसिथिन तथा फॉस्फोलिपिड़ के साथ संयुक्त रूप से मिलकर पौष्टिक तत्वों के अवशोषण में मदद करता है।
8. कैल्सियम के टूटने पर (Acetylcholin) नामक पदार्थ बनता है, जो नाड़ी केन्द्र तथा नाड़ी तन्तुओं के संवेदनाशीलता को बनाए रखता है।

➤ कैल्सियम की कमी के प्रभाव

1. बच्चों की बढ़त रूक जाती है क्योंकि बढ़ते हुए बच्चों की हड्डियों में कैल्सिफिकेशन की क्रिया नहीं हो पाती है फलतः अस्थियों की वृद्धि रुक जाती है।
2. शिशु में कैल्सियम की कमी से शिशु की छाती छोटी हो जाती है तथा बीच में एक गड्ढ़ा सा हो जाता है। पसलियाँ मुड़ जाती है। पैर शारीरिक वजन को सहन नहीं कर पाने के कारण पैर धनुषाकार हो जाते है।
3. गर्भवती को कैल्सियम न मिलने से श्रोणिमेखला संकुचित हो जाती है। श्रोणिमेखला का लचीलापन समाप्त हो जाने के कारण बच्चे के जन्म के समय कठनाई होती है।
4. वृद्धावस्था में कैल्सियम की कमी से हड्डियाँ खोखली हो जाती है। ये हड्डियाँ टूटने पर देर से जुड़ती है।
5. दुग्धपान कराने वाली माँ को यदि पर्याप्त कैल्सियम नहीं मिल पाने से कमजोरी एवं कपकंपी होने लगती है।

➤ कैल्सियम की कमी से होने वाले रोग

यह सच है कि कैल्सियम से हड्डियों और को मजबूती मिलती है लेकिन आवश्यकता से अधिक कैल्सियम शरीर के लिए हानिकारक भी होती है। हाल ही में हुए एक शोध के मुताबिक कैल्सियम खाने वाले लोग कैल्सियम एल्कालाइ सिन्ड्रोम के शिकार हो सकते हैं। गर्भवती महिला, डायलिसिस पर रहने वाले लोग और ओस्टियोपोरोसिस के शिकार लोगों में इस का खतरा सबसे अधिक होता है।

1. शिशुओं में कैल्सियम की कमी से छाती का आकार कबूतर की छाती के समान हो जाने के कारण कबूतर की छाती रोग कहते हैं।
2. प्रौढ़ावस्था में कैल्सियम की कमी से ओस्टोमलेशिया रोग हो जाता है। इस रोग में शरीर की हड्डियों से कैल्सियम टूटने लगता है, जिससे डीकैल्सिफिकेशन क्रिया बढ़ जाती है। इस कारण रोगी को हल्की चोट लग जाने पर हड्डियाँ टूट जाती है।

3. वृद्धावस्था में कैल्सियम की कमी से ऑस्टोपोरोसिस रोग हो जाता है। इसमें हड्डियों से कैल्सियम निकलने लगता है, जिससे हड्डियाँ आसानी से नहीं जुड़ पाती हैं। कूबड़ निकल जाता है। कमर झुक जाती है। हाथ पैरों के जोड़ों में दर्द रहने लगता है।
4. कैल्सियम की कमी से माँसपेशियों में संकुचन एवं प्रसरण की गति अत्यन्त धीमी हो जाती है।
5. रक्त में कैल्सियम तत्व का सही अनुपात न हो पाने की स्थिति में रक्त का थक्का नहीं बन पाता है। जिससे संवेदी नाड़ियाँ अत्यधिक उत्तेजित हो जाती है जिसके कारण हाथ, पैरों की अंगुलियाँ मुड़ जाती हैं। हाथ पैर काँपने लगते हैं।

➢ कैल्सियम की अधिकता के प्रभाव

आवश्यकता से अधिक कैल्सियम भी शरीर में रोग उत्पन्न करता है यानिकि शरीर में आवश्यकता से अधिक कैल्सियम का सेवन स्वास्थ्य के लिए हानिप्रद होता है। इसके प्रभाव निम्नवत हैं –

1. कैल्सियम की अधिकता को हायपरकैल्सिमिया रोग कहा जाता है। इसमें रोगी के रक्त एवं माँसपेशियों में कैल्सियम की अधिक मात्रा जमा हो जाती है।
2. शिशुओं में अधिक कैल्सियम से भूख कम हो जाती है तथा चक्कर आने लगते हैं। कब्ज व चेहरा अजीब सा हो जाता है।
3. रक्त में कैल्सियम बढ़ने से यूरिया एवं कोलेस्ट्राल की मात्रा बढ़ जाती है।
4. कभी-कभी गुर्दों में असामान्य रूप से कैल्सियम का जमाव हो जाने पर पथरी हो जाती है।

2. सोडियम (Sodium)

सभी भोज्य पदार्थों में सूक्ष्म मात्रा में उपस्थित रहता है। इसे सोडियम क्लोराइड यानि कि नमक के रूप में मानव के द्वारा प्रतिदिन ग्रहण किया जाता है। यह शरीर में अम्ल क्षार संतुलन को बनाए रखने में महत्वपूर्ण भूमिका निभाता है। सोडियम के अणु क्लोराइड, कार्बोनेट, फॉस्फेट तथा प्रोटीन के रूप

में शरीर में मौजूद रहते हैं।

➢ स्रोत

दूध एवं दूध से बने पदार्थ, मांस, अण्डा आदि अच्छे साधन हैं। दालों में पर्याप्त मात्रा में सोडियम विद्यमान रहता है। भोजन में प्रतिदिन प्रयोग होने वाला साधारण नमक सोडियम प्राप्ति का उत्कृष्ट साधन है।

➢ सोडियम का कार्य

1. सोडियम रक्त में अम्ल क्षार को संतुलित बनाए रखता है।
2. यह हृदय की धड़कन को सामान्य बनाए रखता है।
3. शरीर में सोडियम की मात्रा वान्छित मात्रा से अधिक हो जाने पर पसीने के माध्यम से त्वचा से बाहर निकल जाता है। इस प्रकार यह जल संतुलन में सहायता प्रदान करता है।
4. यह नाड़ियों की अधिक उत्तेजनशीलता को नियन्त्रित करता है।
5. अमीनों अम्ल के अवशोषण में सोडियम सहायता पहुँचाता है।
6. यह रक्त को न तो बहुत अधिक पतला और न ही अधिक गाढ़ा होने देता है यानि कि यह रक्त को कोलॉयडल घोल के रूप में बनाए रखता है।
7. शरीर में सोडियम की कमी से माँसपेशियाँ शिथिल हो जाती हैं।

➢ सोडियम की कमी से प्रभाव

शरीर में सोडियम की कमी से होने वाले रोग को हाइपोनेट्रेमिया कहते हैं। कमी से उत्पन्न निम्न लक्षण दृष्टिगोचर होते हैं –

1. माँसपेशियों में तीव्र पीड़ादायक संकुचन होने लगता है।
2. Heat cramps नामक रोग हो जाता है। इस बीमारी में तीव्र पीड़ादायक संकुचन होने लगता है।
3. उल्टी, दस्त, बार–बार मूत्र त्यागना आदि सोडियम की कमी से होता है।
4. जी मिचलाना, चक्कर आना, थकावट, हाथ पैरों एवं पेट की पेशियों में ऐंठन होना आदि सोडियम की कमी से ही होता है।

सोडियम की अधिकता को हाइपरनेट्रेमियाँ कहते हैं। इसमें रक्तवारि (Blood plasma) में सोडियम आयन (Na) की मात्रा सामान्य से अधिक हो जाता है। रक्तचाप, शरीर में जल की मात्रा बढ़ना तथा शरीर में सूजन आ जाती है। शरीर में एड्रीनल कॉर्टिकोयड हारमोन की कमी से मूत्र में सोडियम उत्सर्जित होने लगता है। इसे एडीसन्स का रोग कहते हैं।

3. क्लोरीन (Chlorine)

आहार में क्लोरीन सोडियम के समान ही पायी जाती है। अत: जब तक सोडियम का अन्तर्ग्रहण पर्याप्त होता है तब तक क्लोराइड भी संतोषजनक मात्रा में रहता है। सोडियम के साथ मिलकर नमक के रूप में रक्तवारि बाह्य कोषीय द्रव्यों तथा अन्य तरल पदार्थों में विद्यमान रहता है। पौटेशियम के साथ मिलकर पौटेशियम क्लोराइड है, जो अन्त: कोषीय पदार्थों में विद्यमान रहता है। जठर रस में HCl अम्ल के उत्पादन के लिए क्लोराइड का विशेष महत्व है। जैसे- अम्ल क्षार संतुलन में, शारीरिक वृद्धि में, पाचक रसों को क्रियाशील बनाने में एवं माँसपेशियों के सामान्य संकुचन में।

4. फॉस्फोरस (Phosphorus)

शरीर में कैल्सियम के बाद फॉस्फोरस की मात्रा पायी जाती है। शरीर के कुल भार का एक प्रतिशत भाग फॉस्फोरस का बना होता है, जो कैल्सियम के साथ मिलकर कैल्सियम फॉस्फेट बनाता है। जिससे अस्थियाँ एवं दाँत का निर्माण होता है। इसके अलावा कोमल ऊतकों तथा तरल पदार्थों यानि कि कोशिकाओं एवं केन्द्रकों में प्रमुख रूप से विद्यमान रहता है। तरल पदार्थों में यह सोडियम एवं पौटेशियम सल्फेट के रूप में उपस्थित रहता है। केन्द्रकों में यह न्यूक्लियोप्रोटीन के साथ मिलकर ग्लिसरोफॉस्फेट नामक यौगिक बनता है।

* **न्यूक्लिोप्रोटीन + फॉस्फोरस = फॉस्फोन्यूक्लियोप्रोटीन**
* **ग्लिसरॉल + फॉस्फोरस = ग्लिसरोफॉस्फेट**
* **दूध + अण्डे की प्रोटीन + फॉस्फोरस = फॉस्फोरस + न्यूक्लियोप्रोटीन**
* **लिपिड़ (वसा) + फॉस्फोरस = फॉस्फोलिपिड़ (लेसीथिन, सिफैलिन)**

➢ स्रोत

फॉस्फोरस अल्प या अधिक मात्रा में सभी प्रकार के भोज्य पदार्थों में पाया जाता है। अनाजों में फॉस्फोरस Phosphoric Ester के रूप में मौजूद रहते है। दालों, सूखे मेवे, तेल बीज आदि में Phytic acid के रूप में उपस्थित रहता हैं। इसके अलावा दूध, मटर, चना, चुकन्दर, बादाम, हरी सब्जियों, अण्डा, माँस, मछली, केकड़ा आदि में फॉस्फोरस पाया जाता है।

➢ कार्य

1. यह हड्डियों, दांतों के निर्माण के लिए आवश्यक होता है।
2. फॉस्फोरस न्यूक्लोप्रोटीन एवं न्यूक्लियक अम्ल के निर्माण के लिए एक अति आवश्यक एवं नितान्त महत्वपूर्ण खनिज तत्व है।
3. कोशिका के ऊर्जा घर यानिकि माइट्रोकोन्ड्रिया में ऊर्जा एडिनोसिन डानफॉस्फेट (ADP) के रूप में रहता है। जिससे शरीर को ऊर्जा मिलती है यानिकि ADP से ATP में बदलने से ऊर्जा आती है।
4. फॉस्फोरस के अणुओं में अधिक हाइड्रोजन आयन से जुड़ने की क्षमता के कारण शरीर के द्रव्यों को अम्लीय होने से बचाता है और रक्त का पी. एच. सामान्य बनाए रखता है।
5. उपवास, वृत आदि के समय शरीर की आन्तरिक क्रियाओं को सम्पन्न करने के लिए ऊर्जा की आवश्यकता की पूर्ति यकृत व माँसपेशियों में जमा ग्लाइकोजन से की जाती है। ग्लाइकोजन को ग्लूकोस में बदलने के लिए फॉस्फोरस आवश्यक होता है।
6. फॉस्फोरस रक्त में लिपिड़ के साथ फॉस्फोलिपिड़ के रूप में विद्यमान रहता है। यह पौष्टिक तत्वों को शरीर की विभिन्न कोशिकाओं में पहुँचाने का कार्य करता है।
7. कोशिकाओं के निर्माण एवं विकास में महत्वपूर्ण भूमिका होती है।
8. फॉस्फोलिपिड़, लेसिथीन्स, सिफैलिन का निर्माण फॉस्फोरस के बिना असम्भव है।
9. फॉस्फोरस शरीर में कैल्सियम शोषण को बढ़ाता है।

➢ फॉस्फोरस का चयापचय

फॉस्फोरस का अवशोषण छोटी आँत में होता है। विभिन्न भोज्य पदार्थों के लिए चयापचय का विघटन होना आवश्यक है। मनुष्यों में फाइटेज इन्जाइम नहीं पाए जाने से दालों एवं अनाजों में उपस्थित फॉस्फोरस का अवशोषण बहुत ही कम होता है। दूध, पनीर, दही, मठ्ठा, मछली, माँस आदि में उपस्थित फॉस्फोरस का अवशोषण सुगमता एवं शीघ्रता से हो जाता है क्योंकि इनमें विटामिन डी कैल्सियम एवं प्रोटीन उपस्थित रहते हैं। 70 प्रतिशत का अवशोषण अकार्बनिक फॉस्फेट के रूप में होता है।

➢ फॉस्फोरस की कमी का प्रभाव/से रोग

फॉस्फोरस के अभाव में कैल्सियम का ठीक प्रकार से शोषण नहीं हो पाता है। यह तभी सम्भव है जब कैल्सियम एवं फॉस्फोरस उचित अनुपात में हों। जैसे – प्रौढ़ों में कैल्सियम एवं फॉस्फोरस का अनुपात 1 : 2 तथा बच्चों में 1 : 1 होता है। फॉस्फोरस की कमी के निम्न लक्षण दिखाई देते हैं –

1. भूख न लगना।
2. अधिक थकावट लगना।
3. शरीर की वृद्धि रूक जाना।
4. अस्थियाँ एवं दाँत कमजोर हो जाते हैं।
5. हड्डियों के जोड़ सख्त हो जाते हैं।
6. हड्डियों के रोग उत्पन्न हो जाते हैं।

5. पोटैशियम

यह तन्तुओं एवं कोशिकाओं के निर्माण में अमूल्य योगदान देता है। सूक्ष्म मात्रा में यह बाह्य कोषीय रसों में भी उपस्थित रहता है। कुल पोटैशियम का 90 प्रतिशत विभिन्न ऊतकों एवं लाल रक्त कणिकाओं में मौजूद रहता है तथा शेष 10 प्रतिशत वाह्यकोषीय पदार्थों में उपस्थित रहता है।

➢ स्रोत

लगभग सभी भोज्य पदार्थों में यह सूक्ष्म मात्रा में उपलब्ध रहता है। दाल, तेलबीज, दूध, पनीर, अण्डा, माँस, मछली, खट्टे फलों जैसे - नीबू, संतरा, आँवला तथा कुछ सब्जियों जैसे - खीरा, ककड़ी, आडू, टमाटर, अंगूर आदि अच्छे स्रोत के साधन हैं।

➢ कार्य

सोडियम एवं क्लोरीन की भाँति पौटेशियम भी शरीर में विभिन्न जैविक क्रियाओं को सम्पन्न करने में महत्वपूर्ण भूमिका निभाता है।

1. कोशिकाओं में पोटैशियम मुख्य धनायन के रूप में रहते हुए अम्ल क्षार के संतुलन में महत्वपूर्ण भूमिका निभाता है।
2. जब पेशियाँ संकुचित होती हैं तो पोटैशियम पेशियों से निकल कर वाह्य कोषीय रसों में चला जाता है। जब इनका विमोचन होता है, तो वे पुनः वाह्य कोषीय रसों से निकल कर पेशियों में चला जाता है तथा शरीर के माँसपेशियों के संकुचन में सहायक होता है।
3. हृदय की धड़कन की गति को नियमित रखने में सहायता करता है।
4. एक ग्राम ग्लाइकोजन का संश्लेषण यकृत में होता है तो 14 मिग्रा. पोटैशियम जमा होता है।
5. पोटैशियम नाड़ी तन्तुओं की उत्तेजना के संवाहन के लिए नितान्त जरूरी है।

शरीर में पोटैशियम की कमी को Hypokalemia कहते हैं। Adrenal cortical harmone के अधिकता से Cushings Syndrome रोग हो जाता है। इस रोग में शरीर से अधिक मात्रा में पोटैशियम निकल जाता है। एड्रिनल कॉर्टिकल हार्मोन की कमी से addisons रोग हो जाता है। इस रोग में अत्यधिक मात्रा में पोटैशियम तत्व का जमाव हो जाता है। इससे हृदय एवं केन्द्रीय तन्त्रिका तन्त्रों की उदासीनता, नाड़ी सम्बन्धी रोग, माँसपेशियों में ऐंठन एवं दर्द तथा संज्ञाहीनता चेतना शून्य हो जाता है।

6. मैग्नीशियम (Magnesium)

कैल्सियम, फॉस्फोरस, सोडियम व पोटैशियम की भाँति भी मैग्नीशियम भी शरीर की वृद्धि एवं कोशिकाओं के निर्माण में महत्वपूर्ण भूमिका निभाता है।

➢ स्रोत

विविध दृढ़ फल सोयाबीन तथा कुछ समुद्री भोजन में अपेक्षा कृत समृद्ध होते हैं। सम्पूर्ण धान्यकण, कच्ची शुष्कित सेम तथा मटर, दालों, अनाजों, हरी सब्जियों, फलों जैसे केला, खजूर, आम आदि में कम मात्रा में पाया जाता है जबकि दूध, माँस, मछली, अण्डों में बहुत कम मात्रा में पाया जाता है।

➢ कार्य

1. कैल्सियम तथा फॉस्फोरस के उपापचय में सहायक होता है।
2. कैल्सियम, सोडियम एवं पोटैशियम के साथ मिलकर हृदय की धड़कन की गति को नियमित रखने में सहायक होता है।
3. एल्केलाइन फॉस्फोटेज, फॉस्फोरिलेटिंग एन्जाइम आदि को सक्रिय बनाने में सहायता करता है।
4. ऑक्सीडेटिव फॉस्फोरिलेशन के लिए आवश्यक होता है।
5. उपापचय क्रिया में को-कार्बोक्सिलेज एन्जाइम को उत्तेजित करता है।
6. नाड़ी संस्थान की संवेदना शक्ति को संतुलित बनाए रखने में सहायक होता है।
7. शरीर में कैल्सियम व फॉस्फोरस का उचित समन्वयन बनाए रखने में मदद करता है।

अधिक शराब पीने से मैग्नीशियम की कमी हो जाती है, जिससे टिटेनी रोग के समान लक्षण उत्पन्न हो जाते हैं। माँसपेशियों में कम्पन व एठन होने लगती है। रोग की तीव्रता की स्थिति डेलिरियम हो जाता है। बच्चों में क्वाशियोरकार की स्थिति में मैग्नीशियम की मात्रा रक्त सीरम में सामान्य मात्रा

से काफी कम हो जाती है। अत: ऐसा माना जाता है कि मैग्नीशियम की कमी से क्वाशियोरकार रोग हो जाता है।

7. सल्फर (Sulfur)

कोशिकाओं के निर्माण में सल्फर लवण एक महत्वपूर्ण स्थान रखता है। यह रक्त तरल पदार्थों एवं कोषों में उपस्थित रहता है। Methonine तथा Cystein अमीनों अम्ल में भी उपस्थित रहता है। प्रोटीन में भी 1 प्रतिशत सल्फर उपस्थित रहता है। कुल सल्फर का अधिकाँश हिस्सा रक्त, शरीर के तरल पदार्थों एवं कोषों में उपस्थित रहता है। अत्यन्त सूक्ष्म मात्रा में यह कार्बनिक जैसे थाइमिन, हिपैरिन (Heparin), बायोटिन (Biotin) टॉरोकोलिक अम्ल, ग्लूटाथाइऑन सल्फोनिक अम्ल आदि में उपस्थित रहता है।

➢ कार्य

1. त्वचा को स्वस्थ एवं कांन्तिमय बनाए रखने में महत्वपूर्ण है।
2. कोषों के संगठन में सल्फर का विशेष महत्व है।
3. इन्सुलिन, प्रोटीन, लार तथा पित्तरस का सल्फर एक घटक है।
4. प्रोटीन के पाचन, शोषण एवं उपापचय में भूमिका निभाता है।
5. त्वचा को रंग देने वाले मैलेनिन वर्णक में यानीकि त्वचा व बालों की किरेटिन प्रोटीन में विशेष रूप से पाया जाता है।

➢ कमी से प्रभाव

1. बालकों में इसकी कमी से शारीरिक वृद्धि रूक जाती है।
2. त्वचा रूखी एवं कान्तिहीन दिखती है।
3. बाल झड़ने लगते हैं जो फिर कमी नहीं उगते अर्थात गंजापन हो जाता है।

सूक्ष्म खनिज तत्व (Micronutrients or Trace Elements)

शरीर में 0.005 मिग्रा. से कम मात्रा वाले आवश्यक तत्व Micronutrients होते हैं यानिकि वे तत्व जिनकी प्रतिदिन के आहार में मात्रा

20 mg से कम होती है। ये तीन प्रकार के होते हैं।

(अ) अनिवार्य सूक्ष्म तत्व

लौह, आयोडीन, कॉपर, जिंक, मैग्नीज, कोबाल्ट, मोलिब्डेनम्, सेलिनियम, क्रोमियम, फ्लोरीन आदि।

(ब) संभाब्य अनिवार्य तत्व

निकेल, टिन, बेनेडियम और सिलिकन।

(स) अनावश्यक सूक्ष्म तत्व

एल्युमीनियम, बॉरॉन, जर्मेनियम, कैड्मियम, आर्सेनिक, सीसा और मर्करी।

सूक्ष्मतत्वों का विवरण इस प्रकार है –

8. लौह तत्व (Iron)

लौह तत्व हमारे शरीर के लिए अत्यन्त आवश्यक खनिज लवण है क्योंकि यह रक्त का एक अनिवार्य घटक है। शरीर में लौह तत्व की कुल मात्रा 4 से 6 ग्राम तक होती है। लौह तत्व शरीर के रक्त में सबसे अधिक पाया जाता है। शरीर के कुल लौह का 70% हीमोग्लोबिन, 25% यकृत, अस्थिमज्जा एवं गुर्दे में तथा 4% माँसपेशियों में मायोग्लोबिन में तथा शेष भाग रक्त प्लाज्मा एवं ऑक्सीकारक इन्जाइम में पाया जाता है। यह अलग–अलग रूपों में मौजूद रहता है। जैसे – हीमोग्लोबिन का हीम रक्त में तथा मायोग्लोबिन पेशियों में पाया जाता है। पैराक्सिडेज, कैटेलेज, माइक्रोजोमल, साइटोक्रोम, सक्सीनिक डीहाइड्रोजिनेज, जैन्थीन ऑक्सीडेज आदि फ्लेविन एन्जाइम के रूप में पाए जाते हैं।

➢ स्रोत

सब्जियों में बथुआ एवं पालक में सबसे ज्यादा पाया जाता है। इसके अलावा चौलाई, मूली के पत्ते, पुदीना, हरी धनियाँ तथा गुड़, तिल, दालों में भरपूर मात्रा में पाया जाता है। अण्डा, माँस, मछली में भी पाया जाता है। सूखे

मेवे जैसे : अंगूर, मुनक्का, खुमानी, खजूर आदि भी प्राप्त के साधन हैं।

➢ कार्य

1. हीमोग्लोबिन से ऑक्सीजन फेफड़ों से अंगों तक पहुँचाती हैं।
2. मायोग्लोबिन पेशियों के संकुचन के लिए आवश्यक होता है।
3. साइटोक्रोम एन्जाइम का निर्माण लौह तत्व से ही होता है।
4. ट्रॉन्सफेरिन एवं सिडरोफिलिन बनने के लिए लौह तत्व जरूरी है।
5. सभी ग्लोब्यूलिन प्रोटीन से ट्रॉसफेरिन का निर्माण करते हैं।
6. लौह तत्व प्रतिरक्षी कोशिकाओं के निर्माण में भाग लेता है।
7. हड्डियाँ अपनी अस्थिमज्जा में प्लाज्मा से लोहा लेकर नए रक्त कणों के लिए हीमोग्लोबिन का निर्माण करती है।

➢ लौह की कमी का प्रभाव

1. शरीर में खून की कमी हो जाती है, जिसे रक्ताल्पता रोग कहते हैं। इस रोग में हीमोग्लोबिन की मात्रा सामान्य से बहुत कम हो जाती है। जिससे ऑक्सीजन ग्रहण करने की क्षमता में कमी आ जाती है।
2. फोलिक अम्ल की कमी से मेगालोब्लास्टिक रक्ताल्पता रोग हो जाता है।
3. शरीर में लौह लवण का उचित प्रकार से अवशोषण नहीं हो पाता है।
4. बालकों में रक्ताल्पता से त्वचा का रंग पीला पड़ जाता है तथा भूख नहीं लगती और बच्चा सुस्त एवं उदासीन हो जाता है।
5. बालकों में लौह तत्व की कमी से अपच, गैस आदि की शिकायत हो जाती है।

9. आयोडीन (Iodine)

मानव शरीर में आयोडीन की मात्रा अत्यन्त कम चाहिए यानिकि प्रतिदिन 0.10 – 0.150 मिग्रा. ही चाहिए। शरीर में यह खनिज तत्व थायरॉइड़ ग्रन्थि से निकलने वाला हारमोन थायरॉक्सिन का प्रमुख अवयव है। यह हारमोन आयोडीन युक्त प्रोटीन होता है। इसकी कमी से शरीर एवं मानसिक वृद्धि बाधित होती है। वयस्कों में गलगण्ड या घेंघा (Goitre) एवं Myxoedema रोग हो

जाता है जबकि बच्चों में क्रेटिनिज्म रोग हो जाता है। इस बीमारी में बालक सुस्त, उदास दिखाई देता है। उसका सिर बड़ा, हाथ पैर मोटे और आँखें सूजी हुयीं दिखाई देतीं हैं।

➤ स्रोत

समुद्र के जल में आयोडीन पाया जाता है इसलिए समुद्री नमक, समुद्री मछलियाँ, समुद्री घास आदि आयोडीन प्राप्ति के अच्छे साधन हैं।

➤ कार्य

1. शारीरिक वृद्धि एवं विकास के लिए जरूरी है।
2. आधारीय उपापचय की दर को नियमित एवं नियन्त्रित करने में अमूल्य भूमिका निभाता है।
3. धत्री माँ के दुग्ध निर्माण में महत्वपूर्ण स्थान रखता है।
4. यह गर्भाशय की माँसपेशियों के संकुचन को नियमित एवं नियन्त्रित करता है।
5. शरीर के ताप नियन्त्रण में सहायता प्रदान करता है।
6. शरीर में कोलेस्ट्राल की मात्रा को नियन्त्रित करता है।

आयोडीन का अवशोषण मुख्य रूप से छोटी आँत में होता है। अवशोषित भाग का 70 – 90 % भाग थायरॉइड ग्रन्थि में तथा शेष रक्त एवं अन्य भागों के तन्तुओं में चला जाता है।

10. फ्लोरीन (Fluorine)

सन् 1925 में मेक्कॉलन और उनके साथियों ने फ्लोरीन की कमी से दाँतों के टूटने का सम्बन्ध बताया। अमेरिका में हुए प्रयोगों के द्वारा सिद्ध हुआ कि 50 प्रतिशत से अधिक व्यक्तियों में फ्लोरीन के सन्तुलन से कैरीज रोग से बचे रहते हैं। फ्लोरीन कम मात्रा में मिट्टी, पानी तथा सभी वनस्पति व प्राणिज जगत में पाया जाता है। यदि पीने के पानी में फ्लोरीन की मात्रा 3 से 5 PPM होती है तो इसकी विषाक्तता प्रारम्भ हो जाती है। इसकी कुल मात्रा प्रतिदिन

1.5.4 mg तक सुरक्षित मानी जाती है।

➢ स्रोत

फ्लोरीन मिश्रित मिट्टियों में उगाए गए अनाजों और सब्जियों में भी फ्लोरीन पायी जाती है। भोजन व पीने के पानी सबसे अच्छे स्रोत हैं। दूध और अनाज (सबूदाना, चुकन्दर, लहसुन, बन्दगोभी आदि) एवं चाय तथा कॉफी आदि पेय पदार्थों में इसकी अल्प मात्रा उपस्थित रहती है।

➢ प्रभाव

आहार में इसकी कम मात्रा होने से दन्तक्षरण या दाँतों में काला जमना प्रारम्भ हो जाता है। आहार में इसकी अधिक मात्रा होने पर भी दाँत स्वस्थ नहीं रह पाते हैं। दाँतों के साथ साथ अस्थि संस्थान भी प्रभावित हो जाता है, जिससे अस्थियों के घनत्व में वृद्धि हो जाती है। जोड़ कठोर हो जाते हैं। अस्थियों में पाए जाने वाले कोलेजन का कैल्सिकरण होता है तथा उठने बैठने, झुकने आदि साधारण कार्य भी व्यक्ति नहीं कर पाता है।

➢ कार्य

1. दाँतों के उत्तम स्वास्थ के लिए आवश्यक है।
2. ऑस्टोपोरोसिस (Osteoporosis) रोग से ग्रस्त रोगियों के लिए अत्यन्त जरूरी है।
3. अस्थियों के तन्तुओं के उत्तम स्वास्थ के लिए अत्यन्त जरूरी है।
4. फल एवं सब्जियों को कीड़े से बचाने के लिए फ्लोरीन युक्त कीटनाशी का छिड़काव किया जाता है, जिससे कीड़े मर जाते हैं।
5. यह अस्थियों के सामान्य खनिजीकरण के लिए जरूरी है।
6. शरीर में अधिक होने पर दाँतों के इनामेल चमक खो देते हैं तथा दाँत खुरदरे हो जाते हैं।

11. ताँबा (Copper)

सर्वप्रथम सन् 1928 में Hart & Elvehjen ने पता लगाया कि

रक्ताल्पता को दूर करने में ताँबे का महत्वपूर्ण स्थान है। एक स्वस्थ्य वयस्क व्यक्ति के शरीर में 100 mg ताँबा रहता है।

एक स्वस्थ्य मानव शरीर में लगभग 100 - 150 मिग्रा ताँबा पाया जाता है। यह मानव के वृक्क एवं मस्तिष्क में 10 mg एवं यकृत व हृदय में 10.15 mg ताँबा उपस्थित है। रक्त में उपस्थित ताँबा प्रोटीन के साथ मिलकर हीमोक्यूप्रिन के रूप में लाल रक्त कणिकाओं में रहता है तथा सेरूलोप्लाज्मिन के रूप में प्लाज्मा में रहता है। ताँबा इरोथ्रोक्यूप्रिन के रूप में 0.11 mg /100 उस ताँबा विद्यमान रहता है। भारतीयों के लिए 2 mg प्रति दिन ताँबा पर्याप्त है।

➢ स्रोत

कॉपर के सर्वाधिक प्रचुर आहारी स्रोत दृढ़ फल, किशमिश, अनाज, दालें, हरी पत्तेदार सब्जियाँ, एवं गोदुग्ध, चाय, कॉफी, कोको अण्डा, माँस यकृत आदि अच्छे स्रोत हैं। माँ के दूध में गाय के दूध की अपेक्षा अधिक ताँबा रहने के कारण माँ का दूध बच्चों को अधिक लाभकारी होता है।

➢ कार्य

1. लोहे के अवशोषण एवं उपापचय क्रिया में महत्वपूर्ण स्थान है।
2. ताँबा हीमोग्लोबिन अणु का हिस्सा नहीं है फिर भी इसके निर्माण के लिए आवश्यक है यानिकि ताँबे की उपस्थिति में हीमोग्लोबिन का निर्माण शीघ्रता से होने लगता है।
3. अस्थियों के विकास में मदद करता है।
4. ऑक्सीकरण क्रिया में भाग लेने वाले एन्जाइम्स साइटोक्रोम ऑक्सीडेज तथा कैटेलेज के निर्माण में भूमिका निभाता है।
5. ताँबा टाइरोसिनेज इन्जाइम्स के निर्माण के लिए आवश्यक है। यह इन्जाइम त्वचा को रंग देने वाले मेलानिन तत्व के निर्माण में सहायक होता है।
6. फॉस्फोलिपिड़ के ऑक्सीकरण में ताँबा सहायक होता है।
7. फेरोक्सिडेज प्रथम तथा द्वितीय का मुख्य काम फेरस लौह को फेरिक

लौह में बदलना होता है।

➢ प्रभाव

ताँबा की कमी उन शिशुओं में अधिक होती है, जो केवल दूध पर पलते हैं।

1. अस्थियों की संरचना में गडबड़ी आ जाती है।
2. इसकी कमी से अस्थियाँ मुलायम एवं कमजोर हो जाती है।
3. जानवरों में प्रजनन क्रिया में बाधा उत्पन्न होती है।
4. नाड़ी सम्बन्धी कई विकार उत्पन्न हो जाते हैं।
5. संयोजी ऊतकों का निर्माण ठीक प्रकार से नहीं हो पाता है।
6. कमी से उपापचय क्रिया में गड़बड़ियाँ उत्पन्न हो जाती है।

12. जस्ता (zinc)

यह कार्बोनिक एन्हाइड्रेज का मुख्य तत्व है। इन्सुलिन हारमोन में यह प्रोटामिन जिंक इन्सुलिन के रूप में पाया जाता है। यह आँख के Iris, Retin एवं Lens में पाया जाता है। एक स्वस्थ्य वयस्क के शरीर में लगभग 140 – 230 mg तक उपस्थित रहता है। इसका अधिकाँश भाग प्रोस्टेट ग्रन्थि, त्वचा एवं अस्थियों में पाया जाता है। शेष 10.20% भाग वृक्क, पेशियाँ, प्लीहा, अग्न्याशय आदि अंगों के ऊतकों में विद्यमान रहता है। प्रतिदिन के भोजन में लगभग 10.15 मिग्रा. तक जिंक पाया जाता है।

➢ स्रोत

गेहूँ की भूसी, जई का आटा, दाल, सब्जियाँ, अण्डा, यकृत एवं हेरिंग्स तथा ओस्टर मछली आदि जस्ता प्राप्ति के उत्कृष्ट साधन हैं।

➢ कार्य

1. भोजन में पर्याप्त मात्रा में जस्ता उपस्थित हो तो घाव शीघ्रता से भरते हैं। ऊतक के कोलेजन संश्लेषण की क्षमता बढ़ जाती है।

2. यह शारीरिक वृद्धि एवं विकास में मदद करता है।
3. गर्भावस्था के दौरान माँ के भोजन में पर्याप्त मात्रा में जिंक उपस्थित नहीं होने पर बच्चे के मस्तिष्क का विकास ठीक से नहीं हो पाता है।
4. इन्सुलिन हारमोन के निर्माण अति आवश्यक है।
5. अन्तःस्रावी ग्रन्थियों की क्रियाशीलता के लिए आवश्यक है।
6. रजोधर्म को नियमित एवं नियंत्रित रखने में सहायता करता है।

➢ कमी के प्रभाव

1. इसकी कमी से घाव भरने में देरी होती है।
2. इसकी कमी से सामान्य वृद्धि एवं विकास बाधित होता है।
3. प्रजनन अंगों का ठीक से विकास नहीं हो पाता है।
4. मद्यपान करने वालों के खून में कमी हो जाती है।
5. गोनेडोट्रापिन हारमोन का स्राव कम हो जाता है।
6. Nephrosis नामक गुर्दे की बीमारी हो जाती है।

➢ अधिकता का प्रभाव

1. जिंक विषाक्तता हो जाती है।
2. यकृत एवं गुर्दों में लोहे की कमी हो जाती है।
3. शारीरिक वृद्धि में कमी हो जाती है।
4. लैंगिक विकास रुक जाता है।

13. मैंगनीज (Manganese)

मैंगनीज के पोषकीय महत्व की व्याख्या सन् 1936-37 में की गयी यानिकि Hurley और Everson तथा उनके सहयोगियों ने शारीरिक वृद्धि एवं विकास, प्रजनन अंगों तथा केन्द्रीय नाड़ी संस्थान पर मैंगनीज का क्या प्रभाव पड़ता है, विस्तृत जानकारी दी।

➢ स्रोत

गेहूँ की भूसी, मक्का के चोकर, मूँगफली के छिलके, दाल, सूखे मटर, जामुन, चाय, कॉफी एवं सूखे मेवे में यह अधिक पाया जाता है। नीबू, सन्तरा, बादाम एवं सरसों के पत्ते में भी पाया जाता है। माँस, मछली, मुर्गी के अण्डे आदि इसके प्राप्ति के निकृष्ट (Poor sources) साधन हैं।

➢ कार्य

1. यह तत्व सन्तानोत्पत्ति व पिट्यूटरी गर्भावस्था के हारमोनों को प्रभावित करता है।
2. यह ऊतकों में उत्पन्न कार्बन डाईऑक्साइड को फेफडों तक पहुँचाने में सहायक की भूमिका अदा करता है।
3. यह कार्बोज, वसा एवं प्रोटीन के चयापचय में भाग लेने वाले कई एन्जाइम्स को सक्रिय बनाने में सहायक होता है।
4. नाड़ी संस्थान के उत्तम स्वास्थ के लिए आवश्यक है।
5. इसकी कमी से यकृत पर वसा का जमाव हो जाता है।

➢ कमी के प्रभाव

1. इसकी कमी से पेरोसिस रोग हो जाता है। इस रोग में अस्थियाँ विकृत हो जाती है। ऐसा कोलिन एवं मैगनीज की कमी के कारण होता है।
2. इस तत्व की कमी से प्रजनन अंगों का ठीक से विकास नहीं हो पाता है। बच्चे कमजोर पैदा होते है।
3. यकृत में वसा का जमाव हो जाता है, जिससे यकृत में विकार उत्पन्न हो जाता है।
4. कमी से वृद्धि एवं विकास बाधित होता है।

मैगनीज की खदानों में कार्य करने वालों में मैगनीज की अधिकता से निम्नलिखित लक्षण दिखाई देते हैं

1. भूख न लगना
2. सिरदर्द एवं पेशीय ऐंठन

3. बोलने एवं चलने में कठिनाई
4. नीरसता एवं भावहीन चेहरा दिखाई देता है।

उपरोक्त लक्षण नाड़ी संस्थान में गड़बड़ी उत्पन्न होने से हो जाती है।

14. कोबाल्ट (Cobalt)

शरीर में सूक्ष्म मात्रा में पाया जाने वाला कोबाल्ट विटामिन बी$_{12}$ में 4 % पाया जाता है। इसकी अनुपस्थिति में छोटी आँत में विटामिन बी$_{12}$ का संश्लेषण नहीं हो पाता है। इसकी अधिकाँश मात्रा यकृत एवं वृक्क में रहती है।

➢ कार्य

1. विटामिन बी$_{12}$ के घटक के रूप में कार्य करता है।
2. इसकी उपस्थिति से पर्याप्त मात्रा में हीमोग्लोबिन का निर्माण होता है। फलतः Anaemia रोग नहीं होता है। यानिकि रक्ताल्पता के निवारण में कोबाल्ट उपयोगी होता है।
3. छोटी आँत में विटामिन बी$_{12}$ के संश्लेषण के लिए कोबाल्ट नितान्त जरूरी है।
4. कोबाल्ट तथा मैगनीज थायरॉइड हारमोन के संश्लेषण में सहायता प्रदान करता है।
5. न्यूक्लियोप्रोटीन के संश्लेषण में कोइन्जाइम के रूप में कार्य करता है।

➢ कमी के प्रभाव

1. भूख न लगने से वजन कम हो जाता है।
2. इस तत्व की कमी से शारीरिक वृद्धि रुक जाती है।
3. इसकी कमी से माँसपेशियों का क्षय व मृत्यु देखी जाती है।
4. थाइरॉयड हारमोन का ठीक प्रकार से संश्लेषण नहीं हो पाया है।
5. विटामिन बी$_{12}$ का संश्लेषण न होने से RBC का निर्माण नहीं हो पाता है।
6. इसकी कमी से माँसपेशियाँ शिथिल पड़ जाती है।

➤ अधिकता के प्रभाव

1. कोबाल्टता की अधिकता से पोलीसाइथिमिया रोग हो जाता है।
2. इस तत्व की अधिकता से चयापचय की क्रिया बढ़ जाती है।
3. यह अस्थि मज्जा को उत्तेजित कर देता है, जिससे RBC का निर्माण अधिक होता है।
4. शिशुओं में कोबाल्ट विषाक्तता से कन्जेस्टिव हृदयघात, मिक्सीडीमा, हाइपरप्लेशिया रोग हो जाता है।
5. मद्यपान के आदी बन चुके मनुष्यों में भी गम्भीर हृदयाघात देखने को मिलता है।

15. क्रोमियम (Chromium)

यह तत्व इन्सुलिन हारमोन का कोफैक्टर होता है। यह शरीर के कई एन्जाइम्स एवं कोषों में विद्यमान RNA में भी पाया जाता है। एक स्वस्थ्य शरीर में करीब 6 mg क्रोमियम होता है। अधिकाँश क्रोमियम तीन दिन में प्लीहा, अण्डकोष, वृक्क, अस्थि आदि में संग्रह हो जाता है। ऊतकों का क्रोमियम गतिशील होता है।

➤ स्रोत

यीस्ट, माँस, मछली, साबुत अनाजों व मसालों में क्रोमियम अच्छी मात्रा में पाया जाता है। पत्तेदार सब्जियों में उपस्थित यह तत्व शरीर को पूर्णतः उपलब्ध नहीं हो पाता है।

➤ कार्य

1. कार्बोज, वसा, प्रोटीन के उपापचय में महत्वपूर्ण भूमिका होती है।
2. डायबिटीज के निवारण में क्रोमियम सहायक होता है।
3. यह रक्त में कोलेस्ट्राल के स्तर को सामान्य बनाए रखने में सहायक होता है।
4. यकृत एवं हृदय की पेशियों के स्वास्थ्य के लिए जरूरी है।

5. क्रोमियम की अनुपस्थिति से कुछ अनावश्यक अमीनों अम्ल का संसर्ग यकृत एवं हृदय की पेशियों में नहीं हो पाता है।

➢ कमी से प्रभाव

1. शरीर में कार्बोज, वसा एवं प्रोटीन का चयापचय ठीक प्रकार से नहीं हो पाता है। पेशियाँ दुर्बल हो जाती हैं।
2. यकृत एवं हृदय में विकार उत्पन्न हो जाता है।
3. आँखों का रोग कोर्नियल ओपसिटी हो जाता है।
4. चुस्ती फुर्ती गायब हो जाती है और सुस्त पड़ जाता है।

50 PPM से अधिक क्रोमियम विषाक्तता की स्थिति उत्पन्न हो जाती है। जिसके कारण बालक की शारीरिक वृद्धि रूक जाती है। यकृत एवं वृक्क खराब हो जाते हैं।

16. मॉलिब्लडेनम (Molybdenum)

मॉलिब्लडेनम प्राणी ऊतकों के मॉलिब्डोफ्लेवोप्रोटीन्स में पाया जाता है। जैसे Xanthine oxidase एवं Aldehyde oxidase तथा सल्फाइट ऑक्सीडेज (sulfite oxidase) का एक आवश्यक घटक है।

प्राणी ऊतकों में मॉलिब्डेनम सान्द्रण सामान्यतः बहुत निम्न होते हैं। मॉलिब्डेनम के सर्वोच्च सान्द्रण यकृत तथा वृक्क में पाया जाता है।

खण्ड - दो

आहारीय पाचन
(Food Dugestion)

6

भोजन का पाचन एवं उपापचय

(Digestion and Metabolism of Food)

- यान्त्रिक पाचन
- रासायनिक पाचन
  - * मुखगुहा में पाचन
  - * दाँतों के प्रकार
  - * निगलन
  - * आमाशय में पाचन
  - * आँत में पाचन
- पाचन के मुख्य उत्पाद एवं अवशोषण

इस संसार में समस्त जीव कुछ न कुछ खाता एवं पीता रहता है। वह शरीर में पच कर के उपयोग में लाया जाता है तथा जो शरीर के लिए अनुपयोगी होता है, शरीर उसको विशेष अंगों के माध्यम से बाहर निकाल देता है। अर्थात शरीर अपने विभिन्न अंगों के मध्यम से भोजन का उपयोग करता है। इस समस्त क्रिया को पाचन कहा जा सकता है।

दूसरे शब्दों में कह सकती हूँ कि "संयुक्त एवं अघुलनशील भोज्य कणों को सरल, घुलनशील एवं अवशोषण योग्य भोज्य कणों में परिवर्तित करने की क्रिया पाचन कहलाती है। अर्थात शरीर के अन्दर भौतिक एवं रासायनिक

क्रियाओं के द्वारा ग्रहण किया गया भोजन अपने सूक्ष्मतम् रूप में आकर कोशिकाओं के द्वारा उपयोग में लाए जाने की क्रिया ही पाचन कहलायी जाती है।

पाचन एवं तंत्र शब्दों से मिलकर बना है – पाचन तन्त्र। भोजन के पाचन की क्रिया में भोजन विभिन्न चरणों से गुजरता है। इस प्रक्रम में भोजन छोटे-छोटे टुकड़ो में टूटकर लुगदी बन जाता हैं। जिससे शरीर को पोषक तत्व उपलब्ध होते हैं। भोजन के पाचन की प्रक्रिया निम्न चरणों में पूर्ण होती है –

1. **अन्तर्ग्रहण** (Ingestion) – मुख द्वारा भोजन का मुखगुहा में।
2. **पाचन** (Digestion) – खाया गया भोजन कोशिकाओं का नहीं होता है। भोजन में ग्रहण किए गए अघुलनशील तथा बड़े अणुओं का एन्जाइमों की सहायता से जल अपघटन किया जाता है।
3. **अवशोषण** (Absorption) – पचे हुए भोजन को आँतों की दीवार के द्वारा शोषण करके रुधिर तक पहुँचाया जाता है तदोपरान्त रुधिर द्वारा शरीर के विभिन्न अंगों में पहुँचाया जाता है।
4. **स्वॉगीकरण** (Assimilation) – पचे हुए भोजन को कोशिकाओं के द्वारा उपयोग में लाए जाने की क्रिया को स्वॉगीकरण कहते हैं।
5. **मल परित्याग** (Egastion) – बिना पचे भोजन को शरीर से बाहर निकालना मल परित्याग कहलाता है।

➢ मानव का पाचन तन्त्र (Digestive System of Human)

भोजन का भौतिक एवं रासायनिक परिर्वतन होकर सरल रूप में बदलने की क्रिया को पाचन कहा जाता है। यह कार्य पाचन पथ एवं उसकी सहायक ग्रन्थियों की सहायता से ही सम्भव है। पाचन तंत्र, पाचन पथ और पाचन ग्रन्थियों से बनता है। पाचन पथ 8 से 10 मीटर लम्बा होता है। यह निम्न भागों में विभजित होता है – मुखगुहा, ग्रसनी, ग्रासनली, आमाशय, छोटी आँत और बड़ी आँत।

भोजन में प्रोटीन, कार्बोहाइड्रेट, खनिज तत्व, वसा एवं तेल आदि पोषक तत्व विद्यमान रहते हैं। मानव इनका सीधा स्वांगीकरण नहीं कर सकता। पाचन

पथ में इनका यान्त्रिक एवं रासायनिक क्रियाओं के द्वारा भोजन के सभी भागों को अलग-अलग कर दिया जाता है और इसके फलस्वरूप ये सरल रूप में जल में विलेय योग्य हो जाते हैं। सरल रूप में आए भोज्य पदार्थों को रुधिर या लसीका द्वारा अवशोषित कर लिया जाता है। इस सम्पूर्ण क्रिया को पाचन कहा जाता है। इस प्रक्रम को दो भागों में विभाजित किया जा सकता है -

यान्त्रिक पाचन **रासायनिक पाचन**

➢ यान्त्रिक पाचन (Mechanical Digestion)

भोजन के यान्त्रिक पाचन का अर्थ है - भोजन को छोटे-छोटे टुकड़ों में तोड़ना और पीसना। इस क्रिया से भोजन को पाचक रसों के साथ मिलाने में आसानी हो जाती है तदोपरान्त एन्जाइमों द्वारा रासायनिक विवेचन सरल और अधिक प्रभावशाली हो जाता है।

पाचन पथ की दीवारें तीन स्तरों की बनी होती हैं। आन्तरिक दीवार श्लेष्मा से बनी होती है। ग्रसनी से शुरू होने वाले पाचन पथ का श्लेष्मा स्तर में लसीका ग्रन्थियाँ होती हैं, जिनका कार्य रक्षा करना होता है। पाचन पथ का मध्य भाग कुछ मोटा होता है क्योंकि यह पेशीय ऊतकों से बना होता है जबकि बाह्य भाग सीरम युक्त होता है। श्लेष्मा स्तर में अनेक रक्त वाहिकाऐं होती है, जिसके कारण इसका रंग गुलाबी होता है। इस स्तर पर कुछ विशेष ग्रन्थियाँ भी होती हैं। जिनके स्राव में विशेष पदार्थ होते हैं, जिन्हें एन्जाइम कहते हैं। ये भोजन की पाचन क्रिया में भाग लेते हैं। (एन्जाइम के सन्दर्भ में विस्तार से पढ़े परिशिष्ट संख्या - एक)। यान्त्रिक पाचन में पाचक रसों द्वारा भोजन का द्रवण, चवर्ण, निगलन के बाद क्रमाकुंचन द्वारा आहार नली में अग्रगामी संचलन समावेशित किए जाते हैं। क्रमाकुचन पेशी संकुचन की एक विशेष विधि है। जिसके द्वारा खाया एवं चबाया गया भोजन ग्रासनली से नीचे की और बढ़ता है। खाद्य् ग्रास के ठीक पीछे आहार नाल की वर्तुल पेशियाँ संकुचित होती हैं जबकि इसके आगे की पेशियाँ शान्त होती हैं। इस क्रिया के

फलस्वरूप खाद्य ग्रास शान्त भाग की ओर यानिकि आगे की और धकेला जाता है। खाद्य् ग्रास के पीछे की पेशियों में निरन्तर संकुचन होता रहता है। इस प्रकार खाद्य ग्रास आहार नाल में आगे की ओर बढ़ता रहता है।

➤ रासायनिक पाचन (Mechanical Digestion)

यह क्रिया मूल रूप से एन्जाइमों के द्वारा सम्पन्न होती है यानिकि रासायनिक पाचन आहार नाल के विभिन्न स्तरों पर भोजन के सम्पर्क में आने वाले पाचक रसों में उपस्थिति रासायनिक पदार्थों अर्थात एन्जाइमों द्वारा प्रभावी होती है। आहार नाल के विभिन्न भागों से स्रावित होने वाले पाचक रस निम्नलिखित हैं - लार, जठर रस, पित्त रस, अगन्याशय रस एवं आन्त्र रस ।

❶ मुख/मुखगुहा में पचन
(Digestion in the Mouth/Buccal cavity)

सर्वप्रथम भोजन को कृन्तक दाँतों से कुतर कर भोजन को चवर्णक दाँतों के द्वारा चबाया जाता है तदोपरान्त चवर्णक पेशियों और जिह्वा की सहायता से मुखगुहा में चबाया जाता है। मुखगुहा ऊपर की ओर तालु और पार्श्व में गालों द्वारा तथा नीचे की ओर जीभ द्वारा घिरी होती है। इसमें सबसे आगे की और होंठ तथा विभिन्न दाँतों से बना घिरा सकरा या दरारनुमा क्षेत्र होता है।

पाचन में दाँतों की भूमिका महत्वपूर्ण होती है क्योंकि दाँत भोजन को छोटे-छोटे टुकड़ों में तोड़कर पाचन योग्य बनाने में मदद करते हैं। मनुष्य के जीवन काल में दाँत दो बार निकलते है इसीलिए मानव के दाँतों को द्विबारदन्ती कहा जाता है। मानव के बच्चों में सबसे पहले अस्थायी 20 दाँत निकलते हैं इन समस्त दाँतों को दूध के दाँत (Milk teeth) कहा जाता है। इन दाँतों के गिर जाने के बाद पुनः 32 स्थायी दाँत निकलते हैं। दाँतों का इनामेल (enamel) शरीर का सबसे कठोर भाग होता है।

दाँतों की संरचना एवं कार्य के आधार पर चार भागों में विभाजित किया गया है यानिकि दाँत चार प्रकार के होते है -

(अ) **कृन्तक** (Incisor) - यह सबसे आगे के दाँत होते हैं। यह दाँत भोजन

को कुतरने का कार्य करते हैं।

(ब) **रदनक** (Canines) - यह भोजन को चीरने फाड़ने का कार्य करते हैं। इनकी संरचना कील के आकार होती है।

(स) **अग्रचर्वणक** (Premolars) - यह भोजन को चबाने एवं दबाने का कार्य करते हैं।

(द) **चवर्णक** (Molar) - इनका मुख्य कार्य भोजन को चबाना है।

इन दाँतों और जिह्वा की सहायता से भोजन को मुखगुहा में अच्छी तरह से चबा चबा कर खाते है। इस क्रिया के दौरान मुख में लार भोजन को गीला करती है। इसके बाद भोजन निगलने के लिए तैयार हो जाता है।

❷ निगलन (Deglutition or Swallowing)

इच्छानुसार अच्छी तरह से चबाया हुआ भोजन क्रमाकुंचन द्वारा ग्रासनली से होता हुआ अन्ततः आमाशय में पहुँचता है यानिकि भोजन ग्रसनी से होकर गग्रसनली के माध्यम से आमाशय में पहुँच जाता है।

❸ आमाशय में पाचन (Digestion in the Stomach)

आमाशय थैले के आकार में दिखायी देता है यानिकि आमाशय एक थैलीनुमा संरचना लिए हुए है। इसमें भोजन 3 से 4 घण्टे तक रहता है। यहाँ पर भोजन का मंथन तथा आंशिक पाचन होता है यानिकि इसकी पेशियाँ संकुचन एवं अकुंचन की सहायता से खाद्य् पदार्थों को मथती हैं तथा आमाशयी पाचन की क्रिया पूर्ण हो जाने पर चाइम को ग्रहणी की ओर धकेलती है। ग्रहणी से अंशतः पचा हुआ पदार्थ छोटी आँत में जाता है, जो सकरी नलिका के समान होती है।

आमाशय लगभग 24 सेमी. लम्बा तथा 10 सेमी. चौड़ी रचना होती है। यह उस भोजन के पात्र का कार्य निभाता है जिसका थोड़ा सा पाचन हो गया हो। आमाशय का अधिकाँश भाग मध्यवर्ती रेखा के दायी और स्थित होता है। आमाशय का प्रारम्भिक भाग कार्डियक, मध्य भाग आमाशय काय तथा अन्तिम सिरा पाइलोरिक कहलाता है। यह सिरा ग्रहणी (Duodenum) से जुड़ा हुआ

होता हैं।

आमाशय तथा ग्रहणी के बीच एक पेशीय कपाट होता है, जिसे पायलोरिक वाल्व (Pyloric valve) कहा जाता है। यह वाल्व खाद्य् पदार्थों को आमाशय से ग्रहणी में तो जाने देता है परन्तु उसे वापस नहीं आने देता। आमाशय की दीवार में जठर ग्रन्थियाँ होती है, जिनसे अम्लीय जठर रस निकलता है। इस जठर रस का पी.एच. मान 0.9 से 1.5 तक होता है।

भोजन ग्रासनली से होकर आमाशय में प्रवेश करता है। भोजन का पाचन मुख्यतया मध्य भाग में होता है। आमाशय में प्रोटीन व वसा का पाचन प्रारम्भ हो जाता है लेकिन कार्बोहाइड्रेट का पाचन नहीं होता। बहुत कम समय में मानव आमाशय में दूध का स्कन्दन रेनिन एन्जाइम की क्रिया के द्वारा सम्भव होना बताया जाता है। कुछ प्राधिकारी अब ये विश्वास करने लगे हैं कि वयस्कों के आमाशय में रेनिन एन्जाइम का अभाव होता है परन्तु उनकी उपस्थिति जठर के स्राव में हो सकती है। रेनिन एन्जाइम जीवन के प्रारम्भिक काल में ही कार्य करती है।

आमाशय में क्रमाकुंचन क्रिया मंथन गति के रूप में होती है जो पेशी तन्तुओं के तीन स्तरों के संकुचन द्वारा निष्पादित होती है यानिकि आमाशय में भोजन की लुगदी बन जाती है। यह धीमी गति भोजन के यान्त्रिक अपघटन, जठर रस के साथ मिश्रण करता ग्रहणी में अग्रगामी संचलन के लिए उत्तरदायी होती है।

आमाशय में भोजन की अनुपस्थिति में भी जठर रस थोड़ी मात्रा में सदैव पाया जाता है, जो अनाहार रस के लिए उत्तरदायी होता है। आमाशय में जठर रस के स्रवण की दो प्रावस्थाएँ होती हैं –

शिरस्य प्रावस्था **जठर प्रावस्था**

1. शिरस्थ प्रावस्था (Cephalic Phase)

जठर रस का यह प्रभाव भोजन के आमाशय में पहुँचने से पूर्व होता है,

जो दृश्य, घृणा अथवा भोजन के स्वाद द्वारा वेगस तंत्रिकाओं के प्रतिवर्ती उद्दीपन के कारण होता है।

2. जठर प्रावस्था (Gastric Phase)

भोजन की उपस्थिति द्वारा जठर श्लेष्मिका उद्दीपित होकर एक गैस्ट्रिन हार्मोन उत्पन्न करती है। यह हार्मोन आमाशय भित्ति की ग्रन्थियों को उद्दीपित करता है, जिसके फलस्वरूप जठर रस स्रावित होने लगता है।

आमाशय में पाचन के बाद भोज्य पदार्थ छोटी आँत के अगले हिस्से से जुड़ी ग्रहणी में प्रवेश करता है। इस भाग में आन्त्ररस, पित्तरस और अग्न्याशयी रस रहते हैं। आमाशय में मधु तथा कुछ ही औषधियों का अवशोषण होता है।

❹ आँत में पाचन (Intestinal Digestion)

भोजन का पाचन तथा पचे हुए पदार्थों का अवशोषण मुख्यत: छोटी आँत में ही होता है। कहने का मतलब है कि - भोजन के अधिकाँश भाग का पाचन ग्रहणी में हो जाता है। अवशेष भोजन का पाचन छोटी आँत में होता है।

आमाशय की क्रमाकुंचन गति से भोजन लुगदी के समान हो जाता है। इस प्रकार के भोजन को काइम (Chyme) कहा जाता है। यह ग्रहणी से आन्तिरिक रूप से प्रवेश करता रहता है। ग्रहणी में अग्न्याशयी तथा पित्त वाहिनियाँ पाइलोरस के अतिनिकट एक बिन्दु पर खुलती हैं। अग्न्याशय एवं पित्त वाहिनियों से निकला हुआ रस काइम को क्षारीय बना देता है। भोजन का अम्लीय से क्षारीय (pH – 8.0) होना एन्जाइमों की सक्रियता के लिए आवश्यक होता है। मनुष्य की आँत दो भागों में बंटी होती है-

- **छोटी आँत**
  - **ग्रहणी**
  - **इलियम**
- **बड़ी आँत**

(A) छोटी आँत (Small instestine)

आमाशय छोटी आँत में खुलता है। सम्पूर्ण आँत का सर्वाधिक बड़ा भाग छोटी आँत का होता है। यह लगभग 6 मीटर लम्बी एक कुण्डिलित नलिका होती है। इसके दो भाग होते हैं - ग्रहणी और इलियम। भोजन का पाचन तथा पचे हुए पदार्थों का अवशोषण मुख्यत: छोटी आँत में ही होता है।

ग्रहणी लगभग 25 सेमी. लम्बी होती है। इसकी संरचना अंग्रेजी के अक्षर सी (C) के आकार की होती है। यकृत की पित्त नलिका तथा अग्न्याशय की अग्न्याशयिक नलिका ग्रहणी में खुलती है।

जब भोजन आमाशय से ग्रहणी में पहुँचता है तब ग्रहणी की दीवार में क्रमाकुंचन गति होने लगती है। यह गति भोजन को आँत में आगे की ओर खिसकाती हैं। भोजन बार-बार छोटे-छोटे पिण्डों में विभक्त हो-होकर आॅन्त्र रस में भलीभाँति मिश्रित हो जाता है यानिकि भोजन के ग्रहणी में पहुँचने पर ग्रहणी में सबसे पहले अग्न्याशयी नलिका द्वारा लाया गया अग्न्याशयी रस एवं पित्त रस साथ-साथ मुक्त होते हैं। शीघ्र ही आन्त्रीय ग्रन्थियों द्वारा स्रावित आन्त्रीय रस भी आँत की गुहा में मुक्त होने लगता है।

हम सभी ने मसूस किया होगा कि भोजन करने के बाद लगभग 3 से 4 घण्टे के अन्तराल पर भूख लगने लगती है क्यों ? जब भोजन आमाशय में से छोटी आँत के माध्यम से आगे बढता है और बड़ी आँत तक पहुँचते - पहुँचते अवशोषित होता जाता है यानिकि भोजन के पोषक तत्व निकलकर शरीर में आवश्यकतानुसार पहुँचा दिए जाते हैं अर्थात पोषक तत्व अवशोषित हो जाते हैं। केवल जल रह जाता है, जिसका अवशोषण बड़ी आँत में किया जाता है।

पाचन के मुख्य उत्पाद एवं अवशोषण

(The Major Products of Digestion and Absorption)

पाचक एन्जाइमों की क्रिया का अन्तिम परिणाम आहार के भोज्य पदार्थों को ऐसे रूपों में बाँटना है जो सरलता से अवशोषित एवं स्वॉगीकृत किए जा सकें। पाचन के अन्तिम उत्पाद इस प्रकार हैं -

1. कार्बोहाइड्रेट्स ⟶ ग्लूकोज (मोनोसैकराइड्स)
2. प्रोटीन्स ⟶ अमीनो अम्ल
3. वसाएँ ⟶ वसीय अम्ल + ग्लीसरॉल

उपर्युक्त से स्पष्ट है कि कार्बोहाइड्रेट्स टूटकर मोनोसैकराइड्स में बदल जाता है, जिसका अवशोषण छोटी आँत के द्वारा होता है यानिकि मोनोसैकराइड्स (ग्लूकोज) के रूप में कार्बोहाइड्रेट्स का अवशोषण होता है। छोटी आँत में वसाओं, प्रोटीन्स और कार्बोहाइड्रेट्स का पाचन पूर्ण होने के बाद पाचन के सभी अन्तिम उत्पाद जल में घुलनशील होते हैं। इसीलिए ये पदार्थ कोशिकाकला के पार विसरणशील होते हैं। शरीर में इनका उपयोग कोशिकीय उपापचय में होता है। आहार नाल से इन्हें शरीर की समस्त कोशिकाओं तक पहुँचाने का काम परिसंचरण तन्त्र करता है। पाचन की विभिन्न अवस्थाओं के दौरान बने अन्तिम उत्पादों का साराँश नीचे की तालिका में दिया गया है –

तालिका

भोजन के रासायनिक पाचन का सारांश

प्रोटीन्स का रासायनिक पाचन	कार्बोहाइड्रेट्स का रासायनिक पाचन	वसाओं का रासायनिक पाचन
प्रोटीन भोजन ↓ ← पेप्सिन (जठर रस) **प्रोटिओजेज़ एवं पेप्टोन्स** ↓ ← ट्रिप्सिन व काइमोट्रिप्सिन (अग्न्याशयी रस) **ट्राइ-व डाइपेटाइड्स** ↓ ← पेप्टिडेज़ेज़ (आन्त्र रस) **एमीनो अम्ल (मोनोपेप्टाइड्स)**	**पॉलीसैकेराइड्स (स्टार्च)** ↓ टायलिन (लार) ← एमाइलेज़ (अग्न्याशयी रस) **डाइसैकेराइड्स (शर्कराएँ)** ↓ माल्टेज़, लैक्टेज़, ← सुक्रेज़ (आन्त्र रस) **मोनोसैकेराइड्स (ग्लूकोज़, फ्रक्टोज़, गैलेक्टोज़)**	**वसा** ↓ पित्त लवण ← (पित्त) **इमल्सीकृत वसा** ↓ ← लाइपेज़ (अग्न्याशयी व आन्त्र रस) **वसीय अम्ल तथा ग्लीसरॉल**

(B) बड़ी आँत (Large instestine)

इसकी लम्बाई छोटी आँत से कम तथा चौड़ाई अधिक होती है। यह लगभग 1.50 से 1.80 मी लम्बी तथा लगभग 6 सेमी. चौड़ी होती है। छोटी आँत की तुलना में चौड़ाई अधिक होने के कारण इसे बड़ी आँत कहा जाता है। बड़ी आँत की दीवारों की परत वैसी ही होती है जैसी कि छोटी आँत की

दीवारों की लेकिन इनकी संरचना में थोड़ा अन्तर जरूर होता। इसमें कोई रसांकुर नहीं होते। श्लेष्मा परत की कोशिकाएँ श्लेष्मा (mucin) स्रावित करती हैं जो मल को स्नेहित (lubricate) करता है तथा मलाशय (rectum) व मलद्वार से उसके गमन का सुगमीकरण करता है। सम्पूर्ण श्लेष्मा परत पर एकल लसीका ग्रन्थियाँ होती हैं।

भोजन के अपचित शेष टुकड़े छोटी आँत से बड़ी आँत में आ जाते हैं। ये शेष टुकड़े मुख्यत: सेलुलोज से बने होते हैं जो न तो आमाशय में और न ही छोटी आँत में वियोजित होता है। बड़ी आँत में घटने वाली मुख्य क्रियाएँ मल का बनना एवं जल का अवशोषण है। जल का अवशोषण मुख्यत: बड़ी आँत में रसाकर्षण क्रिया द्वारा ही होता है क्योंकि रक्त का समवली दाब काइम के दाब से अधिक होता है। जब अधिक मात्र में कम अवशोषित लवण द्रयुक्त किया जाता है तब आँत का समवली दाब बड़ी तेजी से बढ़ जाता है और रक्त से जल में पहुँचने लगता है।

कुछ औषधियॉ तथा खनिज लवण भी रक्त में अवशोषित होते हैं किन्तु यह अवशोषण धीमी गति से होता है। शेष भोजन का किण्वन भी होता हैं। बड़ी आँत की दीवारों के संकुचन से अपचित भोजन आगे चलता है, जो मल बनाता है यानिकि मल भोजन का अपचित भाग है। मल का रंग विघटित पित्त वर्णक पर निर्भर करता है। मल मलशय में इकठ्ठा हो जाता है। ज्योंही मल मलाशय में पहुँचता है त्योंही एक प्रतिवर्ती क्रिया के रूप में मल त्यागने की इच्छा होने लगती है।

मलाशय आँत का अन्तिम भाग होता है। यह लगभग 12 सेमी लम्बा भाग होता है। इसका अन्तिम शिरा 2.5 सेमी लम्बा संकरा होता है, जिसे गुदानाल कहते हैं। यह गुदा द्वारा शरीर के बाहर खुलता है। मल त्याने की इच्छा होने पर मलाशय में संकुचन होता है। जिससे मलाशय की पेशियाँ ढीली हो जाती हैं। जिससे मल गुदा से बाहर निकल आता है। मल त्याग के समय निम्नलिखित क्रियाएँ होती हैं –

1. मलद्वार की अवरोधनी पेशी विश्रान्त होती है।

2. मलाशय एवं श्रोणि तल की पेशियाँ संकुचित होती है।

3. उदर के भीतर दाब बनता है।

बालकों और वयस्कों में मलोत्सर्ग, मलाशय के मल द्वारा आधमान होने पर उसे रिक्त करने की इच्छा की अनुक्रिया में होता है। मल एक अर्द्ध ठोस लेई के समान पीले भूरे रंग का पदार्थ होता है। इसका रंग स्टर्कोबिलिन (stercobilin) नामक एक वर्णक के कारण होता है। जो पित्त के विलिरुबिन से बनता है। मल की दुर्गन्ध का मुख्य कारण एमीन्स इन्डोल (indole) एवं स्कैटोल (skatole) तत्व है।

स्मरणीय बिन्दु (Point to Remember)

1. पाचन क्रिया मुखगुहा से प्रारम्भ होकर छोटी आँत में पूरी होती है। मुखगुहा में लार का ऐमाइलेज एन्जाइम माण्ड को डाईसैकराइड में विखण्डित कर देता है।

2. आन्त्रीय रस के पाचक एन्जाइम (माल्टेस, सुक्रेस तथा लेक्टेस) डाईसैकराइड्स को सरलतम् शर्कराओं में बदल देता है।

3. कार्बोहाइड्रेट्स का पाचन आमाशय में न हो कर ग्रहणी तथा छोटी आँत के क्षारीय माध्यम में होता है।

4. प्रोटीन तथा वसा का पाचन आमाशय में प्रारम्भ होता है। जठर रस का पेप्सिन एन्जाइम प्रोटीन की पोलीपेप्टाइड श्रृंखलाओं के बीच के पेप्टाइड बन्धों को तोड़कर छोटी-छोटी पेप्टाइड श्रृंखलाओं में बदल देता है। इन श्रृंखलाओं पर अग्न्याशयी रस के ट्रिप्सिन एवं काइमोट्रिप्सिन एन्जाइम क्रिया करके अति छोटी श्रृंखलाओं में बदल देते हैं। आन्त्रीय रस के एमीनोपेप्टिडेज तथा कार्बोक्सीपेप्टिडेज एन्जाइम अमीनो अम्लों में विखण्डित कर देता है।

5. लार तथा जठर रस के लाइपेज एन्जाइम कुछ वसाओं को वसीय अम्लों तथा मोनोग्लिसराइड में विखण्डित कर देता है। पित्त लवण समस्त वसाओं को छोटे - छोटे बिन्दुकों में तोड़ते हैं, जिसका भोजन में पयास बन जाता है। फिर अग्न्याशयी रस के लाइपेज, कोलेस्ट्रॉल एस्टरेज एवं फॉस्फोलाइपेज

एन्जाइम वसीय अम्लों, मोनोग्लिसरॉइड इत्यादि अम्लों में विखण्डित कर देता है।

6. आमाशय में भोजन का पाचन मुख्यतया मध्य भाग में होता है।
7. पायलोरिक वाल्व (Pyloric valve) खाद्य् पदार्थों को आमाशय से ग्रहणी में तो जाने देता है परन्तु उसे वापस नहीं आने देता।
8. मुखगुहा, ग्रसनी तथा ग्रासनली में कोई अवशोषण नहीं होता है।
9. छोटी आँत में वसाओं, प्रोटीन्स और कार्बोहाइड्रेट्स का पूर्ण पाचन और अवशोषण होता है।
10. आमाशय में केवल कुछ अंश जल, एल्कोहल, कुछ अंश लवणों तथा औषधियों का अवशोषण होता है।
11. 90 प्रतिशत अवशोषण छोटी आँत में होता है।
12. बड़ी आँत में जल एवं भोजन के शेषान्श का अवशोषण होता है।
13. वसा का अवशोषण छोटी आँत होता है।
14. लाइपेज वसा एवं तेल पदार्थ पर क्रिया करता है।
15. आँत में पहुँचते ही भोजन का मिश्रण सबसे पहले अग्न्याशयी रस में होता है।
16. पाचन के अन्तिम उत्पाद इस प्रकार हैं –

    1. कार्बोहाइड्रेट्स ⟶ ग्लूकोज (मोनोसैकराइड्स)
    2. प्रोटीन्स ⟶ अमीनो अम्ल
    3. वसाएँ ⟶ वसीय अम्ल + ग्लीसरॉल

7

भोजन के पाचन में सहायक घटक

(Helping Component of Digestion)

- लार
- जठर रस
- अग्न्याशयी रस
- पित्त रस
- आन्त्रीय रस

लार (Saliva)

भोजन को देख कर या सुगन्ध से अथवा भोजन के विचार से ही लार निकलने लगती है। जिसे सामान्य बोलचाल की भाषा में ''मुँह में पानी आना'' कहा जाता है।

लार में लगभग 99 प्रतिशत जल होता है। बहुत कम मात्रा (0.2 प्रतिशत) में अकार्बनिक लवण (NaCl, KCl, $CaCO_3$ आदि) भी मौजूद रहते हैं। टायलिन (ptyalin or salivary amylase) तथा लाइसोजाइम (lysozyme) एन्जाइम भी पाए जाते हैं। लार अम्लीय गुण धारण किए होती है क्योंकि लार का पी.एच. 6.7 होता है। इसीलिए लार के एन्जाइम टायलिन तथा लाइसोजाइम अम्लीय माध्यम में क्रियाशील होती हैं।

➢ लार के कार्य (Function of Saliva)

1. पाचन (Digestion)

लार में मौजूद टायलिन (ptyalin) एन्जाइम पके हुए भोजन (Cooked

food) के स्टार्च पर क्रिया करके डाईसैकराइड शर्करा माल्टोज में बदल देता है।

स्टार्च (पोलीसैकराइड) + टायलिन (एन्जाइम) ⟶ माल्टोज डाईसैकराइड

लार स्टार्च को माल्टोज में जलअपघटित करने में सक्षम है किन्तु शरीर में इनकी सार्थकता बहुत कम होती है क्योंकि यह केवल थोड़े समय के लिए ही भोजन पर क्रिया करती है।

2. भोजन का स्नेहक (Lubrication of food)

लार भोजन को गीला करता है। जिसके कारण भोजन निगलने योग्य बन जाता है।

3. मुखगुहा की रक्षा करना (Protection of Mouth cavity)

लार मुख को नम करते हुए तथा अम्लों व अन्य उत्तेजकों के तनुकरण द्वारा मुख की कोमल श्लेष्मा कला की रक्षा करती है।

4. वाक् एवं शोधन (Speech and Cleaning)

लार मुख को निरन्तर नम बनाए रखती है, जिसके कारण जिह्वा के संचलन द्वारा मुख गुहा के निर्मलन (cleaning) तथा वाक् का सुगमीकरण हो जाता है।

5. स्वाद (Taste)

भोजन में उपस्थिति जल विलेय कणों द्वारा स्वाद कलिकाएँ उद्दीपित (stimulate) होती हैं। शुष्क भोजन लार के साथ पूर्ण रूप से मिश्रित होने के बाद स्वाद संवेदना उद्दीपित करती है।

6. प्रति जीवाण्विक क्रिया (Anti bacterial action)

लार में एक प्रति जीवाण्विक एन्जाइम लाइसोजाइम पाया जाता है, जो अनेक जीवाणुओं की कोशिकाभित्ति को विलीन करते हुए उन्हें नष्ट कर देता है।

जठर रस (Gastric Juice)

आमाशय भित्तियों की ग्रन्थियों से जो रस निकलता है, उसे जठर रस कहते हैं यानिकि आमाशय की दीवार में अनेक जठर ग्रन्थियाँ पायी जातीं हैं, जिनसे जठर रस (Gastric Juice) निकलता है। यह रस भोजन में मिलकर उसे पाचन योग्य बना देता है।

जठर रस पीले रंग का अम्लीय द्रव है, जिसका पी.एच. मान 01 से 03 होता है। जिसमें हाइड्रोक्लोरिक अम्ल, एन्जाइम, म्यूसिन तथा अन्य कार्बनिक एवं अकार्बनिक पदार्थ होते हैं। इनमें मुख्य एन्जाइम पेप्सिन होता है लेकिन जठर रस में रेनेट एन्जाइम तथा लाइपेज भी होते हैं। जठर रस में जल की मात्रा लगभग 98 प्रतिशत तक होती है।

जठर रस की मात्रा व संरचना पर भोजन की प्रकृति का प्रभाव पड़ता है। जठर रस में पाए जाने वाले तत्व इस प्रकार हैं –

☞ हाइड्रोक्लोरिक अम्ल (Hydrochloric Acid = HCl)

जठर रस में पाया जाने वाला हाइड्रोक्लोरिक अम्ल (HCl) भित्तीय कोशिकाओं के द्वारा स्रावित किया जाता है। इस अम्ल के निर्माण में नमक की आवश्यकता होती है, जो भोजन के साथ खाया जाता है। जठर रस में हाइड्रोक्लोरिक अम्ल की मात्रा 0.3 से 0.5 प्रतिशत तक होती है। यह हल्के पीले रंग का उच्च अम्लीय (पी.एच. 1 से 3 तक) होता है। यह अम्ल क्षारीय भोजन को अम्लीय बनाता है। साथ ही साथ टायलिन एन्जाइम पर रोक लगाता है यानिकि भोजन पर लार के प्रभाव को समाप्त करता है। यह अम्ल भोजन के साथ आए हुए हानिकारक जीवाणुओं को मार देता है। हाइड्रोक्लोरिक अम्ल (HCl) द्वारा निष्क्रिय पेप्सिनोजन सक्रिय एन्जाइम पेप्सिन में बदल जाता है।

$$\text{पेप्सिनोजन (Pepsinogen)} \xrightarrow{HCl} \text{पेप्सिन (Pepsin)}$$

हाइड्रोक्लोरिक अम्ल (HCl) से भोजन में उपस्थिति कैल्सियम युक्त कठोर पदार्थों को घुलाकर तथा तन्तुयुक्त खाद्य पदार्थों को तोड़-तोड़कर ढ़ीला बनाता है। शाकाहारी भोजन में उपस्थित पादप ऊतकों से वसा को मुक्त करता

है।

☛ जठर रस के एन्जाइम

1. पेप्सिन (Pepsin)

यह केवल अम्लीय माध्यम में क्रिया करता है। यह प्रोटीन को मध्यवर्ती पदार्थों में विच्छेद कर देती है, जिन्हें पेप्टोन या एल्ब्यूमोस कहते हैं यानिकि आमाशय का मुख्य पाचक कार्य प्रोटीन का भित्तिय पाचन करना है। जठर पेप्सिन मुख्य कोशिकाओं द्वारा एक निष्क्रिय जाइमोजन, पेप्सिनोजन के रूप में उत्पन्न होता है, जो HCl की क्रिया द्वारा पेप्सिन में सक्रिय किया जाता है। पेप्सिन प्राकृतिक प्रोटीन को प्रोटियोओजेज तथा पेप्टोन्स में रूपान्तरित कर देता है, जो अब भी यथोचित बृहद प्रोटीन व्युत्पन्न होते हैं।

प्रोटीन्स + पेप्सिन ⟶ प्रोटियाओजेज तथा पेप्टोन्स

2. रेनिन (Rennin)

यह एन्जाइम दुग्ध का थक्का बनाने का कार्य करता है यानिकि दुग्ध को दही में बदलने का कार्य काता है। ताकि वह अधिक समय तक आमाशय में रह सके और उसका पाचन हो सके। सम्भवतः शिशुओं के जठर रस में यह होता है, परन्तु वयस्कों के जठर रस में नहीं होता है यानिकि वयस्क के आमाशय में रेनिन एन्जाइम अनुपस्थित होता है।

3. जठर लाइपेज (Gastric Lipase)

यह वसा का पाचन करता है यानिकि यह वसा को वसामय अम्लों एवं ग्लिसरीन में विभाजित करता है। यह केवल पायसीकृत वसाओं पर प्रक्रिया करता है। जैसे – दुग्ध की वसा। यद्यपि जठर रस के द्वारा धीरे-धीरे वसा का विघटन होता है। जठर रस की यह क्रिया अत्यन्त धीमी होने के कारण अधिक महत्वपूर्ण नहीं होती है।

जब भोजन छोटी आँत में पहुँचता है तब पाचन क्रिया में तीन पाचक रसों की भूमिका महत्वपूर्ण होती है। ये पाचक रस हैं – अग्न्याशयी रस (Pancreatic juice), पित्तरस (Bilejuice) तथा आन्त्रीय रस (Intestinal juice)।

☛ जठर रस के कार्य (Functions of Gastric Juice)

1. भोजन के साथ आए हुए हानिकारक जीवाणुओं को नष्ट करता है।
2. भोजन को सड़ने से रोकता है यानिकि बचाता है।
3. भोजन में उपस्थित कैल्सियम युक्त कठोर पदार्थों को घुलाकर तथा तन्तुयुक्त खाद्य् पदार्थों को तोड़कर ढीला बनाता है।
4. भोजन पर लार के प्रभाव को समाप्त करता है।
5. प्रोटीन की कुण्डिलियों को खोल देता है, जिससे पाचन क्रिया सुगमतापूर्ण हो सके।
6. पेप्सिनोजन प्रोएन्जाइम को सक्रियपेप्सिन एन्जाइम में बदलता है।
7. जठर लाइपेज एन्जाइम वसा का पाचन करता है।
8. दुग्ध प्रोटीन के पाचन हेतु रेनिन एन्जाइम होता है, जिससे दुग्ध की प्रोटीन टूटकर आसानी से अवशोषित हो जाती है।
9. पायलोरिक संकोचक पेशी का नियन्त्रण करता है।

(अ) अग्न्याशयी रस (Pancreatic Juice)

आँत में पहुँचते ही भोजन का मिश्रण सबसे पहले अग्न्याशयी रस में होता है। यह रस जल की भाँति पतला, रंगहीन और सोडियम बाईकार्बोनेट के कारण क्षारीय (pH 7.5 – 8.3) तरल होता है। इस रस में 97 प्रतिशत जल तथा शेष लवण एवं पाचक एन्जाइम होते हैं। एन्जाइमों में मुख्य हैं - एमाइलेज, लाइपेज ट्रिप्सिनोजन, काइमोट्रिप्सिनोजन। कुछ अग्न्याशयी एन्जाइम पूर्ववर्ती अथवा जाइमोजेन्स के रूप में स्रावित होते हैं। जैसे - ट्रिप्सिनोजन तथा काइमोट्रिप्सिनोजन। ये भोजन की शेष जटिल प्रोटीन्स तथा पेप्टोन्स, प्रोटिओजेज एवं बड़ी-बड़ी पॉलीपेप्टाइड श्रृंखलाओं को छोटी - छोटी पॉलीपेप्टाइड श्रृंखलाओं में बाँट देता है। किन्तु आन्त्र श्लेष्मिका के सम्पर्क में आने पर वे सक्रिय हो जाते हैं ।

निष्क्रिय ट्रिप्सिनोजन + एन्टरोकाइनेज ⟶ ट्रिप्सिन (सक्रिय)

जब भोजन ग्रहणी में पहुँचता है तब अग्न्याशय रस भोजन की अम्लीयता हो समाप्त करके पेप्स्नि एन्जाइम को निष्क्रिय कर देता है। आमाशय से आने वाली प्रोटीन तथा पेप्टोन्स आदि पर ट्रिप्सिन आक्रमण कर उन्हें ट्राई एवं डाईपेप्टाइड में बदल देती है।

प्रोटीन, पेप्टोन्स + ट्रिप्सिन $\xrightarrow{\text{आन्त्रीय रस}}$ ट्राई एवं डाईपेप्टाइड

अग्न्याशयी एमाइलेज या एमाइलोप्सिन एन्जाइम लार के एमाइलेज की भाँति भोजन का मॉण्ड (स्टार्च), ग्लाइकोजन एवं अन्य पोलीसैकराइड्स को माल्टोस (डाईसैकराइड) में बदलने का कार्य करता है। भोजन में कोलेस्ट्रॉल मुख्यत: एस्टरों के रूप में होता है। ऐस्टरेज एन्जाइम इन एस्टरों को विखण्डित करके कोलेस्टिरॉल को अलग कर देता है। इसी प्रकार लाइपेज एन्जाइम वसा अणुओं को मानोग्लिसराइड एवं वसीय अम्लों में तोड़ देता है। ये एन्जाइम विभिन्न खाद्य् पदार्थों पर क्रिया करके उन्हें सरलतम इकाई में बदल देते हैं –

मॉड (स्टार्च), ग्लाइकोजन $\xrightarrow{\text{आन्त्रीय रस (एमाइलेज एन्जाइम)}}$ माल्टोस

(पोलीसैकराइड टूट कर डाईसैकराइड बनते हैं)

कोलेस्ट्रॉल $\xrightarrow{\text{आन्त्रीय रस (एस्टरेज एन्जाइम)}}$ कोलेस्टिरॉल

वसा $\xrightarrow{\text{आन्त्रीय रस (लाइपेज एन्जाइम)}}$ ग्लीसरॉल + वसीय अम्ल

(ब) पित्त रस (Bile Juice)

पित्तरस का निर्माण मुख्य रूप से यकृत की कोशिकाओं में होता है जबकि पित्ताशय (gall bladder) में एकत्रित होता है। यह पीले हरे या हरे नीले से रंग का क्षारीय पदार्थ है। इसका पी.एच. मान – 7.6 से 8.6 तक होता है। पित्त रस में लगभग 92 प्रतिशत जल, 6 प्रतिशत पित्त लवण तथा पित्त रंगा (बिलिरूबिन - bilirubin) एवं पित्त अम्ल और वसीय अम्ल मौजूद होते हैं। बिलिरूबिन मानव पित्त का मुख्य वर्णक है। बिलिरूबिन पित्त वर्णक हीमोग्लोबिन के टूटने से बनता है।

माँसाहारी प्राणियों में बिलिरूबिन की अधिकता के कारण पित्त का रंग सुनहरा (पीला) होता है जबकि शाकाहारी प्राणियों में बिलिवर्णिन (biliverdin) की अधिकता के कारण हरा रंग होता है।

पित्त लवणों में सोडियम क्लोराइड और सोडियम बाईकार्बोनेट नामक अकार्बनिक तथा सोडियम ग्लाइकोकोलेट, सोडियम टॉरोकेलेट (Sodium glycocholate and Sodium taurocholate) नामक कार्बनिक लवण होते हैं। सोडियम बाईकार्बोनेट आमाशय से आने वाले अम्लीय भोजन को उदासीनीकृत करता है।

पित्त लवणों के कारण आँत में वसाओं का इमल्सीकरण सुगम हो जाता है। जिससे वसा विलेय विटामिनों के अवशोषण के लिए छोटी आँत में पित्त की उपस्थिति आवश्यक होती है।

पित्त रस के महत्वपूर्ण कार्य निम्नलिखित हैं –

1. यह आँत की क्रमाकुंचन गति को बढ़ा देता है ताकि पाचक रस भोजन में भलीभाँति मिल जाएँ।
2. इसके काबर्निक लवण HCl के प्रभाव को समाप्त करके भोजन को क्षारीय बनाता है ताकि इस पर अग्न्याशयी तथा आन्त्रीय रसों की प्रतिक्रिया हो सके।
3. यह भोजन के साथ आए हुए हानिकारक जीवाणओं को नष्ट करके भोजन को सड़ने से बचाता है।
4. पित्त लवण वसा पाचक एन्जाइमों का सक्रियण करते हैं।
5. पित्त रस में कोई पाचक एन्जाइम नहीं होते हैं परन्तु वसा के पाचन एवं अवशोषण में महत्वपूर्ण भूमिका निभता है।

(स) आन्त्रीय रस (Intestinal Juice)

आन्त्रीय रस आन्त्र श्लेष्मिका के रसांकुरों के बीच स्थित ग्रन्थियों से निकलता है। यह क्षारीय होता है क्योंकि इसका पी.एच. 8.0 है। इस रस द्वारा

कार्बोहाइड्रेट, प्रोटीन्स तथा वसाओं का पाचन पूर्ण होता है।

आन्त्र रस में पाए जाने वाले महत्वपूर्ण एन्जाइम तथा उनके कार्य इस प्रकार हैं –

1. निष्क्रिय ट्रिप्सिनोजन $\xrightarrow{\text{एन्टरोकाइनेज एन्जाइम}}$ सक्रिय ट्रिप्सिन
2. ट्राई एवं डाईपेप्टाइड्स $\xrightarrow{\text{इरेप्सिन एन्जाइम}}$ अमीनो अम्ल
3. सुक्रोज $\xrightarrow{\text{सुक्रेज एन्जाइम}}$ ग्लूकोज + फ्क्टोज
4. माल्टोज $\xrightarrow{\text{माल्टेज एन्जाइम}}$ ग्लूकोज
5. लैक्टोज $\xrightarrow{\text{लैक्टेज एन्जाइम}}$ ग्लूकोज + गैलेक्टोज
6. बची हुई इमल्शीकृत वसाएँ $\xrightarrow{\text{लाइपेज एन्जाइम}}$ वसीय अम्ल + ग्लीसरॉल
7. फॉस्फोलिपिड्स $\xrightarrow{\text{फास्फोलाइपेज एन्जाइम}}$ वसीय अम्ल + फॉस्फोरिक अम्ल
8. कार्बनिक फास्फेट्स $\xrightarrow{\text{फास्फेटज एन्जाइम}}$ मुक्त फॉस्फेट

8

एन्जाइम (Enzyme)

एन्जाइम
- ➢ **नामकरण**
- ➢ **गुण**
- ➢ **उपयोगिता**
- ➢ **को-एन्जाइम**

ग्रीक भाषा के en और Zymea शब्दों से मिलकर Enzyme शब्द बना है। जिसका अर्थ है - यीस्ट के अन्दर। अर्थात जीवों में स्वयं उत्पादित एवं संश्लेषित कुछ प्रोटीन युक्त उत्प्रेरक होते हैं जो अभिक्रियाओं की गति को तीव्र कर देते हैं।

सन् 1878 में Enzyme शब्द का प्रयोग सर्वप्रथम फ्रेडरिक विल्हेम कुहन ने उन जीव उत्प्रेरकों के लिए प्रयोग किया था जिन्हें इसके पूर्व किण्व कहा गया था। बर्जिलियस ने सन् 1827 में प्रस्तावित किया कि जीवित कोशिकाओं द्वारा बनाए जाने वले किण्वक (ferments) उत्प्रेरक होते हैं। सन् 1950 में समनर एवं मरबैक ने एन्जाइम को इस प्रकार से परिभाषित किया - "एन्जाइम सरल अथवा संयुक्त प्रोटीन हैं, जो विशिष्ट उत्प्रेरक के रूप में क्रियाशील होते हैं।" इसके अतिरिक्त कुछ अन्य परिभाषाएँ इस प्रकार से हैं -

1. जीवित कोशिकाओं में जैवरासायनिक अभिक्रियाओं को प्रभावित करने

वाले प्रोटीन उत्प्रेरक एन्जाइम कहलाते हैं।

2. एन्जाइम, प्रोटीन प्रकृति के कोलाइडी भौतिक अवस्था वाले कार्बनिक पदार्थ हैं, जो जीवों द्वारा उत्पन्न होते हैं और सजीवों में होने वाली रासायनिक अभिक्रियाओं को उत्प्रेरित करते हैं।
3. एन्जाइम एक संकीर्ण, कार्बनिक उत्प्रेरक हैं जो जीवित कोशिकाओं द्वारा उत्पन्न होते हैं। जिनमें उच्चकोटि की विशिष्टता होती है और अत्यधिक क्षमता से क्रियाशील होते हैं।
4. एन्जाइम वे जीव उत्प्रेरक हैं, जो स्वयं परिवर्तित हुए बिना रासायनिक प्रतिक्रियाओं की गति को बढ़ा देते हैं।

आजकल एन्जाइमों का अध्ययन जीवरसायन की एक अलग शाखा के अन्तर्गत किया जाता है, जिसे प्रकिण्वकी (Enzymology) के नाम से जाना जाता है।

सन् 1926 में जेम्स बी समनर एवं जैक बीन द्वारा यूरिएज नामक एन्जाइम को सर्वप्रथम रवे के रूप में प्राप्त किया गया था। इससे सिद्ध होता है कि एन्जाइम जीव उत्प्रेरक प्रोटीन प्रकृति के जलविलेय होते है। ऊष्मा में अस्थायी एवं अविसरणशील पदार्थ होते हैं। अब तक ज्ञात सभी एन्जाइम प्रोटीन के पाए गए हैं। इसलिए कह सकते हैं कि ''सभी एन्जाइम प्रोटीन से बने होते है यानिकि एन्जाइम्स का निर्माण प्रोटीन से होता है।'' ध्यान रहे कि सभी प्रोटीन एन्जाइम नहीं हैं।

➢ एन्जाइमों का नामकरण (Nomenclature of Enzymes)

एन्जाइमों का नामकरण कई प्रकार से किया जाता है –

10. क्रियाधर के नाम के अन्त में ऐज (ase) प्रत्यय जोड़ दिया जाता है। उदाहरण – यूरिया पर क्रिया करने वाला एन्जाइम यूरिएज, इमाइलम (स्टार्च) पर क्रिया करने वाला इन्जाइम इमाइलेज कहलाता है।
11. एन्जाइमों का नामकरण एक ही प्रकार की रासायनिक अभिक्रियाओं को उत्प्रेरित करने वाले समूहों के रूप में भी किया जाता है। ऐसे समूहों को

डिहाइड्रोजिनेसिस (dehydrogenases), ओक्सीडेज (oxidases), प्रोटिनेसिस (proteinases), लिपेज (lipases) आदि नाम से भी जाना जाता है।

12. कुछ एन्जाइम्स को पुराने परम्परागत नाम से आज भी स्वीकारा गया है। जैसे - टायलिन, पेप्सिन, रेनिन ट्रिप्सिन आदि।

रासायनिक रूप से एन्जाइम दो समूहों में विभाजित किए जा सकते हैं -

सरल प्रोटीन	संकीर्ण प्रोटीन
यूरियेज, एमाइलेज, पेप्सिन, ट्रिप्सिन	एपोएन्जाइम, कोटेलेज

विशेष : प्रत्येक भोज्य तत्व पर क्रिया करने वाला एन्जाइम अलग होता है। प्रोटीन पर क्रिया करने वाले एन्जाइम प्रोटिएज, वसा से क्रिया करने वाले लाइपेज तथा स्टार्च पर क्रिया करने वाले एमाइलेस कहलाते हैं।

भोज्य पदार्थ →
- प्रोटीन ⟶ प्रोटिऐज
- वसा ⟶ लाइपेज
- स्टार्च ⟶ एमाइलेज

➢ एन्जाइम के सामान्य गुण

1. एन्जाइम प्रोटीन की अपेक्षा अधिक ऊष्मा स्थायी होता है।
2. एन्जाइम जटिल भोज्य पदार्थों को सरल रूपों में बदल देते हैं।
3. वसाओं पर क्रिया करने वाले एन्जाइम जल में घुलनशील नहीं होते हैं।
4. उत्प्रेरक के विपरीत एन्जाइम केवल सबस्ट्रेट पर ही क्रियाशील होते हैं।
5. ये प्रतिक्रिया के परिणामस्वरूप एक निश्चित प्रकार का क्रियाफल (उत्पाद) बनाता है। जैसे - सुक्रेज, यूरियेज, लाइपेज, प्रोटिएज आदि एन्जाइम क्रमशः सुक्रोज, यूरिया, वसा एवं प्रोटीन पर ही कार्य करते हैं।
6. एन्जाइम जीवित कोशिकाओं में संश्लेषित होते हैं और उत्क्रमणीय रासायनिक

अभिक्रियाओं को उत्प्रेरित करते हैं। अधिकाँश इन्जाइम उत्क्रमणीय प्रकृति के होते हैं।

$$\text{स्टार्च} + H_3PO_4 \longrightarrow \text{ग्लूकोज-1-फास्फेट}$$

7. एन्जाइम ताप के द्वारा प्रभावित होते हैं यानिकि 0^0C (शून्य डि.से.) तापमान पर एन्जाइम अक्रियाशील हो जाते है परन्तु तापमान बढ़ने पर वह पुनः क्रियाशील हो जाते हैं लेकिन जब इन्हें 60^0C तक गर्म किया जाता है तब इनकी क्रियाशीलता समाप्त हो जाती है।

8. एन्जाइम एक निश्चित या उचित माध्यम में ही क्रिया करते हैं। जैसे - पेप्सिन एन्जाइम अम्लीय तथा ट्रिप्सिन क्षारीय एवं लाइपेज आदि एन्जाइम उदासीन माध्यम में क्रिया करते हैं। किन्तु पपीते में पाया जाने वाला पेप्सिन एन्जाइम क्षारीय एवं अम्लीय दोनों माध्यम में क्रिया करता है।

9. उत्प्रेरक के समान एन्जाइम की कम मात्रा भी रासायनिक अभिक्रियाओं की गति को तीव्र कर देती है और अभिक्रिया के अन्त में उसकी मात्रा अप्रभावित रहती है।

➢ एन्जाइम की क्रिया को प्रभावित करने वाले कारक

1. **तापमान :** अधिकाँश एन्जाइम के लिए अनुकूलतम् तापमान 30 से 40^0C होता है यानिकि एन्जाइम के लिए न्यूनतम् तापमान लगभग 0^0C तथा उच्चतम् तापमान 60^0C होता है।

2. **पी.एच. प्रभाव :** क्रियाशीलता पर विलयन की अम्लीयता अथवा क्षारीयता का विशेष प्रभाव पड़ता है क्योंकि एन्जाइम प्रोटीन से बने होते हैं। अधिकतर एन्जाइम के लिए अनुकूलतम् पी.एच. 4 - 10 के बीच होता है। इसके एन्जाइम विकृतिकरण हो जाता है।

3. **सबस्ट्रेट की सान्द्रता :** सबस्ट्रेट की मात्रा एक निश्चित सीमा तक बढ़ने पर एन्जाइम द्वारा उत्प्रेरित रासायनिक अभिक्रियाओं की दर में वृद्धि होती है परन्तु अधिकतम् अभिक्रिया की गति के बाद सबस्ट्रेट की मात्रा में और अधिक वृद्धि करने पर अभिक्रिया की गति पर कोई प्रभाव नहीं पड़ता है।

4. **प्रकाश अथवा विकिरण :** ऐसा पाया गया है कि पराबैगनी विकिरण की उपस्थिति में एन्जाइम काफी सीमा तक अक्रियाशीलता पर कोई प्रभाव

नहीं पड़ता है जबकि कुछ निश्चित प्रकार के एन्जाइम अक्रियाशील हो जाते है।

➢ एन्जाइम की उपयोगिता

हमारे दैनिक जीवन में एन्जाइम का अत्यधिक महत्वपूर्ण स्थान है। इसकी उपयोगिता को निम्नलिखित भागों में विभाजित किया जा सकता है –

1. **औद्यौगिक उपयोग:** विभिन्न उद्योगों में एन्जाइमों की उपयोगिता अलग–अलग दिखाई देती है। जैसे पनीर उद्योग में रेनेट एन्जाइम का प्रयोग दूध को स्कन्दित करने में किया जाता है जबकि फलों के रस को स्वच्छ करने में पेक्टेट एन्जाइम का प्रयोग होता है।

   एल्कोहल उद्योग में यीस्ट के अन्तर्गत उपस्थिति एन्जाइम का प्रयोग किया जाता है। इसीप्रकार वस्त्र, चमडे, शुष्कधावन, फोटोग्राफी उद्योग में क्रमशः एमाइलेज, प्रोटियोलाइटिक एवं पेप्सिन का प्रयोग किया जाता है।

2. **औषधि उपभोग** (Medicinal Uses) : पाचन सम्बन्धी विकारों के लिए अनेक प्रकार के एन्जाइमों का प्रयोग किया जाता है। जैसे – पेप्सिन, पपेन, डायस्टेज, एमाइलेज और ब्रोमलिन आदि एन्जादम।

3. **वैश्लेषिक उपभोग** (Analytical Uses) : मूत्र में यूरिया ज्ञात करने के लिए यूरियेज एन्जाइम का प्रयोग किया जाता है जबकि स्टार्च की मात्रा ज्ञात करने के लिए इमाइलेज प्रयोग किया जाता है।

➢ **कोएन्जाइम (Coenzymes)** : यदि एन्जाइम का प्रोटीन विहीन अंश अर्थात प्रोस्थेटिक समूह यानिकि एपोएन्जाइम से ढ़ीले रूप से संयुक्त हो तथा कार्बनिक प्रकृति का हो और ऊष्मा द्वारा नष्ट हो जाता है तो कोएन्जाइम कहलाता है। ये एन्जाइम के विशिष्ट सक्रियकारक होते हैं। जिनकी अनुपस्थिति में एन्जाइम अक्रियाशील होते हैं।

खण्ड - तीन

पौधीय उत्पाद (Plant Production)

अध्ययन की सुविधा के अनुसार इस खण्ड में चार अध्याय बनाए गए है, जो पुस्तक के अध्याय के क्रमों में क्रमश: अध्याय नौ:, दस, ग्यारह और बारह हैं। अध्याय नौ में अनाज, दालें और तेल बीजों को रखा गया है। अध्याय दस में फल और फल उत्पादों को रखा गया है। जैसे - फलों से निर्मित जूस, पल्प, जैम, जैली, मॉरमोडैल्स, स्क्वेश, कोर्डियल्स आदि। अध्याय ग्यारह में पेय पदार्थो का वर्णन है, जिसमें चाय, कॉफी तथा शराब आदि का उल्लेख किया गया है। अध्याय बारह में सब्जियों का विस्तार से वर्णन है। जैसे - सब्जियों का वर्गीकरण, मौसम के हिसाब से सब्जियाँ, पौष्टिकता के आधार पर सब्जियाँ तथा सब्जियों पर पाक क्रिया का प्रभाव आदि।

9

अनाज, दालें और तेल बीज उत्पाद

(Cereals, Pulses, and Oil seed product)

- **परिभाषाएँ और वर्गीकरण : गेहूँ, धान, दालें और तेल बीज उत्पाद**
  (Defination & Classification of Wheat, Rice, Pulses and Oil seed products)
- **आटा, ब्रेड, बिस्कुट, केक, और बेकरी**
  (Flour, Bread, Biscuits, Cake & other Baked item)
- **Dehulled legume – Pulses**

वनस्पतिक भोज्य पदार्थ

(अ) अनाज

(ब) दालें एवं फलियाँ

(स) बेकरी पदार्थः (आटा, ब्रेड, केक बिस्कुट्स)

(द) वनस्पतिक तेलः शोधित एवं हाइड्रोजिनेटिड्स

(अ) अनाज

प्राचीन काल से अब तक मानव की प्रमुख आवश्यकताओं में रोटी, कपड़ा और मकान आधारभूत आवश्यकताएँ मानी गयी हैं। इनमें मानव के लिए भोजन सर्वाधिक महत्वपूर्ण हैं।

सन् 1883 में De Candolle का प्रकाशित पुस्तक Origin of Cultivated Plants को कृषि फसलों से सम्बन्धित प्रथम पुस्तक माना जाता है। घास वर्ग के वे कृषि उत्पाद जिनके बीज खाने के लिए उपयोग में लाए जाते हैं, उन्हें खाद्यान्न कहते हैं। भारतीय जनमानस में इन्हें अनाज के रूप में जाना जाता है, जिन्हें आँग्ल भाषा में Cereals कहते हैं। प्राचीन काल में यूनान में फसल की देवी एवं संरक्षिका Cerealia munera के नाम पर खाद्यान्न को Cereals के नाम से जाना जाता है। विभिन्न अनाजों की रचना, रंग, रूप, आकार, स्वाद, सुगंध भिन्न भिन्न प्रकार का होता है। सभी खाद्यान्न फसलें Poaceae कुल की सदस्य हैं। इनका लाक्षणिक फल Caryopsis है। इसमें फल भित्ति बीजावरण से पूर्णतः संयुक्त होती है। इनमें कार्बोहाइड्रेट्स, प्रोटीन, तेल व विटामिन प्रचुर मात्रा में पाए जाते हैं तथा जल की मात्रा बहुत कम होती है यानिकि इनमें 11 % प्रोटीन एवं कार्बोहाइड्रेट्स 60 – 80% पायी जाती है जबकि रेशा नगण्य होता है।

मानव खाद्यान्न में मुख्यतः छः फसलें गेहूँ, मक्का, चावल, जौ, जई एवं सोरगम हैं, जिनका विश्व में उत्पादन असमान है। इनमें भी वर्तमान में धान, गेहूँ और मक्का ही 90 प्रतिशत से अधिक खाद्यान्न अंश है। विश्व स्तर पर खाद्यान्नों का उत्पादन असमान रूप से होता है। जैसे चावल आर्द्र उपोष्ण तथा उष्ण जलवायु का पौधा है। इसके लिए अधिक ताप और आर्द्रता की आवश्यकता होती है। विश्व का लगभग 90 प्रतिशत चावल एशिया महाद्वीप में होता है। जिसका 95 प्रतिशत दक्षिण, दक्षिण पूर्व एशिया के मानसूनी प्रदेशों में होता है। चीन, भारत, इण्डोनेशिया, बाँग्लादेश, थाइलैण्ड एवं वियतनाम में विश्व के 78 प्रतिशत चावल का उत्पादन करते हैं।

गेहूँ का उत्पादन सबसे अधिक क्षेत्र में होता है। इस भूमण्डल पर उत्तरी गोलार्द्ध में 60^0 अक्षांश तथा दक्षिणी गोलार्द्ध में 40^0 अक्षांश तक गेहूँ की खेती सफलता पूर्वक की जा सकती है। विश्व में गेहूँ के प्रमुख उत्पादक देशों में चीन, संयुक्त राज्य अमेरिका सोवियत संघ, फ्राँस, कनाडा, आस्ट्रेलिया एवं जर्मनी इत्यादि हैं। ये देश मिलकर विश्व का लगभग 81 प्रतिशत गेहूँ पैदा

करते हैं। महाद्वीपों में पूर्व सोवियत संघ सहित यूरोप सबसे अधिक गेहूँ पैदा करने वाला भूखण्ड है, जो अकेले 39 प्रतिशत गेहूँ पैदा करता है। गेहूँ की पैदावार में एशिया लगभग 36 प्रतिशत तथा उत्तरी अमेरिका 16 प्रतिशत योगदान करता है। गेहूँ का कुल निर्यात का लगभग 75 प्रतिशत विश्व के चार देशों (संयुक्त राज्य अमेरिका, आस्ट्रेलिया, कनाडा तथा अर्जेन्टीना) से प्राप्त होता है।

गेहूँ और चावल के बाद मक्का तीसरा प्रमुख खाद्यान्न है। चावल की अपेक्षा मक्का विश्व में कम भूमि पर उगाया जाता है, किन्तु उत्पादन लगभग समान है। मक्के का उत्पादन सबसे अधिक संयुक्त राज्य अमेरिका, चीन एवं ब्राजील में होता है। अफ्रीका महाद्वीप में दक्षिण अफ्रीका प्रमुख उत्पादक देश है। इसका खाद्यान्न के रूप में प्रयोग मुख्यतः मध्य अफ्रीका के देशों में होता है।

11 वीं पंचवर्षीय योजना के तहत रवी की फसल के दौरान सन् 2007 में राष्ट्रीय खाद्य् सुरक्षा मिशन (NFSM) का प्रारम्भ किया गया था। मिशन का उद्देश्य था कि सन् 2012 के अंत तक चावल, गेहूँ एवं दलहनों का उत्पादन क्रमशः 10, 08, 02 मिलियन टन करना है।

काबुली चना और अरहर की दाल भारतीयों के परम्परागत आहार में सदियों पुरानी परम्परा के तहत शामिल हैं। अरहर में प्रोटीन, अमीनों अम्ल और लायसिन प्रचुर मात्रा में पाए जाते हैं। यह भारतीय भोजन को न केवल पौष्टिक बनाते हैं। बल्कि इसमें सही संतुलन भी कायम रखती हैं। अरहर के पौधे से भूमि की उर्वरकता भी बढ़ती है। काबुली चने में 23 प्रतिशत प्रोटीन एवं कार्बोहाइड्रेट्स और कैल्सियम का भी समृद्ध स्रोत है।

इण्डियन काउंसिल ऑफ मेडिकल रिसर्च ने मोटे अनाजों की पौष्टिकता को रेखांकित किया है। जैसे 100 ग्राम चावल की तुलना में कंगनी में 81 प्रतिशत अधिक पौष्टिक है। व्रत के दौरान खीर में डाल कर खाए जाने वाले सवां में 840 प्रतिशत अधिक वसा, 350 फाइबर और 1229 प्रतिशत लौह तत्व पाया जाता है। कौदु में चावल की तुलना में 633 प्रतिशत अधिक खनिज तत्व

पाए जाते है जबकि रागी में 3340 प्रतिशत अधिक कैल्सियम और बाजरे में 85 प्रतिशत फॉस्फोरस होता है। आज की भारतीय संस्कृति में प्रचलित मोटे अनाज विटामिनों से भरपूर होते हैं। इनके प्रयोग से पाचन भी दुरुस्त रहता है। दिल के रोगों का खतरा कम होता है और मधुमेय जैसे रोगों में भी लाभ मिलता है।

बाजरे से बनी रोटी खाने से शरीर के लिए विटामिन ए मिल जाता है, जिसकी पूर्ति एक किलोग्राम गाजर से होगी। एक कटोरी रागी में इतना कैल्सियम होता है जितना तीन गिलास दूध में।

उल्लेखनीय है कि खाद्यान्न उत्पादन में जलवायु, मृदा, वनस्पति इत्यादि महत्वपूर्ण भूमिका अदा करते हैं। अत: विभिन्न क्षेत्रों में अनकूल जलवायु होने के कारण विभिन्न खाद्यान्नों का उत्पादन अधिक होता है।

(ब) बेकरी पदार्थ (Bakery Product)

बेकरी के द्वारा कुछ भोज्य पदार्थों को बनाने के लिए गेहूँ का आटा प्रमुख रूप से प्रयोग किया जाता है। गेहूँ में ग्लूटिन नामक प्रोटीन पायी जाती है। बेकरी में बने कुछ पदार्थों को तैयार करने की विधियों का वर्णन नीचे किया जा रहा है –

आटा एवं आटे के मिश्रण से बनाए जाने वाले पदार्थों की विभिन्नता के आधार पर गेहूँ के आटे में पानी और अन्य द्रव पदार्थो को मिलाकर विभिन्न भौतिकीय संरचना के आटे का मिश्रण तैयार किया जाता है यानिकि आटे को इस प्रकार से गूंथा जाए कि वह ठोस व नरम दोनों ही प्रकार का हो सकता है। गुथे हुए आटे का प्रयोग ब्रेड़ और बिस्कुट तैयार करने में किया जाता है। यीस्ट युक्त आटे के मिश्रण को स्पॉज कहते हैं।

(1) ब्रेड़ (Bread)

सबसे पहले आटे में वनस्पतिक तेल मिला कर गूँथते हैं, फिर लगभग 200 मिलिलीटर पानी में यीस्ट और नमक तथा शक्कर मिलाकर घोल तैयार करते हैं। तैयार किए गए आटे को खमीरीकरण के लिए गरम स्थान पर लगभग

दो घण्टे के लिए रखते हैं। कुछ समय बाद आटे का आकार मधुमक्खी के छत्ते के समान दिखाई देता है। इस आटे को 86^0F पर लगभग 30 मिनट तक रखते हैं। इससे आटा फूल जाता है। इस फूले हुए आटे को प्रूफिंग कहते हैं। प्रूफिंग किए हुए आटे को 430^0F तापक्रम पर 35 मिनट तक पकाते हैं।

(2) केक (Cakes)

सामान्यत: केक दो प्रकार के होते हैं यानिकि स्पॉज केक और मक्खन युक्त केक। केक बनाने के लिए आटा, वसा, शक्कर, दूध अण्डे, नमक और बेकिंग पाउडर का प्रयोग किया जाता है।

(3) बिस्किट्स (Biscuits)

गेहूँ के आटे, शक्कर और वसा से बिस्किट का अधिकाँश भाग बनता है। अधिक प्रोटीन युक्त आहार जैसे मूँगफली और सोयाबीन का आटा या उनसे पृथक किए हुए प्रोटीन से 15–25% मात्रा प्राप्त होने की वजह से बिस्किट में करीब 10% अतिरिक्त प्रोटीन रहती है। इसे बनाने में जिस वसा का प्रयोग किया जाता है, वह एण्टीऑक्सीडेन्ट्स युक्त हाइड्रोजिनेटिड वसा होता है। मीठे बिस्कुट के लिए शक्कर और नमकीन बिस्किट के लिए 0.5 - 1.0 % नमक मिलाया जाता है। अमोनियम कार्बोनेट या बाईकार्बोनेट और सोडियम बाईकार्बोनेट का उपयोग किया जाता है। खमीर युक्त पदार्थों में सोडियम बाईकार्बोनेट और अम्लीय लवणों का भी उपयोग किया जा सकता है।

(स) दालें एवं फलियाँ (Pulses and legumes)

भारतीय जनमानस में प्रचलित एक कहावत है - घर की मुर्गी दाल बराबर। इस कहावत के आधार पर कह सकती हूँ कि पोषण में दालों का महत्व सदियों पहले ही महसूस कर लिया गया होगा। यानिकि सदियों से कृषि, खाद्य् और पोषण में दालों को सर्वाधिक महत्व भारत में मिला। यहाँ विविध तरह की पौष्टिक दालों का उत्पादन हमेशा से होता रहा है। दालें करोड़ों भारतियों के लिए प्रोटीन का मुख्य स्रोत रही हैं। पूरे देश में कहीं भी दाल के बिना भोजन पूर्ण नहीं माना जाता है।

दाल, चावल हमारे देश का सबसे प्रचलित भोजन है। चावल के प्रोटीन में जो कमी होती है, उसकी भरपायी दालों की प्रोटीन करती है। शायद इसीलिए चावल के साथ दाल खाने की परम्परा की शुरूआत हुई होगी क्योंकि दाल चावल खाने से अधिक पौष्टिकता का एहसास होता होगा।

भारतीय भोजन में खाद्यान्न फसलों के बाद दूसरा स्थान दलहन फसलों का आता है। सभी दालें Fabaceae कुल के सदस्य हैं। इस कुल के द्विदलीय बीजों को दलहन के नाम से भी जाना जाता है। दलहनी फसलें खेतों की उर्वराशक्ति को बनाए रखती है। शाकाहारी भोजन में अनाज के बाद दालों का महत्व उनमें वांछित मात्रा प्रोटीन्स के कारण बढ़ जाता है यानिकि ये प्रोटीन के सर्वोच्च गुणों से युक्ति संगत होती हैं। दालें Leguminosae कुल के फलों से प्राप्त होती है यानिकि जनसामान्य की भाषा में दालें फलियो (Legumes) से मिलती है। दालों में प्रोटीन की मात्रा माँस, दूध एवं अण्डे से अधिक होती है। सोयाबीन में 43 % प्रोटीन पायी जाती है। भारत में चना, मटर, उर्द, मूँग, सोयाबीन, लोबिया, अरहर आदि का उपयोग किया जाता है।

दालों में प्रोटीन अपूर्ण होती है क्योंकि इसके प्रोटीन में एक या एक से अधिक आवश्यक अम्लों का अभाव होता है। जैसे – Methionine and Tryptophan amino acid। दालों को अनाजों के साथ पकाने से Methonine की कमी पूरी हो जाती है। अनाजों की अपेक्षा दालों में अधिक Lysin तथा Threinine अमीनों अम्ल पाए जाते हैं। सल्फर युक्त अमीनों अम्ल का अभाव रहता है। Leucine तथा Phenyl Alanine की पर्याप्त मात्रा उपस्थित रहती है। दालों में Globulin प्रोटीन मुख्य रूप से पायी जाती है। थोड़ी मात्रा में Albumin भी रहती है। विटामिनों में अधिक मात्रा में विटामिन $बी_1$ एवं नियासिन तथा अल्प मात्रा में विटामिन $बी_2$ एवं ए भी पाया जाता है। सभी दालों में विटामिन सी नहीं रहता है। खेसरी (Chickling Pea) के दानों में न्यूरोटॉनिक्सन नामक हानिकारक एल्कलॉयड की वजह से दाल शरीर में जाकर Lathyrism अथवा लकवा रोग पैदा करता है। जिस कारण शरीर के अंग कार्य करना बन्द कर देते है।

दलहनों के उत्पादन के लिए भारत विश्व में प्रथम है। भारत में मध्य प्रदेश में सबसे ज्यादा दलहन का उत्पादन किया जाता है। सोयाबीन को दलहन के साथ साथ तिलहन की फसल के रूप में भी देखा जाता है क्योंकि सोयाबीन से दूध भी तैयार किया जाता है, जो गाय के दूध के समकक्ष होता है। सोयाबीन के दानों में 43 प्रतिशत प्रोटीन, 23 प्रतिशत वसा एवं 30 प्रतिशत कार्बोहाइड्रेट पाया जाता है। इसमें लिनोनिक अम्ल की मात्रा लगभग 60 प्रतिशत तक पायी जाती है।

विशेष

1. अरहर की दाल में Cajanin और Concajanin प्रोटीन प्रमुख है।
2. रवी की फसल में बोऐ जाने वाले चने के पौधे पर उपस्थित रोम Oxalic व Malic acid स्रावित करते हैं, जिसके कारण पौधे के कायिक भाग स्वाद में कुछ खट्‌टे होते हैं।
3. उड़द के बीजों में लगभग 60 % कार्बोहाइड्रेट, 24 % प्रोटीन व अनेक खनिज होते हैं। यह फॉस्फोरस का अच्छा स्रोत है।
4. दलहन की फसलों की जड़ों में उपस्थित ग्रन्थियों में नाइट्रोजन स्थिरकारी जीवाणु पाए जाते हैं। अतः इस फसल को नाइट्रोजन उर्वरकों की आवश्यकता नहीं होती है।
5. दलहन रवी की फसलें होने के कारण अक्टूबर माह में बोई जाती हैं, जो फरवरी मार्च में पक कर तैयार होती हैं।

(द) वनस्पति तेल

शोधित और हाइड्रोजिनेटिड तेल (Refind & Hydrogenerated)

तेल एवं वसा मानव को पूर्व ऐतिहासिक काल से ही ज्ञात थे यानिकि प्राचीन मिस्र की सभ्यता के निवासी वनस्पति तेल का प्रयोग शवों को सुरक्षित रखने एवं भोजन तथा शरीर के विलेपन में करते थे। जिसके साक्ष्य प्राचीन ममियों से मिलते हैं।

जिन कृषि जन्य खाद्यान्नों से तेल निकाला जाता है, उन फसलों कों

तिलहन के नाम से जाना जाता है। जैसे मूँगफली का तेल, सरसों, तिसी, तिल व सूर्यमुखी आदि के बीजों से निकलने वाले तेलों को खाने हेतु प्रयोग किया जाता है यानिकि भारतीय फसलों में तिलहन फसलों का भी विशेष स्थान है। समय के साथ तिलहन फसलों की माँग बढ़ती गयी परन्तु पैदावार में वृद्धि न होने के कारण प्रति व्यक्ति उपलब्धता घटती गयी। तदोपरान्त केन्द्र सरकार ने तिलहन की पैदावर बढ़ाने, खाद्य् तेलों का आयात घटाने और खाद्य् तेलों में आत्मनिर्भरता प्राप्त करने के उद्देश्य से सन् 1986 में तिलहन प्रौद्योगिकी मिशन शुरू किया था। दसवीं पंचवर्षीय योजना में 01 अप्रैल 2004 से तिलहन, दलहन, आयल पाम और मक्का इत्यादि फसलों का समन्वित कार्यक्रम को चलाया जा रहा है। तिलहन उत्पादन में भारत विश्व का तीसरा सबसे बड़ा उत्पादक देश है।

तेल शोधन – तेल शोधन में निम्न प्रक्रियाएँ हैं –

1. वसीय अम्ल निकालने के लिए क्षार शोधित क्रिया की जाती है।
2. रंगीन पदार्थ रंगहीन बनाने के लिए फलर्स अर्थ या सक्रिय कार्बन से प्रतिक्रिया करना।
3. उच्चताप वाष्प से गंधहीन बनाना।

शोधित तेल को निकॅल उत्प्रेरक के साथ अनुकूलतम तापमान और दबाब पर हाइड्रोजिनेटिड की क्रिया में असंतृप्त श्रृंखलाओं में हायड्रोजन के अणु जोड़े जाते हैं। जिससे द्रव वसा ठोस रूप में बदल जाती है। इस प्रक्रिया के परिणामस्वरूप असंतृप्त वसी अम्ल का प्रभाव कम होता जाता है।

भारत में विक्रय की जाने वाली अधिकाँश वनस्पति 95% मूँगफली के तेल और 5% तिल्ली के तेल से बनायी जाती है। वनस्पति तेल का उपयोग घी के रूप में किया जाता है इसलिए उसे विटामिन ए से परिपूर्ण किया जाता है।

विशेष

1. सूखने वाले तेलों को खुला छोड़ने पर ये वायुमण्डल से तुरन्त ऑक्सीजन

अवशोषित कर लेते हैं।

2. सूखने वाले तेलों में असंतृप्त वसीय अम्लों की पर्याप्त मात्रा होती है।

3. अश शुष्कन तेल (Semi- drying oils) में लिनोलीक अम्ल का अभाव होता है। इन तेलों का प्रयोग खाने में, जलाने में, साबुन बनाने में व मोमबत्ती बनाने में किया जाता है। जैसे - तिल का तेल सरसों का तेल, सूरजमुखी का तेल आदि।

4. अशुष्कन तेल (Non drying oils) वातावरण से ऑक्सीजन अवशोषित नहीं करते हैं। इनमें Olic acid की पर्याप्त मात्रा पायी जाती है। जैसे - अरण्ड का तेल, जैतून का तेल।

5. मूँगफली के तेल में उपस्थित वसीय अम्लों में Olic acid 56%, Linolenic acid 25% , Palmitic acid 12% प्रमुख रूप से पाए जाते हैं। इसके अलावा इसमें Stearic acid, arachidic acid व अन्य संतृप्त अम्ल भी पाए जाते हैं। इसमें फॉस्फोरस व विटामिन प्रचुर मात्रा में पाए जाते हैं।

6. तिल खरीफ ऋतु की फसल है।

7. तिल के तेल में पाया जाने वाला Sesamolin तत्व जल अपघटन से Sesamol तत्व बनाता है, जो सशक्त antitoxidant है।

8. सरसों के तेल में 36% वसा, 25% नाइट्रोजनी पदार्थ, 7% नमी व अनेक वसीय अम्ल पाए जाते हैं।

9. Erucic acid सरसों के तेल का लाक्षणिक वसीय अम्ल है।

10. सरसों के तेल में तीखी गंध Allyl-iso-thiocynate के कारण होती है। यह यौगिक सरसों के बीज में उपस्थित Sinigrin नामक ग्लाइकोसाइड के जल अपघटन से बनता है।

11. नारियल के तेल में उपस्थित अम्लों में Lauric acid, Myristic acid, Palmitic acid, Capric acid, Caprylic acid, Oleic acid, Linoleic acid आदि प्रमुख हैं।

12. खस के तेल का उपयोग प्रसाधन सामग्री, इत्र व शर्बत के निर्माण में किया जाता है। यह स्वेदनकारी (Diaphoretic) व प्रशीतक होता है।
13. वाष्पशील तेलों को पौधों से बिना इनके रासायनिक संगठन में परिर्वतन हुए प्राप्त किया जा सकता है।
14. यूकेलिप्टस तेल को अयस्कों से खनिजों को अलग करने में प्रयोग किया जाता है।

10

फल एवं फल उत्पाद
(Fruits and Vegetables)

- फल (Fruits)
- जूस (Juice)
- पल्प्स (Pulps)
- पाउडर (Powder)
- जैम (Jam)
- जैली (Jellies)
- मॉरमोडेल्स (Marmalades)
- स्क्वेश (Squash)
- कोर्डियल्स
- Ketchups, Sauce
- अचार (Pickles)
- मसाले (Spices)

फल (Fruits)

पुरातात्विक साक्ष्यों से पता चलता है कि मानव ने अपने जीवन विकास के प्रारम्भिक काल में खानाबदोश जीवन व्यतीत किया था। इस दौरान मानव के भोजन में फल शामिल हुआ होगा। साक्ष्यों से पता चलता है कि मानव ने लगभग 7000 ई.पू. खजूर को सबसे पहले उगाया। अनार का सन्दर्भ 3500 ई. पू. के आलेखों में है। स्पष्ट है कि आदि काल से ही फलों में मनुष्य की रुचि रही है। वर्तमान में फलों की खेती का अध्ययन उद्यान कृषि की एक शाखा फल विज्ञान यानिकि Pomology के अन्तर्गत किया जाता है।

फल पौधे का वह भाग है जो निषेचन के बाद पुष्प के अण्डाशय से बनने वाली संरचना होती है। निषेचन के बाद बीजाण्ड से बीज तथा अण्डाशय से फलभित्ति का निर्माण होता है। बीज तथा फलभित्ति मिलकर फल कहलाता है। इस प्रकार फल एक परिपक्व अण्डाशय या पुष्प के स्त्रीकेसर का परिणाम होता है। जब फूल का केवल अण्डाशय ही फल के रूप में बढ़ जाता है, तो उस फल को सत्य फल (True Fruit) कहते हैं। फल को पका हुआ अण्डाशय भी कह सकते हैं। परन्तु बहुधा ऐसा देखा गया है कि फूल के अन्य भाग जैसे – पुष्पासन (Thalamus), पुष्पक्रम (inflorescence), वाह्यदल पुंज (Calyx) आदि बढ़कर फल की रचना में भाग लेकर फल का निर्माण करते हैं। ऐसे फल को असत्य फल या आभासी फल (False Fruit) कहते हैं। इनके उदाहरण निम्नलिखित हैं –

उदाहरण – 1 : सेब और नाशपाती में पुष्पासन अण्डाशय के चारो ओर बढ़ कर खाने योग्य गूदेदार हो जाता है। अण्डाशय से बनी फलभित्ति कठोर कार्टिलेज जैसी होती है। वनस्पति विज्ञान में इन्हें Pome के नाम से जाने जाते है।

उदाहरण – 2 : कम्पोसिटी (Compositae) कुल में अधोवर्ती फल सूखे पुष्पासन द्वारा घिरा रहता है और प्रायः रोम गुच्छ से ढका रहता है। जैसे – सलाद, सूर्यमुखी, गैंदा आदि।

उदाहरण – 3 : काजू में पुष्पावलिवृन्त और पुष्पासन गूदेदार हो कर फल जैसी एक खाने योग्य संरचना बनाते हैं।

उदाहरण – 4 : शहतूत फल बाह्यदलों का बना होता है।

उदाहरण – 5 : कद्दू, घिया, तोरई, करेला, लौकी आदि फलों में अण्डाशय तथा पुष्पासन से मिलकर फल बनता है। ये फल कुकरबिटेसी कुल के अभिलक्षणीय लक्षण है। इन्हें Pepo के नाम से भी जाना जाता है।

उदाहरण – 6 : अंजीर, बरगद, पीपल, गूलर आदि में फलों में गूदेदार पुष्पासन खाने योग्य भाग बनता हैं, जिसमें बहुत से छोटे–छोटे नर और मादा फूल होते हैं यानिकि धीरे धीरे पुष्पासन बढ़कर फल का निर्माण करता है जबकि शहतूत, कटहल, अनन्नास आदि में फलों का खाने योग्य भाग

प्रायः सरस परिदल पुंज एवं गूदेदार अक्ष होता है। इसीलिए ये सभी फल असत्य फल कहलाते हैं। वास्तव में इसमें अनेक छोटे-छोटे सत्य फल होते हैं, जो पात्र के अन्दर रहने वाले मादा फूलों से विकसित होते हैं।

यदि किसी कारण निषेचन असफल रहता है तो अण्डाशय मुरझा जाता है और सूखकर गिर जाता है। केला, पपीता, नारंगी आदि की कुछ उगाई जाने वाली जातियों में कभी-कभी अण्डाशय निषेचन के बिना भी फल में विकसित हो सकता है। बिना निषेचन के पैदा हुए फल के विकास को अनिषेक फलन (Parthenocarpy) कहते हैं। इस प्रकार के फल में आमतौर से बीज नहीं होते हैं।

फल खनिज लवणों और विटामिन्स से भरपूर होते हैं। वनस्पति विज्ञान की दृष्टि से आम, केला, कटहल, अमरूद, बेल, सेब, नाशपाती, चीकू, नीबू, अनानास, नारंगी, अंगूर, मौसमी, सन्तरा, बैंगन, बेर, आदि फल की श्रेणी में आते हैं। फलों के अन्दर का भाग कुछ नर्म होता है तथा बाहरी आवरण सूखकर कड़ा हो जाता है, उन फलों को सूखे फल यानिकि मेवा फल कहा जाता है। जैसे - काजू, अखरोट, बादाम, चिरौंजी, चिलगोजा, किशमिश, नारियल आदि मेवों के रूप में प्रयोग में लाए जाते हैं।

फल अत्यधिक पौष्टिक पदार्थ होते हैं क्योंकि इनमें प्रोटीन, वसा, खनिज लवण आदि शरीर के निर्माण करने वाले तत्व पाए जाते हैं। जनता के बीच फल के नाम से प्रचलित भोज्य पदार्थ गूदेदार रस युक्त एवं स्वादिष्ट होते हैं। ''फल पौधों का वह गूदेदार रसीला एवं मीठा भाग होता है, जिसमें उस पौधे के बीज विकसित होते हैं।''

फलों में जल की मात्रा लगभग 85 प्रतिशत होती है। फलों में प्रोटीन बहुत कम होती है जबकि सूखे मेवे में प्रोटीन की मात्रा अधिक रहती है। इनमें कार्बोज मुख्यतः शर्करा के रूप में रहता है। फल खनिज लवण व विटामिन्स के अच्छे स्रोत माने जाते हैं। खट्टे फलों में विटामिन सी उपलब्ध रहता है, जो पकने पर नष्ट हो जाता है। फलों के छिलकों में विटामिन बी$_1$ एवं बी$_2$ पाया जाता है। फलों का खट्टा स्वाद Citric Acid और Oxalic acid की

वजह से होता है यानिकि खट्टा स्वाद अम्लों की मात्रा पर निर्भर करता है। रेशेदार फलों के रेशों का भोजनीय मूल्य कुछ भी नहीं होता है परन्तु ये पाचन में योगदान देते हैं। कब्ज को दूर करने में सहायक होते हैं। सूखे मेवे के नाम से प्रचलित फलों के गुण इस प्रकार हैं –

1. ये कार्बोज, प्रोटीन एवं वसा के सबसे अच्छे स्रोत माने जाते हैं। जैसे – मूँगफली, सिघाड़ा, बादाम, काजू, किसमिस, नारियल, पिस्ता काजू, छुआरा इत्यादि ।
2. सूखे मेवे की प्रोटीन से Uric acid का निर्माण नहीं होता है।
3. सूखे मेवे के प्रयोग से शरीर को ऊर्जा मिलती है क्योंकि इनमें वसा की मात्रा मौजूद रहती है।
4. ये लौह, फॉस्फोरस एवं विटामिन बी समूह के अच्छे स्रोत हैं परन्तु कैल्सियम की मात्रा कम रहती है।
5. इनमें विटामिन ए तथा सी व डी का अभाव होता है।
6. सूखे मेवों में मूँगफली का पौष्टिक मूल्य तुलनात्मक रूप से अधिक होता है।

भारतीय जलवायु विभिन्न प्रकार के फलों के लिए उपयुक्त है। विश्व में फलों के कुल उत्पादन में भारत का दस प्रतिशत हिस्सा है, जिसमें कई किस्मों के फल शामिल हैं। इनमें उष्ण कटिबन्धीय तथा उपोष्ण फलों में आम, केला, नीबू प्रजाति के फल, अनानास, पपीता, अमरूद, चीकू, कटहल, लीची और अंगूर शीतोष्ण जलवायु के फलों में सेव, नाशपाती, खुबानी और अखरोट आदि तथा शुष्क क्षेत्र के फलों में आँवला, बेर, अनार, अंजीर, फालसा इत्यादि फल शामिल हैं।

विश्व में आम की कुल पैदावार का 39 प्रतिशत के साथ हमारा देश सबसे आगे है जबकि केला का 23 प्रतिशत हिस्सा ही उगाया जाता है। इसके अतिरिक्त चीकू, आँवला और नीबू की पैदावार के मामले में भी अपना देश आगे है। अपने देश में फलों के उत्पादन का 21 प्रतिशत अकेले उत्तर प्रदेश में पैदा किया जाता है। देश के कुल आम का 35 प्रतिशत एवं अमरूद का

38 प्रतिशत और आँवले का 66 प्रतिशत उत्पादन उत्तर प्रदेश में किया जाता है। राज्य में फलों के अधिक पैदावार के लिए फल पट्टी के नाम से क्षेत्र विकसित किए गए।

विशेष

1. काजू में 45 % विटामिन बी समूह (थाइमिन की अधिकता) एवं 20 % वसा पाया जाता है।
2. अखरोट में वसा की मात्रा कम होती है। इसमें असंतृप्त वसीय अम्ल होने के कारण रक्त के कोलेस्ट्रॉल को कम करता है। इसमें लौह तत्व, फॉस्फोरस, पोटैशियम, ताँबा, मैगनीशियम, की अधिकता होती है। जबकि कैल्सियम एवं विटामिन बी अल्प मात्रा में रहता है। इसका तेल त्वचीय रोग (Eczema) के उपचार में प्रयोग किया जाता है।
3. मूँगफली में 40 % वसा, 25 % खनिज लवण एवं 3 % रेशा होता है। इसमें विटामिन बी (नियासिन) की अधिकता होती है। कोलेस्ट्रॉल नियन्त्रण का गुण होता है। रक्त शर्करा को कम करती है।

➤ जैम (James)

इसे सामान्य जनता मुरब्बा के नाम से जानती है। गूदेदार फलों के गूदे में चीनी एवं खटास मिलाकर उबालने से प्राप्त थक्के दार अपरादर्शक पदार्थ को जैम कहते हैं। यह प्राय: पके फलो से बनायी जाती है यानिकि जैम उन फलों से बनाया जाता है जिनमें गूदा एवं पेक्टिन अधिक मात्रा में होता है। पेक्टिन खट्टे फलों के छिलकों तथा सफेद भाग में पायी जाती है। यदि फलों में पेक्टिन और साइट्रिक अम्ल अधिक मात्रा में नहीं हों तो इन्हें ऊपर से मिलाना चाहिए। जैम दो तरह से बनाया जाता है। सबसे पहले फलों को धीमें-धीमे उबाल कर अम्ल की सहायता से पेक्टिन को अलग कर लिया जाता है, फिर तेज आँच पर चीनी मिलाकर उबाल लेते हैं। दो तिहाई चीनी डालने से अच्छा जैम बनता है। मुरब्बे में गूदा रहता है। 100gm मुरब्बे में 45gm ताजे फलों के ठोस टुकड़े रहते हैं। पूर्णत: पके हुए फलों का चुनाव मुरब्बा बनाने में करना चाहिए। कच्चे फलों का उपयोग मुरब्बा बनाने में नहीं करना चाहिए। जैम

बनाते समय एक किलो खट्टे खाद्य् पदार्थ में 1 किग्रा शुगर मिलाना चाहिए। यानिकि इसमें चीनी खटास कम करने के लिए इच्छानुसार मिलायी जाती है। बनने के बाद यह अपारदर्शक होती है।

➢ **जैली** (Jellies)

जैली एक प्रकार का कलिल विलियन है, जो अधपके फलों से बनायी जाती है। जैली बनाने के लिए पानी की सहायता से फलों के रस को निकाला जाता है। तथा फलों के गूदे का प्रयोग भी किया जाता है। फलों के गूदों से मुक्त फलों के साफ छने हुए एक्स्ट्रेक्ट में शक्कर, साइट्रिक अम्ल और पेक्टिन की आवश्यक मात्रा मिलाकर व उबाल कर जैली तैयार की जाती है यानिकि जैली बनाने के लिए फलों को साफ करके छील काट कर उसके बीजों को निकाल कर तथा उसमें पानी डाल कर गर्म किया जाता है। उसके गल जाने पर उसमें चीनी डालकर नींबू का रस डाल दिया जाता है। इसमें चीनी को रस में उपस्थित पेक्टिन के अनुसार मिलाते हैं। इस प्रकार इसका स्वाद खट्टा मीठा हो जाता है। यह पारदर्शक होती है।

100 gm जैली में 45 gm ताजे फलों से प्राप्त घुलनशील ठोस पदार्थ रहता है। जैली में चीनी की मात्रा फलों के रस में पेक्टिन की मात्रा पर निर्भर करती है। जैली बनाने के लिए अधपके फल ज्यादा उपयुक्त माने जाते हैं क्योंकि इनमें पेक्टिन की मात्रा भरपूर होती है। पेक्टिन की जाँच के लिए 1 चम्मच रस में 3 चम्मच मैथिलेटेड स्प्रिट मिलाकर हिलाते हुए एक स्टील की प्लेट में डालते हैं। यदि थक्का बन जाता है तो इसमें उच्च गुण वाला पेक्टिन है।

➢ **मॉरमोडेल्स** (Marmalades)

खट्टे फलों यानिकि नीबू के वंश वाले फलों से बनाए गए मुरब्बे को मारमालेड कहा जाता है, जैसे सन्तरे, नीबू आदि। इनमें फलों के छिलके का प्रयोग भी किया जाता है। छिलकों को लम्बाई में बहुत पतला काटकर पानी में कुछ घण्टों के लिए छोड़ देते हैं। इसके बाद पानी में से छिलके निकालकर

साफ पानी डालकर पकाते हैं। ये जैम और जैली के समान होते हैं। ये ठीक उसी प्रकार से बनाए जाते हैं जैसे जैम और जैली लेकिन इनमें छिले और कटे हुए साइट्रस समूह के फल होते हैं। अमरूद, सेब आदि फलों की जैली सबसे अच्छी बनती है।

➢ स्क्वेश (Squashes)

भारत सरकार के आहार संसाधन संगठन सन् 1955 के अनुसार फलों के स्क्वेश में 25 प्रतिशत फलों का रस और 40 प्रतिशत फलों का कुछ ठोस भाग होना चाहिए। स्क्वेश ठण्डे पेय पदार्थ के रूप में प्रयोग किए जाते हैं। स्क्वेश में फलों का गूदा रहता है। इसमें चीनी की मात्रा कम होने के कारण रासायनिक परिरक्षकों द्वारा संरक्षित किया जाता है। स्क्वेश में साइट्रिक अम्ल, सुक्रोस एवं सुरक्षात्मक पदार्थ उचित अनुपात में रहते हैं।

सल्फरडाई ऑक्साइड की 350 PPm मात्रा, बेंजोइक अम्ल 600 PPM अथवा 630 PPM पोटेशियम मेटाबाई सल्फाइट आदि संरक्षक पदार्थ प्रति किग्रा. वजन के हिसाब से मिलाए जाते हैं।

➢ फलों के कॉर्डियल्स (Fruit Cordials)

नीबू के रस से कॉर्डियल्स बनाए जाते हैं। फलों के कॉर्डियल्स में स्क्वेश के समान फलों का गूदेदार भाग नहीं होता है। इन्हें फलों के साफ और छने हुए रस से तैयार किया जाता है।

➢ अचार (Pickles)

मौसम के अनुसार उत्पन्न होने वाले फलों एवं सब्जियों को भारतीय संस्कृति में अलग-अलग तरीकों से सुरक्षित रखते हैं। इन सुरक्षित रखे जाने वाले पदार्थों को अचार के नाम से जाना जाता है यानिकि भारतीय संस्कृति में अचार बनाने की प्रक्रिया बहुत पुरानी है। मानवीय संस्कृति एवं सभ्यता के विकास के साथ ही साथ अचार रखने की विधियों में बदलाव आने शुरू हो गए यानिकि आचार रखने की पुरानी प्रथा में प्रायः नमक, तेल और मसालों का प्रयोग किया जाता है जबकि अब नमक, तेल के साथ सिरके का भी प्रयोग किया जाने लगा

है। पश्चिमी उत्तर प्रदेश की परम्परा में सिरका गन्ने के रस के खमीरीकरण से बनाया जाता है परन्तु औद्योगिक दृष्टि से सिरका ग्लेशियल ऐसिटिक अम्ल द्वारा बनाया जा रहा है।

ग्रामीणाँचल में अचार रखते हुए देखा जा सकता है कि काली सरसों एवं सरसों का तेल, खटाई, काली मिर्च, रागी, कलौजी, राई, हल्दी आदि मसालों का प्रयोग किया जाता है। यह मसाले जीवाणुओं, फफूँदी आदि को पनपने नहीं देते हैं। इस प्रकार नमक और मसालों के प्रयोग से पोषणीय खाद्य् पदार्थों को परम्परागत विधि से सुरक्षित रखने का कार्य किया जाता है।

➤ मसाले (Spices)

सदियों से भारतीय संस्कृति में विभिन्न प्रकार के मसालों का प्रयोग भोजन को सुगन्धित, पौष्टिक एवं संरक्षित हेतु किया जाता रहा है। अलग अलग मसालों की रासायनिक संरचना विभिन्न प्रकार की होती है। शायद इसीलिए भारतीय संस्कृति में आवश्यकतानुसार मसालों को विभिन्न भोज्य पदार्थों में मिलाकर पौष्टिक व स्वादिष्ट बनाते हैं। इसके अतिरिक्त इनका उपयोग औषधि, इत्र व प्रसाधन सामिग्रियों के निर्माण में महत्वपूर्ण है।

मसाले पौधों के विभिन्न भागों से प्राप्त किए जाते हैं। जैसे – तना (अदरक, हल्दी), पुष्पकलिकाओं (लौंग), पत्तियों (तेजपात, पुदीना), छाल (दालचीन), वर्तिकाग्र (केसर), फल (इलाइची, मिर्च), बीज (जीरा, धनियाँ, मैथी) आदि से प्राप्त किए जाते हैं। प्रति ऑक्सीकारक गुण होने के कारण मसालों को खाद्य् पदार्थो को परिरक्षित रखने के लिए भी प्रयोग किया जाता है।

विशेष

1. बहुवर्षीय शाक Zingiber officinale को अदरक के नाम से जाना जाता है, जो एक भूमिगत तना है। इसका तीखा स्वाद जिन्जिरोन के कारण होता है।
2. हल्दी का पीला रंग Curcumin तत्व के कारण होता है।

3. लौंग में मुख्य रूप से यूजीनोल तत्व पाया जाता है।
4. Cuminum cyminum तथा Foeniculum vulgare एवं Coriandrum sativum के सूखे फलों को क्रमशः जीरा, सौंफ व धनियाँ के नाम से जाना जाता है।
5. जीरा के वाष्पशील तेल में Cuminaldehyde नामक पदार्थ होता है।
6. सौंफ के बीजों में एक वाष्पशील तेल पाया जाता है, जिसका मुख्य घटक Fenchone है।
7. वाणिज्कि हींग Ferula asafoetida नामक पौधे की जड़ों से निकलने वाला रेजिन है।

11

पेय पदार्थ (Beverages)

पेयपदार्थ

- **पेयपदार्थ के घटक**
- **पेयपदार्थों का वर्णन**
  - **चाय**
  - **कॉफी**
  - **शराब**

मानव शरीर ही नहीं बल्कि समस्त प्राणि जगत अपने अपने शरीर को ठण्डा रखने के लिए कुछ न कुछ पीते रहते है यानिकि भोजन की आवश्यकता के साथ ही साथ पेय पदार्थ भी आवश्यक पदार्थ हैं। यानिकि खाद्यान्न, दाल, सब्जी, फल आदि के अलावा कुछ पेय मनुष्य के भोजन का प्रमुख अंग हैं। ये पदार्थ हल्के उत्तेजक होते हैं। पेय पदार्थ आवश्यकता के अनुसार विभिन्न रूपों में प्राणी के द्वारा ग्रहण किए जाते हैं। वह सभी तरल पदार्थ जो प्राणी के शरीर के लिए उपयोगी होते हैं, उन्हें पेय पदार्थ कहा जाता है। इसमें जल एक मुख्य एवं आवश्यक पेय पदार्थ है क्योंकि शरीर का लगभग एक तिहाई भाग केवल जल है। इस प्रकार पेय पदार्थ का अर्थ जल अथवा जल के द्वारा मिश्रित अन्य पदार्थ हैं।

पेय पदार्थ वनस्पति जगत एवं प्राणि जगत से प्राप्त किए जाते हैं। वे पदार्थ जो शरीर में तरल पदार्थ समाहित करने एवं स्फूर्ति व ताजगी प्रदान करने के उद्देश्य से प्रयोग में लाए जाते हैं। इन पदार्थों से शरीर, मस्तिष्क सभी

स्वस्थ्य रहते हैं। जैसे - फलों का रस, प्यास बुझाने के लिए शर्बत, जल, लस्सी, गन्ने का रस, आदि का प्रयोग किया जाता है। चाय, कॉफी, कोको, विह्स्की, आदि स्फूर्ति एवं ताजगी प्रदान करने वाले पेय पदार्थ होते हैं यानिकि कुछ पेय पदार्थ शरीर में उत्तेजना एवं स्फूर्ति लाने हेतु प्रयोग किए जाते हैं, तो कुछ पदार्थ शरीर को ठण्डक पहुँचाने के लिए उपयोगी सिद्ध होते हैं। कुछ पेय पदार्थ ऐसे भी हैं जिनका प्रयोग मानव स्वास्थ्य के लिए अत्यन्त लाभदायक होता है। इनमें दूध और फलों, सब्जियों से तैयार किए गए जूस होते हैं। पेय पदार्थो को कार्बनिक, अकार्बनिक एवं एल्कोहल तथा फलों के रस में वर्गीकृत किया गया है। जैविकीय मूल्य की दृष्टि से पेय पदार्थों में पौष्टिक तत्वों की अधिक मात्रा नहीं होती है।

➢ पेय पदार्थ के घटक

1. मधुरता लाने हेतु शक्कर, चाशनी, सेक्रीन आदि का उपयोग किया जाता है।
2. पेय पदार्थो को आर्कषक, मनमोहक आदि से सन्दर्भित बनाने के लिए प्राकृतिक स्रोतों के रंगों का उपयोग किया जाता है। जैसे - भूरे रंग के लिए Caramal का प्रयोग किया जाता है।
3. पेय पदार्थो में स्वाद एवं सुगन्ध बढ़ाने के लिए विभिन्न अम्लो को उपयोग में लाया जाता है। जैसे - साट्रिक अम्ल (CitricAcid), टार्टरिक अम्ल (Tartaric Acid), फॉस्फोरिक अम्ल (Phosphoric Acid)।
4. पेय पदार्थों को परिरक्षण के लिए सोडियम बेन्जोएट एवं कार्बन डाईऑक्साइड गैस का प्रयोग किया जाता है।
5. सोडियम बैन्जोएट (0.07 – 0.1 %) प्राय: 3.4 - 4 पी.एच. वाले फलों के रस में मिलाना पड़ता है।
6. पेय पदार्थो में झाग या बुलबुले बनाने के लिए कार्बन डाई ऑक्साइड गैस का प्रयोग किया जाता है।

शीतल पेय पदार्थ को पीते हुए किसी को यह आभास नहीं होता है कि ये शरीर को हानि भी पहुँचाते हैं। शीतल पेयों में क्रोमियम धातु की अधिक

मात्रा होने के कारण सदैव हानिकारक होते हैं। यानिकि इनके लगातार सेवन से कैंसर जैसी बीमारियों के पैदा होने का खतरा रहता है। पानी के 85 नमूनों में से 59 नमूनों में निर्धारित मात्रा से अधिक क्रोमियम पायी गयी।

शीतल पेय के प्रतिदिन सेवन से मोटापा भी बढ़ता है क्योंकि इनमें मिठास पैदा करने के लिए सस्ता जल स्वीटर हाई फ्क्टोज कॉर्न सीरप का इस्तेमाल किया जाता है। यह नॉन एल्कोहल फैटी लीवर रोगों से पीड़ित लोगों के यकृत को हानि पहुँचा सकता है। कई वैज्ञानिक अध्ययनों में पाया गया कि फ्क्टोज युक्त स्वीटनर्स वालों के पेट में वसा और रक्त में लिपिड़ का स्तर अधिक पाया गया और हार्मोन के प्रति संवेदनशीलता कम पायी गयी। इतना ही नहीं, दाँतों की सड़न, हड्डियों की कमजोरी जैसी समस्याएँ भी इनके सेवन से पैदा होती हैं।

शीतल पेय कम्पनियाँ यह जरूरी नहीं समझती कि शीतल पेय पदार्थो में मिलाए जाने रासायनिक तत्वों का ब्यौरा सार्वजनिक करें। दरअसल आज एक ऐसे नियामक की जरूरत है जो सुनिश्चित करे कि हमारा आहार विषाक्त पदार्थो और रासायनिकों के लिए सख्त खरा उतरे। आहार उद्योग को सिर्फ वाणिज्कि नजरिए से संचालित करने के परिणाम बहुत घातक होंगें।

कुछ पेय पदार्थों का विस्तृत वर्णन

(1) चाय (Tea)

Theaceae परिवार के पौधे Camellia sinensis एवं Thea sinensis पौधे की सूखी पत्तियों को सुखाकर चाय के रूप में प्रयोग किया जाता है। इसमें कैफीन नामक एल्कैलॉइड पाया जाता है जो हृदय को उत्तेजित कर स्फूर्ति प्रदान करता है।

भारत में सिक्किम, आसाम, तमिलनाडु, दार्जिलिंग, जलपाईगुड़ी, हिमाचल के काँगड़ा जिले में चाय के बागानों से चाय का उत्पादन सर्वाधिक होता है। चाय के पौधों की पत्तियों को हाथ से तोड़ कर इकट्ठा किया जाता है। हरी चाय के लिए पत्तियों को क्रतिम विधि से गर्म वायु के झोंकों से सुखाया जाता

है। ये उच्च गुणवत्ता वाली चाय होती है। बाजारों में बिकने वाली चाय, पत्तियों को तोड़कर खमीरीकरण की क्रिया से ताँबे की ट्रे में रखकर सुखाया जाता है। जिस कारण इसकी गुणवत्ता में गिरावट आ जाती है। चाय के रासायनिक संगठन से पता चलता है कि 4 – 6 % कैफीन, 14 % टेनिन, 17. 2 % प्रोटीन, 4 - 5 % खनिज लवण एवं 27 % रेशा पाया जाता है। चाय, थायमिन एल्कलाइड एवं कैफीन की वजह से उत्तेजक होती है। यह शरीर की थकान एवं मानसिक तनाव कम करता है। चाय का अधिक सेवन करने से पाचन शक्ति के कमजोर होने से भूख कम लगती है, उच्च रक्तचाप एवं मधुमेह रोग होने की सम्भावना बढ़ जाती है। यानिकि चाय का अधिक सेवन हानिकारक है। चाय की खेती में लाल किट्ट तथा शैवाल जनित रोग हो जाता है। न्यूनतम् वर्षा 125 से 150 सेमी. होना चाहिए। तापमान 21^0C से 27^0C तक अच्छा माना जाता है। अच्छी उपज के लिए हल्की अम्ली दोमट मिट्टी अच्छी मानी जाती है।

चाय का कोई पोषण मूल्य नहीं होता है बल्कि चाय बनाते समय दूध एवं शक्कर की मात्रा से पोषक तत्व प्राप्त होते है। अधिक मात्रा में चाय के पीने से भूख कम लगती है क्योंकि पाचन तन्त्र गड़बड़ हो जाता है।

(2) कॉफी (Coffee)

Rubiaceae परिवार के पौधे Coffea arabica, C. robosta and C. liberica के पेड़ के बीज से प्राप्त किया जाता है। कॉफी के बीजों में Caffeine एवं Caffetannic acid मुख्य अवयव हैं। कॉफी तैयार करते समय बीजों को भूँजकर बारीक पीस कर पाउडर के रूप में तैयार किया जाता है। भूँजते समय Acetic Acid तथा Formic Acid की मात्रा बढ़ जाती है। Chlorogenic, Citric Acid एवं Malic Acid की मात्रा कम हो जाती है। इसमें 1.21 प्रतिशत कैफीन 33 प्रतिशत टैनिक अम्ल, 12.08 प्रतिशत नाइट्रोजन युक्त तत्व, 16 प्रतिशत वसा युक्त तत्व उपस्थित रहते हैं। कॉफी के पाउडर को उबालते हुए पानी में डालने पर घोल का पी. एच. मान कम हो जाने से स्वाद में कड़वाहट बढ़ती है। कॉफी के पाउडर में चाय की तुलना में

चार गुना अधिक कैफीन पाया जाता है। बाजार में इसे चिकारो नामक वस्तु के साथ मिलाकर बेचा जाता है। चाय की अपेक्षा कॉफी में दूध की मात्रा अधिक होती है। यही कारण है कि कॉफी कम हानिकारक होती है। कॉफी कार्बोहाइड्रेट के पाचन में बाधा पहुँचाती है। इसके अधिक सेवन से हृदय की गति बढ़ने से नाड़ी तन्तुओं की क्रियाशीलता में बाधा उत्पन्न होती है एवं नींद कम आती है। अनुमानितः एक प्याले कॉफी से लगभग 50 कैलोरी ऊर्जा मिलती है।

भारत में कॉफी का उत्पादन कर्नाटक, तमिलनाडु, केरल एवं आन्ध्र प्रदेश में किया जाता है। भारत में कर्नाटक के कुर्ग जिले में कॉफी का सबसे अधिक उत्पादन किया जा रहा है जबकि विश्व स्तर पर ब्राजील देश में सबसे अधिक कॉफी का उत्पादन किया जाता है। कॉफी की खेती के लिए 125 से 300 सेमी. वर्षा एवं 12 – 36 ^{0}C तापमान तथा बलुई दोमट तथा चिकनी मिट्टी को उपयुक्त माना जाता है।

(3) शराब

मादक पेय पदार्थ के रूप में शराब को रखा जाता है क्योंकि इसके सेवन से मानव असामाजिक क्रियाएँ करता है। अधिक सेवन से मानव को अपने आस पास का ज्ञान नहीं रहता है। यह पेय संसार के सभी भागों के प्रयोग किए जाते हैं। शराब का थोड़ी मात्रा में प्रयोग एक उत्तेजक का रूप देता है। अधिक सेवन से स्मरण शक्ति कमजोर हो जाती है, आवाज, लड़खड़ाने लगती है। चलने में कठिनाई मालूम होती है। मानव बेहोश होकर गिर जाता है।

भारत में फलों एवं गन्ने के रस को सड़ा कर खमीरीकरण की क्रिया से जो एल्कोहल बनाया जाता है, उसे शराब कहते हैं। कुछ शराब इस प्रकार हैं–

(अ) अनाजों का खमीरीकरण करके बीयर तैयार किया जाता है। जैसे – जौ को लगभग 3 से 4 दिन तक पानी में भिगोकर अंकुरित किया जाता है। इसमें लगभग सात प्रतिशत तक एल्कोहल होता है।

(ब) चावल, जौ, मक्का आदि से तैयार शराब को पुनः डिस्टीलेशन से विह्स्की तैयार की जाती है। इसमें 40 से 50 प्रतिशत तक एल्कोहल होता है।

(स) Brandy नामक शराब को अंगूर के दानों को गलाकर ऊध्र्वपातन से तैयार किया जाता है। इसमें 40 से 50 प्रतिशत तक एल्कोहल होता है।

(द) जौ, गेहूँ, चावल एवं अन्य अनाजों के तैयार शराब को पुनः गर्म करके ठण्डा करने पर जो बनता है उसे जिन (Gin) शराब के नाम से जाना जाता है। इसमें 30 से 40 प्रतिशत एल्कोहल होता है।

(य) गन्ने के रस एवं छोआ से बनने वाली शराब को रम के नाम से जाना जाता है। इसमें 50 प्रतिशत एल्कोहल होता है।

(र) महुआ, गन्ना, चावल आदि के खमीरीकरण से तैयार शराब को देशी शराब के नाम से भी जाना जाता है। इसके अतिरिक्त ताड़, नारियल, खजूर के पेड़ से प्राप्त रस को ताड़ी कहते हैं।

विशेष

1. नशीले पेय पदार्थों से 7 कैलोरी प्रति 100 ml ऊर्जा प्राप्त होती है। कुछ मात्रा में विटामिन बी भी उपस्थित रहता है।
2. पेक्टिन तथा जिलेटिन फलों के जैम तथा जैली को गाढ़ा बनाते हैं।
3. परिरक्षण हेतु प्रयुक्त खाद्य् संयोज्य बैंजोएट, प्रोपियोनेट आदि हैं।
4. एण्टीऑक्सीडेण्ट को वसा तथा तेल में खराब होने से बचाने के लिए मिलाया जाता हैं।
5. गर्भावस्था के दौरान कॉफी की अधिक मात्रा लेने से बचाना चाहिए क्योंकि गर्भपात य जन्म लेने वाले बच्चे का वजन कम होने की सम्भावना को बढ़ा देती है।
6. शीतल पेयों के अधिक सेवन से कैंसर, किड़नी, यकृत आदि रोग ग्रस्त हो जाते हैं।

12

सब्जियाँ (Vegetables)

सब्जियाँ (Vegetable)

- **सब्जियाँ तथा पौधीय उत्पाद**
- **मौसम, जल, विटामिन एवं खनिज लवणों के आधार पर सब्जियों का वर्गीकरण।**

हरी पत्तेदार सब्जियों का हमारे जीवन में महत्वपूर्ण योगदान है। इनके द्वारा हमें पोषण मिलता है और हमारा शरीर रोग मुक्त हो जाता है। हरी पत्तेदार सब्जियाँ मनुष्य के इम्यून सिस्टम को मजबूत बनाती हैं। ये आँखों के लिए लाभदायक होती हैं। हरी सब्जियों में फाइबर प्रचुर मात्रा में होने के कारण कब्ज जैसी बीमारियों में लाभदायक होती हैं। ब्रॉकली और बंदगोभी में पाया जाने वाला घुलनशील फाइबर शरीर में कोलेस्ट्रॉल के स्तर को कम करता है और हृदय को बीमारियों से बचाता है। इसी प्रकार फायटोन्यूट्रीएन्स, एण्टीऑक्सीडेन्ट आदि लाभदायक तत्व केवल हरी सब्जियों से ही प्राप्त किए जा सकते हैं।

भारतीय संस्कृति में सदियों से ही भोजन में शाक भाजी पर जोर दिया जाता है क्योंकि भारतीय मनीषियों एवं विद्वानों ने अपने अपने ज्ञान व परीक्षणों के आधार पर पता लगाया कि सब्जियाँ और फल स्वास्थ के लिए उत्तम एवं

जरूरी हैं। इसीलिए भारतीय संस्कृति और सभ्यता के लोगों को शाकाहार की दृष्टि से देखा जाता है क्योकि भारतीय लोगों को तब तक यह ज्ञात हो चुका था कि सब्जियाँ या शाक भाजियों का पोषण मूल्य माँस, मछली अथवा अन्य भोज्य पदार्थो की तुलना में अधिक है यानिकि आर्युविज्ञान में हुए अनुसंधानों से प्रमाणित हुआ है कि शाकाहारी भोजन, माँसाहारी भोजन की अपेक्षा अधिक गुणकारी है। इसके कारण मनुष्य की आहार प्रकृति में मूलभूत परिर्वतन हुआ है।

सन् 1911 में सर्वश्री शरमेन की पुस्तक Food Chemistry के प्रकाशन के बाद से लोगों का रुझान सब्जियो की तरफ बढ़ गया था क्योंकि पुस्तक में खनिज लवण और विटामिन की दृष्टि से सब्जियो को महत्वपूर्ण बतलाया गया है।

(अ) सब्जियों का वर्गीकरण

सामान्यत: ऐसे सभी पादप अथवा पादप अंग जिन्हें सलाद के रूप में अथवा उबाल कर या पकाकर खाया जाता हो, सब्जी वर्ग में रखे जाते हैं। इस दृष्टि से Cucurbitaceae कुल के फल जैसे - टिण्डा, घिया, सीताफल, परवल, चिचिन्डा, करेला, खीरा, लौकी, कद्दू, बैगन आदि को सब्जी के रूप में खाया जाता है। इसी प्रकार के वर्ग ऐसी सब्जियों के भी बनाए गए हैं, जिनके पुष्प, पत्ते, तना, जड़ इत्यादि को भी सब्जियों में सम्मिलित किया गया है। जैसे - फूलगोभी, पालक, मैथी, बथुआ, आलू, अरबी, आदि।

अपने देश में लगभग 40 प्रजातियों से अधिक की सब्जियाँ पैदा की जातीं है। दुनियाँ में सब्जियों की पैदावार में हमारा देश चीन के बाद दूसरे स्थान पर है। विश्व में भारत का फूलगोभी के उत्पादन में पहला, प्याज की पैदावार में दूसरा और पत्तागोभी की पैदावार में तीसरा स्थान है।

भारत के उत्तर में स्थित उत्तर प्रदेश की भौगोलिक संरचना कृषि के लिए अत्यन्त ही महत्वपूर्ण मानी जाती है यानिकि कृषि की दृष्टि से उत्तर प्रदेश एक सम्पन्न राज्य है। राज्य की लगभग 65% जनसंख्या कृषि पर निर्भर रहती है। कृषि वैज्ञानिकों ने प्रदेश को 9 कृषि जलवायु भागों में बाँटा है।

वनस्पति जगत से लगभग 50 प्रकार से भी अधिक की सब्जियाँ प्राप्त होती हैं। अतः जानने एवं अध्ययन की सुविधा के लिए इनका वर्गीकरण आवश्यक है।

वर्गीकरण के अन्तर्गत सब्जियों का वर्गीकरण वानस्पतिक वर्ग के आधार पर किया जाता है। सभी सब्जियाँ ऐन्जियोस्पर्म समूह में आती है। इससे मिलने वाली सब्जियों को एक बीजपत्री (प्याज, लहसन, जिमीकन्द, अरवी आदि) एवं द्विबीजपत्री (आलू, गोभी, लौकी, टमाटर, कद्दू, भिण्डी आदि) अर्थात मानवीय आहार में सम्मिलित सब्जियाँ पेड़ पौधों के विभिन्न भागों से प्राप्त होती हैं, जो इस प्रकार हैं –

(A) जड़ – इनमें स्टार्च के रूप में भोजन संग्रह रहता है। जैसे गाजर, मूली, शलजम आदि।

(B) तना – प्याज, आलू, अरबी, अदरक आदि।

(C) पत्ते – मैथी, पालक, बथुआ, चने का साग, पत्तागोभी, चौलाई आदि।

(D) फूल – फूलगोभी, कचनार आदि ।

(E) फल – कुकरबिटेसी परिवार के फल एवं अन्य। जैसे – कद्दू, लौकी, करेला, टिण्डा, बैगन आदि।

(F) बीज – चना, मटर, सेम, सोयाबीन आदि।

(ब) मौसम एवं रंग के आधार पर सब्जियाँ

मौसम के अनुसार उगाई जाने वाली सब्जियों के रंग, रूप, आकार, स्वाद आदि बदले हुए होते हैं। कुछ अपवादों को छोड़ कर अधिकाँश शीतकालीन सब्जियों में जड़, तना, पत्तियाँ, कलिकाएँ अथवा अपरिपक्वपुष्प खाए जाते हैं। इसके विपरीत ग्रीष्मकालीन सब्जियों में मुख्य रूप से फलों को खाया जाता है। जैसे – लौकी, तोरई, परवल, करेला, भिण्डी आदि। अपने देश की जलवायु व मौसम के अनुसार उत्पन्न होने वालीं विभिन्न रंगों की सब्जियों का वर्गीकरण इस प्रकार है –

(A) **सफेद सब्जियाँ :** इन सब्जियों में रंग वर्णकों का अभाव होता है। जैसे–

आलू, अरवी, मूली, गोभी, टिण्डा आदि।

(B) **हरी सब्जियाँ :** इन सब्जियों में क्लोरोफिल नामक वर्णक पाया जाता है। पालक, परवल, बथुआ, लौकी, तोरई, कद्दू, आदि। हरी मिर्च, टमाटर आदि में लाल रंग Lycopene वर्णक की वजह से होता है।

(C) **लाल सब्जियाँ :** एन्थोसाइनिन वर्णक की वजह से ये सब्जियाँ लाल रंग की होती है। जैसे – गाजर, चुकन्दर।

(स) जल के आधार पर सब्जियाँ

(A) रस वाली सब्जियाँ : जिन सब्जियों में 70 प्रतिशत से अधिक जल पाया जाता है, उन्हे रसेदार सब्जियाँ कहते है। इनमें खनिज लवणों की अधिकता होती है परन्तु कार्बोज एवं प्रोटीन कम मात्रा में पाए जाते हैं।

(B) ठोस सब्जियाँ : इनमें जलांश की मात्रा बहुत कम होती है। इनमें स्टार्च, प्रोटीन, खनिज लवण की अधिकता होती जबकि विटामिनों का अभाव रहता है।

(द) पौष्टिकता के आधार पर सब्जियाँ

सभी हरी सब्जियों में मुख्यता: आयरन, कैल्सियम, मैग्नीशियम, विटामिन, रेशे और कुछ मात्रा में प्रोटीन भी पायी जाती है। विटामिन ए, कैरोटीन के रूप में विद्यमान रहती है। विटामिन सी और बी समूह (खासकर राइबोफ्लेविन और फॉलिक अम्ल) इत्यादि विटामिन भी पाए जाते हैं।

(A) कैल्सियम युक्त सब्जियाँ

गाजर, पत्तागोभी, करमकल्ला, सेम, मूली, लौकी आदि। ऐसी सब्जियों को हड्डियों को मजबूत करने तथा दाँतों और मसूड़ों को स्वस्थ रखने में सहायक माना गया है।

(B) लौह युक्त सब्जियाँ

पालक, बथुआ, चौलाई, सरसों का साग, चुकन्दर आदि लौह युक्त सब्जियाँ होती हैं। रक्त को स्वस्थ बनाने के लिए आयरन, फॉलिक अम्ल,

विटामिन बी, प्रोटीन और विटामिन सी की आवश्यकता होती है। रक्ताल्पता का मुख्य कारण लौह तत्व की कमी ही होती है।

शरीर में खून की कमी किसी भी उम्र और लिंग के व्यक्ति में हो सकती हैं। इससे कार्यक्षमता कम होना, जल्दी थक जाना, भूख न लगना, मामूली परिश्रम से ही साँस फूलना, चक्कर आना तथा निचली पलक, चेहरे, जीभ, होंठ और नख के आस-पास की त्वचा का पीला पड़ जाना आदि रक्ताल्पता के लक्षण हैं। गर्भावस्था के दौरान खून की कमी के कारण समय पूर्व ही प्रसव होने, नवजात का वजन कम होने अथवा प्रसव के दौरान मृत्यु होने की सम्भावना बढ़ जाती है।

हरी पत्तेदार सब्जियों में भरपूर मात्रा में आयरन पाया जाता है। ऐसी सब्जियों में विटामिन सी आयरन के अवशोषण में सहायक होता है। जिससे शरीर में खून की कमी नहीं होने पाती है और शरीर में इस तत्व की कमी से होने वाले रोगों से भी सुरक्षा मिलती है। जिस कारण व्यक्ति अपने को स्वस्थ महसूस करता है।

(C) विटामिन युक्त सब्जियाँ

जिन सब्जियों में कैरोटीन की मात्रा अधिक होती है वे शरीर में जाकर विटामिन ए में बदल जाती हैं। उदाहरण - गाजर, चुकन्दर, कद्दू आदि । गोभी की हरी पत्तियों को हम हमेशा ही नजर अंदाज कर जाते हैं और गोभी की सब्जी बनाकर खा जाते हैं। कई लोगों को इस विषय में जानकारी नहीं है कि इन हरी पत्तियों में अच्छी मात्रा में विटामिन -के पाया जाता है, जो अन्य सब्जियों में कठिनता से प्राप्त होता है।

ऐन्जियोस्पर्म समूह के अलावा वनस्पति के किसी समूह से कोई सब्जी प्राप्त नहीं होती है यानिकि वनस्पति जगत के थैलोफाइटा, ब्रायोफाइटा, टेरिडोफाइटा व जिम्नोस्पर्म आदि से कोई सब्जी प्राप्त नहीं होती है।

➢ विशेष

1. हरी सब्जियों में उपलब्ध सूक्ष्म पोषक तत्व ज्यादा पकाने या उबालने से

नष्ट हो जाते हैं। अतः इन सब्जियों का उपयोग ज्यादातर जूस तथा सलाद के रूप में करें।

2. अधिक पकाने के बाद भी दूसरी सब्जियों की तुलना में हरी पत्तेदार सब्जियों में ज्यादा सूक्ष्म पोषक तत्व होते हैं।

3. हरी पत्तेदार सब्जियाँ अनेक बीमारियों से बचाती हैं, जिनमें एक प्रमुख बीमारी कैंसर भी है।

4. हरा धनियाँ, पालक, पोदीना, मीठा नीम आदि के डंठल फैंक दिए जाते हैं। ये भी उतने ही पौष्टिक होते हैं जितने कि उनकी पत्तियाँ।

5. हरी पत्तेदार सब्जियों में कैलौरी तो बहुत कम होती है। 100 ग्राम में 25. 30 कैलौरी, नमी (पानी) 80 - 85 प्रतिशत, वसा अत्यन्त कम (0.3 - 0.6 प्रतिशत) मात्रा में पायी जाती है। यह वसा ग्राही रहती है। इसके अतिरिक्त विभिन्न सूक्ष्मपोषक तत्व भी पाए जाते हैं, जो हमारे शरीर और स्वास्थ की नजर से अत्यधिक लाभदायक होते हैं।

6. सब्जियों में रेशे (फाइबर) प्रचुर मात्रा में पाए जाते हैं, जो मनुष्य को विभिन्न प्रकार की बीमारियों से बचाता है।

7. हरी पत्तेदार सब्जियों के सेवन से मोटापा भी कम हो जाता है क्योंकि इसमें मौजूद रेशे चर्बी को जमने नहीं देते तथा कहीं अनावश्यक चर्बी जमा हुई हो तो इसमें मौजूद फाइबर उसे भी बाहर निकाल देते हैं।

खण्ड चार

प्राणिज भोज्य पदार्थ

(Animal Food Product)

इस खण्ड में उन भोज्य पदार्थों को रखा गया है, जिन्हे मुख्य रूप से विभिन्न जन्तुओं से प्राप्त किया जाता है। जैसे – दुधारू पशुओं से दुग्ध और दुग्ध से बने खाद्य् पदार्थों का विस्तार से वर्णन किया गया है। इतना ही नहीं इसी खण्ड में माँस, मछली और मुर्गी पालन और उनके उत्पादों का भी वर्णन किया है। जैसे – अण्डा, माँस के प्रकार, खायी जाने वाली मछलियों के प्रकार आदि।

उपर्युक्त वर्णन के आधार पर स्पष्ट है कि इस खण्ड के अन्तर्गत दो अध्यायों को रखा है। इस खण्ड के प्रथम अध्याय का नाम दुग्ध और दुग्ध उत्पाद है जबकि द्वितीय अध्याय में माँस और माँस उत्पाद है।

अध्याय : 13	अध्याय : 14
दुग्ध एवं दुग्ध के प्रकार एवं के प्रकार	माँस (मीट), मछली कुट्कुट पालन।

13

दुग्ध और दुग्ध उत्पाद
(Milk and Milk Product)

दुग्ध (Milk)

- **दुग्ध एवं दुग्ध के प्रकार (Fluid Milk and its various kinds)**
- **सांन्द्र एवं शुष्क दूध का पाउडर (Concentrated and dried milk product)**
- **खमीरीकरण युक्त और दुग्ध उत्पाद।**
- **Fermented Milk Food - Cream, Ice – Cream, Butter, Chees, Milk Adulteration and its detection**

दूध स्तनग्रन्थियों का वह क्षरण होता है जो कि नवजात शिशुओं के पैदा होने के तुरन्त बाद उनके पोषण हेतु प्राप्त होता है (Milk is a secretion of mammary gland, which is produced just after birth of newly born for his nourishment)

एल्सडन एवं बॉकर के अनुसार - दूध यह क्षरण है जो स्वास्थ्य एवं भली प्रकार के पालन पोषण की हुई गाय के पूर्ण एवं सतत् दुहान से प्राप्त होता है। (Mlik is the entire product of the complete and uninterrupted milking of milch cow, which are properly cared for and are in good health)

जिनेवा सम्मेलन के अनुसार : दूध वह विशेष पदार्थ है जो स्वस्थ एवं

ठीक तरह से पालन पोषण की हुई गाय, जिससे अधिक कार्य न लिया गया हो, के पूर्ण एवं सतत् दुहन से प्राप्त होता है। और भली प्रकार से इकठ्ठा किया गया हो एवं खीस रहित हो।

(Milk is integral product of entire and uninterrupted milking of female milch cow, which is in good health and well nourished and not over worked. It ought to be collected in the proper menner and contains no colostrums.)

अमेरिका की संघीय परिभाषानुसार : एक या एक से अधिक स्वस्थ पशुओं से वत्स जनन 15 दिन पूर्व तथा 10 दिन बाद जो स्वच्छ एवं ताजा लैक्टियल क्षरण प्राप्त होता है। उसे दूध कहते हैं। इसमें न्यूनतम मान की मात्रा 3.25 % तथा वसा रहित ठोस पदार्थों की मात्रा 8.5 % होनी चाहिए। (Milk is fresh and clean lacted secretion obtained by complete milking og one or more healthy cow, properly fed and kept excluding that obtained with in 15 days before and 10 days after calving and contains not less that 3.25 percent fat and 8.5 % SNF)

रासायनिक रूप से दूध एक विजातीय पदार्थ है, जिसमें वसा, प्रोटीन, दुग्धम् खनिज पदार्थ तथा अन्य अवयव या तो घोल या निलम्व अथवा पयास के रूप में सतत् तरल प्रावस्था जल में पाए जाते हैं। (From chemical point of view, milk is regard as heterogenous product in which fat, protein suger, minerals and other constituents are held in solution or colloidal suspension of emulsion in major constituent of continuous phase of water.)

दूध एक विजातीय पदार्थ है, जिसमें वसा, प्रोटीन, शर्करा, खनिज पदार्थ तथा अन्य पदार्थ घुले रहते हैं। दूध एक पयास द्रव (Colloid) है। दूध का पी.एच. मान 6.6 होता है।

➢ **दूध का संगठन** (Composition of milk)

दूध एक जटिल रासायनिक पदार्थ है, जिसमें वसा पायस के रूप में तथा केसीन प्रोटीन कैल्सियम केसीनेट के रूप में पायी जाती है। दुग्ध शर्करा, प्रोटीन तथा निश्चित आंगिक क्षार घुले रहते हैं।

यहाँ पर विभिन्न प्रकार के वर्गों के दूध के प्रत्येक घटक की रचना पर विस्तारपूर्वक वर्णन करना सम्भव नहीं है। फिर भी दूध के मुख्य घटकों का वर्णन किया जाएगा।

सभी जानवरों के दूध का संगठन एकदम् समान नहीं होता है। दूध का संगठन जानवरों की प्रजातियों, आहार तथा दूध देने की अवधि पर निर्भर करता है। दूध में जल, कार्बोहाइड्रेट, प्रोटीन, वसा, खनिज लवण तथा विटामिन्स पाए जाते हैं। इन सभी तत्वों के कारण दूध प्रत्येक जीवधारी के लिए महत्वपूर्ण होता है।

ए. पी. डेवन के अनुसार : Quality of milk depends upon the food of animal milked. सामान्य दूध में, वसा 3 - 6 %, प्रोटीन 3 - 4 % , लैक्टोज 4 -7 %, खनिज लवण 0.07 % एवं जल 85 - 88 % पाया जाता है।

सामान्य रूप से औसत दूध में निम्नलिखित तत्वों की मात्रा एवं उनका संगठन इस प्रकार है –

(1) वसा

दूध की वसा पयास के रूप में मौजूद होने के कारण सुपाच्य माना जाता है। दूध में लम्बी श्रृंखला वाले संतृप्त फैटी अम्ल उपस्थित रहते हैं। गाय के दूध में 3.5 से लेकर 4.5 % तक तथा भैंस के दूध में 7 – 13 % वसा रहता है। शेष 1% अम्ल होता है। स्टीरॉल, Phospholipids, Carotenoids एवं विटामिन ए, डी भी होते हैं। Oleic, Palmitic and Butyric अम्ल भी होते हैं। इनमें Butyric अम्ल की अधिकता होती हैं। इस अम्ल की अधिकता की वजह से दूध, घी, मक्खन में विशेष प्रकार की खुशबू होती है। यह शिशु के पाचन तन्त्र में गड़बड़ी पैदा कर देता है। वसा के प्रत्येक कण प्रोटीन, फॉस्फोलिपिड्स तथा न्यूट्रललिपिड्स के पतली परत से घिरा रहता है।

(2) प्रोटीन

दूध में Casein, Albumin, Globumin नामक प्रोटीन पायी जाती है। इनमें से Casein की मात्रा सबसे ज्यादा होती है, जो फॉस्फोप्रोटीन है।

केसीन से लेनीटॉल या लेक्ओफिल तथा एरोलोक नामक धागे बनाए जाते हैं। इसको उत्तम कोटि का प्रोटीन माना जाता है क्योंकि इसमें सभी आवश्यक अमीनों अम्ल उपलब्ध रहते हैं। सल्फर युक्त अमीनों अम्ल का अभाव रहता है। इसमें Lysine तथा Threinine की प्रचुरता रहती है। कैसीन के अमीनों अम्ल में ग्लूटामिक अम्ल सर्वाधिक मात्रा में विद्यमान रहता है। दूध में कैसीन प्रोटीन की मात्रा 2.5% होती है। केसीन प्रोटीन ताप व अम्ल की क्रिया से थक्के के रूप में जम जाता है। दूध से पनीर बनाने की क्रिया में केसीन का ही प्रमुख योगदान होता है।

आमाशय से निकलने वाला Renin एन्जाइम की उपस्थिति में दूध की प्रोटीन का पाचन होता है। यह दूध पर क्रिया करके दही के रूप में जमा कर देता है। इससे दूध के अमीनो अम्ल मुख्यतः फिनायल एलानीन तथा मिथियोनीन के पेप्टाइड बॉण्ड बिखर जाते हैं। परिणमतः दूध का थक्का बन जाता है। अतः दूध के प्रोटीन का पाचन आसान हो जाता है।

(3) कार्बोहाइड्रेट

दूध में कार्बोहाइड्रेट Lactose शर्करा के रूप में रहता है, जो विभिन्न जानवरों के दूध में अलग-अलग मात्रा में पाया जाता है। शरीर में यह पाचन के बाद ऊतकों तथा कोशिकाओं को ऊर्जा देने वाले ग्लूकोज एवं गैलेक्टोज को बनाता है। गाय के दूध में 4.5% तथा भैंस के दूध में 4.9% लैक्टोज रहता है जबकि स्त्री के दूध में 7.0% लैक्टोज पाया जाता है। इसीलिए माँ का दूध सबसे अधिक मीठा होता है। दूध में उपस्थित लैक्टोज शर्करा Lactobacillus जीवाणु की क्रिया से उत्पन्न लैक्टिक अम्ल (Lactic acid) की वजह से दूध दही के रूप में जम जाता है। लैक्टिक अम्ल छोटी आँत में उपस्थित कई अनावश्यक एवं हानिकारक जीवाणुओं की वृद्धि को रोकता है। कैल्शियम सहित कई खनिज लवणों के अभिशोषण में सहायक होता है।

(4) खनिज लवण

दूध फॉस्फोरस एवं कैल्सियम प्राप्ति का उत्कृष्ट साधन है। दूध में खनिज लवण तुलनात्मक रूप से अधिक मात्रा में पाए जाते हैं। दूध में खनिज

लवण उनके साइट्रेट, फॉस्फोरस ऑक्साइड एवं क्लोराइड्स के रूप में पाए जाते हैं। जैसे कैल्सियम फास्फेट, सोडियम क्लोराइड, पोटेशियम क्लोराइड, मैगनीशियम साइट्रेट आदि के अतिरिक्त लोहा, बोरोन, जिंक, सिलिका आदि खनिज लवण पाए जाते है। दूध में लोहा व ताँबा की मात्रा बहुत कम होती है। दूध जल जाने के बाद कत्थई भूरे रंग का पदार्थ अवशेष बचता है, वह वास्तव में दूध का भस्म खनिज तत्व ही है।

(5) विटामिन

दूध में वसा एवं जल में घुलनशील विटामिन्स पाए जाते हैं। विटामिन ए व ई की मात्रा अधिक होती है। इनमें विटामिन ए सबसे प्रचुर मात्रा में मौजूद रहता है। ये दोनों ताप के प्रभाव से नष्ट नहीं होते हैं। इसके अतिरिक्त थाइमिन, राइबोफ्लेबिन, नियासिन, विटामिन $बी_{12}$ तथा फोलिक अम्ल रहता है। विटामिन सी की मात्रा अत्यन्त कम होती है।

दूध में अभिरंजक नगण्ड्य मात्रा में पाए जाते हैं। जिसमें कैरोटिन प्रो विटामिन ए, जैन्थोफिल प्रमुख हैं। एन्जाइमों में गैलैक्टेज, डाइसटेज, लाइपेज, कैटेलेज, जैन्थाइन ऑक्सीडेज अल्प मात्रा में मौजूद रहते है।

➢ जल

दूध में जल की मात्रा लगभग 80 से 90 प्रतिशत तक रहती है। इस जल में विभिन्न प्रकार के तत्व, वसा आदि घुले रहते हैं।

➢ दूध के भौतिक गुण

1. सामान्य रूप से दूध का रंग सफेद होता है, किन्तु गाय के दूध में विटामिन ए प्रो-विटामिन अर्थात कैरोटीन की अधिकता की वजह से पीलापन होता है।
2. दूध से वसा निकाल लेने पर नील रंग हो जाता है, जो दूध में राइबोफ्लेबिन की उपस्थिति का द्योतक है।
3. लैक्टोज की उपस्थिति के कारण मीठापन जबकि लवणों के कारण नमकीन का एहसास होता है। लैक्टोज मस्तिष्क के लिए आवश्यक सेरीब्रोसाइड तथा चेताओं की मेड्यूलरी शीथ के बनने में सहायक होता है।

4. दूध में सल्फाइड्रल यौगिकों की उपस्थिति के कारण गर्म करने पर अलग गन्ध आती है।

5. दूध का हिमाँक 31.1 ^{0}F (0.55 ^{0}C) होता है।

6. दूध में CO_2 साइट्रेट, एल्ब्यूमिन, केसीन तथा फॉस्फेट के कारण अमतल: होती है। इसे लैक्टिक अम्ल के रूप में प्रदर्शित किया जाता है।

$$C_{12}H_{24}O_{12} \;\cdots\cdots\; \overset{\text{लेक्टेज एन्जाइम}}{} \;\cdots\cdots\; 2CH_3CHOHCOOH$$

लेक्टोज..लेक्टिक अम्ल

7. दूध में विद्युत चालकता मूल रूप से 60 - 80 % क्लोराइड आयन्स के कारण होती है। तापक्रम में 1^{0}C की वृद्धि करने पर यह 20 % बढ़ जाती है।

8. दूध में कुल ऊर्जा का लगभग 55 – 60 % भाग वसा से प्राप्त होता है।

9. शरीर में दूध की लेक्टोग्लोब्यूलिन प्रोटीन की उपस्थिति से प्रतिकारकीय गुणों का भी विकास होता है।

10. प्रति 100 gm दूध से कुल 95.8 कैलौरी ऊर्जा प्राप्त होती है।

➢ **दूध के प्रकार** (Various kinds of Milk)

1. वसा रहित दूध (Skimmed Milk)

इसे सप्रेटा (Sepreta) वाला दूध भी कहते है। जिस दूध में वसा की मात्रा 0.05 – 1% होती है, उसे वसा रहित दूध कहते हैं। मक्खन निकाल लेने के बाद इसमें विटामिन ए की मात्रा कम हो जाती है। जिस कारण यह दूध शिशुओं के लिए अच्छा नहीं माना जाता है।

2. परिष्कृत दूध (Toned Milk)

वसा रहित दूध को गाय या भैंस के दूध के साथ मिलाकर तैयार किया जाता है। इस दूध में वसा की मात्रा 3 % तथा Solid Non Fat 8.5% होता है। इसे वसा रहित दूध भी कहते हैं। इस दूध का पोषक मूल्य गाय के दूध के समतुल्य होता है।

3. डबल टोण्ड दूध (Double Toned Milk)

गाय या भैंस के ताजे दूध में वसा रहित दूध का पाउडर मिलाकर तैयार किया जाता है। इसमें वसा की मात्रा टोण्ड दूध की अपेक्षा आधी मात्रा 1.5% रह जाती है परन्तु SNF 8.5 ही रहता है।

4. फिल्ड दूध (Filled Milk)

यह दूध वनस्पति तेल, जल तथा सप्रेटा दूध के पाउडर से तैयार किया जाता है। विटामिनों की पूर्ति हेतु इसमें विटामिन ए मिलाया जाता है। इसमें वसा की मात्रा 3.5 तथा 8.5% होने के कारण इसका पोषण मूल्य टोण्ड दूध के बराबर होता है।

5. सम्पूर्ण दूध पाउडर (Whole Milk Powder)

इसको तैयार करने के लिए दूध को वाष्पित किया जाता है। इसे ड्रम एवं स्प्रे द्वारा सुखाया जाता है। दूध के पाउडर में प्रोटीन 26% तथा वसा 26% एवं जल 5% होता है। गाय के दूध से लगभग 8 गुना अधिक गाढ़ा होता है।

6. वसा रहित दूध पाउडर (Skim Milk powder)

इसे सप्रेटा दूध पाउडर भी कहा जाता है। इसमें प्रोटीन की मात्रा 35% तथा वसा 0.5 – 1.0 % होता है। कैल्सियम तथा विटामिन बी भरपूर मात्रा में होता है परन्तु विटामिन ए एवं वसा नहीं होते हैं। इसलिए यह दूध शिशु के पोषण के लिए उपयुक्त नहीं हैं मोटे व्यक्तियों, प्रौढों, बड़े बालकों एवं हृदय के रोगियों के लिए यह दूध उपयुक्त होता है।

7. संघनित दूध (Condensed Milk)

दूध में उपस्थित पानी को एक निश्चित मात्रा तक कम करके गाढ़ा किया जाता है। संरक्षित करने हेतु 40% शक्कर भी मिलाई जाती है।

8. वाष्पित दूध (Evaporated Milk)

सम्पूर्ण दूध से पानी वाष्पित करने हेतु दूध को छानकर निर्वात में 74 - 77 ^{0}C ताप पर तब तक गर्म किया जाता है जब तक कि इसमें से 50%

जल का वाष्पीकरण नहीं हो जाता। वाष्पित दूध का रंग हल्का गुलाबी हो जाता है। इस दूध में विटामिन ए की भरपूर मात्रा होती है परन्तु इसे विटामिन डी से प्रबलीकृत किया जाता है।

9. प्रमाणिक दूध (Standardized Milk)

इसे गाय या भैंस के दूध में वसा रहित दूध को मिलाकर तैयार किया जाता है। इसमें वसा की मात्रा 4.5 % तथा SNF 8.5 % होती है। इस दूध का पोषण ताजे गाय के दूध के बराबर होता है। इसलिए यह दूध शिशु के पोषण हेतु उपयुक्त होता है।

10. माल्टेड दूध

इसमें 15 % प्रोटीन तथा 7 % वसा होता है। इसलिए मिर्गी के रोगी को दिया जाता है। शिशु के पोषण के लिए यह उत्तम नहीं है।

दुग्ध से बने भोज्य पदार्थ (Milk product)

भारतीय परम्परा में दूध से बने भोज्य पदार्थों को शुभ माना जाता रहा है। इसलिए प्रत्येक शुभ कार्य की शुरूआत करने से पहले पूजन करने में दूध से बने दही का प्रयोग किया जाता है। दूध से बने भोज्य पदार्थो का संगठन विभिन्न प्रकार का होता है। इनका उपयोग भी अलग-अलग समयों पर विभिन्न तरीकों से किया जाता है। दूध से बने कुछ भोज्य पदार्थ इस प्रकार हैं -

1. दही (Curd)

दही भारतीयों के भोजन का अभिन्न अंग है। इससे कढ़ी, रायता, मठ्ठे के आलू एवं सुप्रसिद्ध दही बड़ा आदि बनाए जाते हैं। सादा दही को गुण या शक्कर के साथ भी खाया जाता है।

दही जमाने की क्रिया में lactobacillus bacteria कई गुना वृद्धि करके दुग्ध शुगर Lactose को Lactic अम्ल में बदल कर दही बनाते हैं यानिकि दूध के सामान्य किण्वन (Fermentation) से दही बनाया जाता है। इस क्रिया में जीवाणु दूध की प्रोटीन एवं शर्करा को विघटित कर देते हैं। इसका

पोषण मूल्य दूध की तरह ही होता है अन्तर यह होता है कि दही में पानी एवं दुग्धम् की मात्रा साधारण दूध की अपेक्षा कम होती है और साथ-साथ दही में दुग्धाम्ल की मात्रा एवं विटामिन बी समूह की बढ़ोत्तरी अवश्य हो जाती है। 70 - 75 ^{0}F (21 – 24 ^{0}C) ताप पर Lactobacillus bacteria तेजी से वृद्धि करते हैं। दही में 3 – 4 % प्रोटीन होता है। दही के जमे भाग में कैसीन तथा पानी वाले भाग में Actoalbumin एवं Lactoglobulin होता है।

कार्बोहाइड्रेट 4 – 5 % होता है जबकि वसा की मात्रा जानवर के दुग्ध पर निर्भर करती है। खनिज लवण में कैल्सियम, पोटेशियम, फॉस्फोरस, मैगनीशियम एवं सोडियम इत्यादि पाए जाते हैं। दही में दूध की अपेक्षा विटामिन बी$_1$ व बी$_2$ की मात्रा कुछ ज्यादा होती है।

2. मठ्ठा (Butter Milk)

मठ्ठा को भारतीय जनमानस में छाछ के नाम से जाना जाता है। दही को मथनी से मथकर मक्खन निकाल लेने पर जो बचता है, उसे मठ्ठा या छाछ कहा जाता है। इसमें खनिज लवणों की अधिकता होती है। यह पूर्ण रूपेण वसा रहित होता है।

3. मक्खन (Butter)

दही को मथ कर जो वसा निकलती है उसे मक्खन कहा जाता है। मक्खन से घी निकाला जाता है। मक्खन में उपस्थित Butyric acid की अधिकता के कारण विशेष खुशबू आती है क्योंकि मक्खन में ब्यूटैरिक अम्ल होने के कारण विशेष गन्ध आती है। इसमें प्रोटीन 2% एवं वसा 75 -80 % तथा जल 12 – 15 % एवं विटामिन ए 3500 IU होता है। यानिकि मक्खन विटामिन ए की प्राप्ति का उत्कृष्ट स्रोत है। मक्खन में जल तथा कैसीन उपस्थित रहने के कारण इसको अधिक समय तक सुरक्षित नहीं रख सकते हैं।

4. घी (Ghee)

मक्खन या क्रीम को जब धीरे-धीरे गर्म किया जाता है तब उसमें उपस्थित जल वाष्पित हो कर निकल जाता है, शेष बचे हुए को घी कहा जाता

है। इसमें 99% (100%) वसा तथा 2000 IU विटामिन ए रहता है। वसा में घुलनशील विटामिन ए (कैरोटीन एवं जैन्थोफिल) के कारण वसा का रंग पीला होता है। शुद्ध घी में डाइएसीटिल की उपस्थित के कारण एक विशेष प्रकार की खुशबू आती है।

5. पनीर (Cheese)

उबलते हुए दूध में नीबू का रस या टाटरी या साइट्रिक अम्ल आदि को मिलाकर दूध को फाड़ कर केसीन प्रोटीन को अलग कर लेते हैं। इस प्रोटीन को वजन से दबा कर पानी को अलग कर लिया जाता है। इसमें 25 – 28 % प्रोटीन, 30 – 35 % वसा एवं खनिज लवणों में कैल्सियम, पौटेशियम एवं सोडियम भरपूर मात्रा में उपस्थित रहता है। विटामिन ए व बी समूह तथा डी प्रचुर मात्रा में उपस्थित रहते हैं। स्वाद हेतु नमक एवं परिरक्षण हेतु सोडियम बेंजोएट (Sodium Benzoate) का प्रयोग किया जाता है।

6. आइसक्रीम (Ice Cream)

दूध एवं अन्य खाद्य् पदार्थो के मिश्रण को हिमीकृत करके आइसक्रीम तैयार किया जाता है। इसमें अपनी इच्छा के अनुसार दूध, वसा रहित ठोस पदार्थ, चीनी एवं रंजक पदार्थों को मिलाया जाता है। एक सामान्य आइसक्रीम के पैक में औसतन 12 % दुग्ध वसा, 1.1 % वसा रहित ठोस दुग्ध पदार्थ एवं शक्कर 15 % तथा 4% प्रोटीन होती है। यह मुख्य रूप से शरीर को शीतलता प्रदान करने के साथ ही साथ ऊर्जा के स्रोत के रूप में उपयोग किया जाता है।

7. क्रीम (Cream)

इसे सामान्य जन मलाई के नाम से जानते हैं। दूध को गर्म करने के बाद 1–2 घण्टे तक स्थिर छोड़ देने पर इसके ऊपर वसा की पर्त जम जाती है, इसे ही मलाई कहते है। इसमें शर्करा लैक्टोज के रूप में रहता है। इसमें 18 – 70 % तक वसा होती है, जो दूध की सान्द्रता पर निर्भर करता है। वसा की उपस्थिति के आधार पर क्रीम को हल्की एवं साधारण गाढ़ी क्रीम में बाँटा जाता है। हल्की क्रीम में 15 – 20 % वसा होती है। इसका प्रयोग कॉफी, फ्रुटक्रीम तैयार करने में किया जाता है। साधारण गाढ़ी क्रीम में वसा की मात्रा

30 – 45 % तक होती है।

क्रीम में वसा का कोई निर्धारित स्तर नहीं होता है, फिर भी बाजार में बेचे जाने वाले क्रीम में वसा की मात्रा लगभग 45% से अधिक होती है। इसका उपयोग केक, पेस्ट्री पर आसिंग के लिए किया जाता है।

8. मावा (Mava)

इसे जन सामान्य में खोवा या खोआ के नाम से जाना जाता है। दूध को धीरे-धीरे खुले बर्तन में उबाल कर पानी को आंशिक रूप से सुखाकर यानिकि दूध के पानी को लगभग 80% तक वाष्पीकृत कर दुग्ध उत्पाद खोवा को तैयार किया जाता है। यह दुग्ध उत्पाद मूल रूप से भारतीय संस्कृति में प्रयोग किया जाता है। इससे विभिन्न प्रकार के व्यंजन तैयार किए जाते है। खोवा में 20% से कम दुग्ध वसा न हो तथा आर्द्रता 10% से अधिक नहीं होनी चाहिए।

9. दुग्ध चूर्ण (Milk Powder)

दूध के जल को विभिन्न मशीनों की सहायता से वाष्पित करके दुग्ध चूर्ण बनाया जाता है। इसमें नमीं का अंश अधिकतम् 3% हो सकता है यानिकि जब दूध में उपस्थित जल की मात्रा पूर्ण रूप से सुखा दी जाती है तब यह पाउडर के रूप में बदल जाता है।

10 दूध का पाश्चुराइजेशन (Pasteurization)

दूध को स्वच्छ एवं कीटाणुओं रहित बनाने के लिए दूध को 65 – 70 ^{0}C (164 ^{0}F) पर गर्म करके एकदम लगभग 5 ^{0}C (41^{0}F) तक ठण्डा किया जाता है। इस क्रिया से दूध के अन्दर के गर्म तथा ठण्डे वतावरण में जीवित रहने वाले सभी प्रकार के जीवाणु नष्ट हो जाते हैं। दूध पूर्ण रूप से स्वच्छ रहता है।

विशेष

1. दूध में कैल्सियम, फॉस्फोरस, सल्फर, पोटेशियम आदि खनिज विटामिन बी$_1$, बी$_2$, बी$_{12}$ आदि पाए जाते हैं।
2. दूध को गर्म करने पर 50% विटामिन बी समूह एवं लौह, ताँबा धातु का

नाश हो जाता है। लौह तत्व, विटामिन सी तथा डी नहीं के बराबर पाया जाता है।

3. Lysine and Threonine अमीनों अम्ल की अधिकता रहती है जबकि सल्फर युक्त अमीनो अम्ल नहीं पाए जाते है। जैसे – Cystine, Methionine आदि।

4. लैक्टोज शर्करा टूटकर ग्लूकोज एवं गैलक्टोज बनाकर शरीर की क्रियाओं को संचालित करने के लिए ऊर्जा देती है।

5. एक स्त्री के दूध में लैक्टोज की मात्रा सबसे अधिक होती है।

6. बाजार में गाय का घी का लेवल पीले रंग का, भैंस का घी नीले रंग का तथा विशेष घी लाल रंग का एवं सामान्य घी का लेबल हरे रंग का होता है।

7. दूध एक पूर्ण पोषक आहार होता है क्योंकि इसमें सभी पोषक तत्व उचित मात्रा एवं अनुपात में मिले रहते हैं, जो शरीर की वृद्धि एवं विकास के लिए नितान्त आवश्यक होते हैं। इसीलिए दूध सभी आयु वर्ग के लोगों के लिए उत्तम पोषक तत्व है।

8. आप सभी ने देखा होगा कि गाय, भैंस एवं मानव तथा अन्य सभी जानवरों के बच्चों का पोषण दूध से ही होता है।

9. भारत दूध का एवं न्यूजीलैण्ड मक्खन का सबसे बड़ा उत्पादक देश है जबकि नीदरलैण्ड कंडेस्ड और पाउडर दूध का सबसे बड़ा निर्यातक देश है।

10. संयुक्त राज्य अमेरिका दूध, मक्खन और पनीर उत्पादन का प्रमुख उत्पादक देश है।

11. स्विट्जरलैण्ड के प्रसिद्ध चॉकलेटों में स्विस ब्राउन नामक गाय का दूध प्रयोग किया जाता है।

12. जर्सी नामक प्रजाति की गाय दूध उत्पादन के मामले में सबसे छोटी गाय होती है।

13. दूध का मूल्य विटामिन ए और बी$_2$ के कारण बहुत अधिक है।

14. दूध से प्राप्त होने वाले प्रोटीन उत्तम कोटि के होते हैं।

15. दूध ही एक ऐसा तरल खाद्य् पदार्थ है जिसका सम्पूर्ण अवशोषण हो जाता है।

14

माँस और माँस उत्पाद
(Meat and Meat Product)

माँस (Meat)

- **माँस (Meat)**
- **मछली (Fish)**
- **कुट्कुट पालन (Poultry)**
- **Egg products and their quality control**

माँस प्राप्त करने के लिए पशु या पक्षी या जलचर प्राणी की हत्या की जाती है। मरे हुए प्राणी की माँसपेशियो के समूह को माँस कहते है। इसीलिए माँस खाने वाले पशुओं को माँसाहरी कहा जाता है। जैसे - कुत्ता, बिल्ली, शेर, चीता, भालू आदि जानवर माँसाहारी ही होते हैं। माँस को सूक्ष्मदर्शी से देखने पर पता चलता है कि इनकी रचना पेशीय तन्तुओं के समूह से हुई है। पेशी तन्तुक के भीतर कोशिकाद्रव्य पाया जाता है, जिसे Cytoplasm कहते हैं। पेशीय तन्तुक के अक्ष के समानान्तर कई Myofibrils उपस्थित रहते हैं। माँसपेशियों में 75 प्रतिशत जल तथा 25 प्रतिशत प्रोटीन होती है छोटी आयु के पशुओ में माँसल रेशे कम होते है परन्तु संयोजी ऊतक अधिक होते है। पकाये जाने पर ये संयाजी ऊतक असानी से अलग हो जाते हैं, जिन्हें सरलता से चबाकर खाया जाता है। रचना के आधार पर माँस को निम्न भागों में बाँटा गया है -

1. **माँस तन्तु :** ये पीली नलिकाओं के समान होते हैं, जिनमें रस भरा रहता है। इसे ही Sarcoplasm या माँसपेशीय रस कहते हैं।
2. **संयोजी ऊतक :** संयोजी ऊतक माँस तन्तु को जोड़ने का कार्य करते हैं। वे जानवर जो अधिक क्रियाशील होते हैं, उनमें अधिक संयोजी ऊतक होते है। माँस तन्तु ही टण्डन एवं लिगामेन्ट बनते हैं, जिससे हड्यिों के साथ पेशियाँ मजबूत जुड़ी रहती है।
3. **वसीय ऊतक :** आन्तिरिक कोमल अंगो को सुरक्षा देते हैं। पक्षियों में पशुओं की तुलना में कम वसीय ऊतक होते हैं।
4. **अस्थियाँ :** अस्थियों की अस्थि मज्जा में लौह लवण पाया जाता है। लाल रक्त कणिकाओं का निर्माण भी यहीं पर होता है। पकाने के दौरान यह हड्डियों से बाहर निकलता है।

माँस एवं माँस प्रसंस्करण के क्षेत्र में भारत में कुक्कुट माँस सबसे तेजी से बढ़ने वाला पशु प्रोटीन है। भारतीय उपभोक्ता प्रसंस्कृत या प्रशीनकृत माँसों की तुलना में बाजार से ताजा काटे गए माँस को ज्यादा पसंद किया जाता है। भारत विश्व के गौ जातीय माँस का पाँचवा सबसे बड़ा निर्यातक है। माँस उत्पादों के प्रसंस्करण को माँस खाद्य् उत्पादन आदेश 1973 के अन्तर्गत लाइसेन्स दिया जाता है, जिसका क्रियान्वयन 19 मार्च 2004 से खाद्य् प्रसंस्करण उद्योग मंत्रालय कर रहा है। भोज्य तत्व सम्बन्धी दैनिक आवश्यकता की दृष्टि से 10% कैलौरी, 2% कैल्सियम, 21% भोज्य लौह लवण, 9 % विटामिन ए, 31% थायमिन, 15% राइबोफ्लोबिन तथा 8% विटामिन सी प्राप्त करते थे।

➤ माँस का पोष्टिक मूल्य

1. **प्रोटीन :** माँस में 15–20% तक प्रोटीन होती है। सुअर के माँस में प्रोटीन की मात्रा सबसे कम तथा गाय के माँस में प्रोटीन की मात्रा सबसे अधिक होती है। माँस को पकाते समय Actin and Myosin प्रोटीन थक्के के रूप में जम जाती है। Collagen सफेद रंग में जबकि Elastin पीले रंग के संयोजी ऊतकों में विद्यमान रहती है। Collagen एवं Elastin पकने पर जिलेटिन के समान हो जाती है। इन दोनों का जैविकीय मूल्य अत्यल्प होता है क्योंकि अमीनों अम्ल का अभाव होता है।

2. **वसा** (Fat) : माँस में 5-40% तक वसा विद्यमान रहता है। इसकी मात्रा जानवरों की आयु, जाति, प्रजाति तथा स्वास्थ्य पर निर्भर करती है। सुअर तथा जलीय पक्षियों के माँस में वसा की मात्रा अधिक होती है। यह वसा के रूप में ऊर्जा प्राप्ति के उत्तम स्रोत हैं। माँस के वसा में संतृप्त वसीय अम्ल तथा Cholesterol की मात्रा अधिक रहती है।

3. **कार्बोहाइड्रेट एवं खनिज लवण** : माँस में उपस्थित ग्लाइकोजन एवं ग्लूकोस के रूप में कार्बोज अत्यल्प मात्रा में उपस्थित रहता है। खनिज लवणों में मुख्य रूप से लोहा, कैल्सियम, मैग्नीसियम पोटास एवं सल्फर पाए जाते हैं।

4. **जल** : माँस में 60 – 75 % तक जल पाया जाता है।

5. **विटामिन** : विटामिन ए, बी, समूह पर्याप्त मात्रा में रहते हैं। विटामिन ए की मात्रा जानवरों के आहार पर निर्भर करती है। सुअर के माँस को छोड़कर शेष सभी पशुओं के माँस में थायमिन की अपेक्षा राइबोफ्लेविन की मात्रा सर्वाधिक होती है। विटामिन सी का अभाव होता है।

मछली (Fish)

भारतीय उपमहाद्वीप के पूर्व में बंगाल की खाड़ी तथा पश्चिम में अरब सागर एवं दक्षिणी में हिन्द महासागर स्थित है। भारत के तटीय राज्यों के लोगों के भोजन का महत्वपूर्ण घटक मछली है यानिकि उड़ीसा, आन्ध्र प्रदेश, तमिलनाडु, प. बंगाल, मद्रास, केरल, गोवा, गुजरात आदि राज्य के लोगों के भोजन में मछली एक मुख्य घटक के रूप में प्रयोग की जाती है। देश के दूसरे प्रान्तों में भी मछली को बड़े ही चाव से खाया जाता है। माँस की तुलना में मछली अधिक पौष्टिक होती है। मछलियों का महत्व माँस, चर्बी, तेल एवं खाद्य् पदार्थ के रूप में अधिक है।

मछली पालन को मात्स्की (Fishries) के नाम से भी जाना जाता है यानिकि भारत के विभिन्न राज्यों में भोजन तथा बेरोजगारी की समस्या को दूर करने में मत्स्य पालन का विकास महत्वपूर्ण भूमिका निभा सकता है। भारत में नदियों, तालाबों एवं समुद्र से मछलियों को पकड़ा जाता है। नदियों एवं तालाबों से मछलियाँ पकड़ने में चीन के बाद भारत का स्थान आता है यानिकि तालाबों

से पैदा की जाने वाली मछलियों के क्षेत्र में चीन के बाद दूसरा सबसे बड़ा उत्पादक बन गया है। कतला, कालाबासिल रोहू, रोहिता, मृगल, मुल्लेट, क्लेरियस (मंगूर/मगरी) आदि तालाब में विकसित होने वाली प्रमुख मछलियाँ हैं। हाल ही के वर्षो में आनुवंशिक रूप से विकसित रोहू के उत्पादन में 17% की वृद्धि हुई सारडाइन्स, मैकेरल, हारपोडान नेहेरस (Bombay Duck), झींगा (Prawns), लोबेस्टर तथा क्रेब आदि समुद्री जल की मछलियाँ हैं। देश में झींगा मछली के उत्पादन में महाराष्ट्र का प्रथम स्थान है।

➢ मछलियों के पोषक मूल्य

1. **प्रोटीन :** 15 – 20 % प्रोटीन पाया जाता है। इसमें 20 - 25 % Myogin होता है। कुल प्रोटीन का 20 - 25% Mysosin, 15 - 25 % Actine, 3 – 5% Tripomyacin उपस्थित रहता है। मछली का प्रोटीन पूर्ण एवं पशु प्रोटीन की तुलना में अधिक पाचनशील होता है।
2. **कार्बोहाइड्रेट :** मछलियों में कार्बोहाइड्रेट ग्लाइकोजन के रूप में बहुत ही कम मात्रा में पाया जाता है। जैसे – लोब्सटर मछली में 1 % से भी कम वसा पाया जाता है।
3. **वसा :** पशु माँस की तुलना में मछली में वसा की मात्रा बहुत ही कम होती है। सामान्यत: मछली की जाति के अनुसार 2 – 20 % तक वसा रहता है। इसमें वसीय अम्लों के अलावा Lecithin fatty alcohol, Cholestrol पाया जाता है। लोब्सटर मछली में 1 % से भी कम वसा रहता है।
4. **खनिज लवण :** मछलियों में लौह एवं कैल्सियम खनिजों के अलावा ताँबा, गंधक एवं फॉस्फोरस भी पाया जाता है। Oyster fish में ताँबा और लोहे की प्रचुरता रहती है। समुद्री मछलियों में Iodine की अधिकता रहती है। इसके फास्फोरस को मस्तिष्क के लिए शक्तिवर्द्धक माना जाता है।
5. **विटामिन :** तुलनात्मक रूप से मछलियों में विटामिन ए व डी अधिक पाया जाता है जबकि अल्प मात्रा में विटामिन थायमिन एवं राइबोफ्लेविन भी पाया जाता है।

विशेष

1. मरी हुई मछलियों पर जीवाणुओं की प्रतिक्रिया फॉस्फोलिपिड़ एवं कोलिन

(Phospholipids & Cholin) पर होने के फलस्वरूप ट्राईमिथाइल अमीन (Trimethyl amine) उत्पन्न होने के कारण दुर्गन्ध आती है।

2. मरने के बाद ग्लायकोजन का लैक्टिक अम्ल में पूर्णतः परिर्वतन नहीं होने के कारण जीवाणुओं में तेजी से वृद्धि होती है, जिससे सड़ान्ध आती है।
3. मछलियों की प्रोटीन में सभी आवश्यक अमीनो अम्ल पाए जाते हैं, जो शारीरिक वृद्धि के लिए जरूरी होते है।
4. संयोजी ऊतकों का अभाव, वसा की कम मात्रा एवं तन्तुओं के छोटा होने के कारण मछली जल्दी पच जाती है।
5. साल्मन, हैरिंग तथा सारडीन मछलियों के यकृत में विटामिन ए व डी की मात्रा तुलनात्मक रूप से अधिक होती है।
6. कच्चे या कुछ कम पका अण्डा या माँस, बिना उबाला दूध और कच्ची सब्जियों को खाने से बचे क्योंकि इनमें ई. कोलाई, लिस्टेरिया मोनोसाइटोजीनस या सैल्मोनेला, कम्पाइलोबैक्टर और टोक्सोप्लाज्मोसिस बैक्टीरिया मौजूद होते है, जो संक्रमण पैदा करते हैं।
7. इनवायरमेंटल प्रोटेक्शन एजेन्सी के अनुसार सभी को पारा की अधिकता वाली मछलियाँ जैसे - शार्क, स्वार्डफिश, और मैकेरल आदि को खाने से बचना चाहिए।

मुर्गी पालन (Poultry and egg products)

भारतीय जनमानस में एक कहावत है कि "घर की मुर्गी साग बराबर" कहने का तात्पर्य है कि भारत में तीतर, कबूतर, मुर्गी, चूजा, जल मुर्गी, टर्की आदि पक्षियों के माँस खाने की परम्परा बहुत ही पुरानी है। इनमें मुर्गी व चूजे का माँस ज्यादा पसन्द किया जाता है। आज मुर्गी पालन के अर्न्तगत मूल रूप से मुर्गी पालन को ही लोग जानते हैं जबकि इसके अन्तर्गत बत्तख, कलहंस आदि पक्षियों को माँस एवं अण्डों के लिए भी पाला जाता है। मुर्गी पालन में आन्ध्र प्रदेश, तमिलनाडु एवं पश्चिम बंगाल क्रमशः प्रथम, द्वितीय व तृतीय स्थान पर हैं। मुर्गी पालन से अधिक अण्डों के उत्पादन की वजह से आन्ध्र प्रदेश को अण्डे की टोकरी कहा जाता है। सहज तथा सुगमता से उपलब्ध होने वाले माँस की दृष्टि से मुर्गी पालन में व्यय कम होता है।

अच्छे मुर्गे, मुर्गी व अण्डे तैयार करने के लिए मथुरा, इज्जतनगर, हैदराबाद, एवं जबलपुर में केन्द्र स्थापित किए गए। सन् 1977 में इज्जतनगर में मुर्गी पालन को विकसित करने के उद्देश्य से केन्द्रीय पक्षी अनुसंधान संस्थान की स्थापना की गयी। इसके अलावा मुम्बई, भुवनेश्वर, हेसघट्टा और चण्डीगढ़ में वैज्ञानिक फॉर्म खोले गये।

अण्डा (Egg)

मुर्गी की जाति के अनुसार अण्डे की बाहरी संरचना का रंग श्वेत, भूरा, बादामी आदि रंगों में देखने को मिलता है। अण्डे को एक पूर्ण आहार के रूप में देखा जाता है क्योंकि अण्डे में कैल्सियम, फॉस्फोरस, सोडियम लोहा, क्लोरीन, मैगनीशियम, ताँबा, पौटेशियम, सल्फर (गंधक) आदि खनिज पदार्थ तथा प्रोटीन, विटामिन और वसा की मात्रा भी मौजूद रहती है। इसमें 30% जर्दी, 58% सफेदी तथा 12% बाह्य भाग होता है। इसके अतिरिक्त अण्डे से शरीर को वह सभी पोषक तत्व प्राप्त होते हैं, जो शरीर की वृद्धि के लिए जरूरी हैं। एक सामान्य अण्डे का वजन लगभग 40 - 50 gm तक होता है।

➤ अण्डे की संरचना (Structure of egg)

1. अण्डे का आवरण कैल्सियम कार्बोनेट ($CaCO_3$) तथा चूना के फास्फेट से बना होता है।
2. अण्डे के छिलके के नीचे प्रोटीन एवं पोलीसैकराइड्स की एक पतली झिल्ली बनी होती है।
3. छिलके के अन्दर गाढ़ा एल्ब्यूमिन भरा रहता है। इसमें प्रोटीन एवं कैल्सियम होता है।
4. अण्डे के अन्दर पीले भाग को जर्दी कहा जाता है। इस भाग में सभी पौष्टिक तत्व भरपूर मात्रा में मौजूद रहते है। यह भाग सम्पूर्ण अण्डे का 32% होता है।
5. अण्डे के पीले और सफ़ेद भाग के ठीक नीचे एक महीन पर्त होती है, जिसे Chalaza कहते हैं। यह पीले भाग को सुरक्षित रखता है। इसे सफेद भाग से नहीं मिलने देता है।

➢ अण्डे का पोषक मूल्य (Nutritive value of egg)

1. सम्पूर्ण अण्डे में 12-14% प्रोटीन होती है। अण्डे में पायी जाने वाली विभिन्न प्रोटीनों में Albumin प्रमुख है। अन्य प्रोटीन इस प्रकार हैं –

   (अ) अण्डे की जर्दी में Phosphoglucoprotein एवं Ovalglobumin मौजूद रहता है।

   (ब) जब अण्डे को तोड़ कर फैंटा जाता है तब Ovalglobumin प्रोटीन के कारण झाग बनता है।

   (स) Conalbumin प्रोटीन अण्डे में 13% तक पायी जाती है। इसमें लोहा, ताँबा, एवं जिंक पर्याप्त मात्रा में पाया जाता है। परन्तु सल्फर एवं फास्फोरस का अभाव होता है। यह प्रोटीन ताप के प्रभाव में आकर जम जाती है।

   (द) Ovomucin प्रोटीन जल में घुलनशील होती है।

   (स) Avidin नामक प्रोटीन Biotin प्रोटीन के साथ जुड़कर अक्रियाशील बनता है।

2. लाइसोजाइम (Lisozyme) एन्जाइम के कारण अण्डा जल्दी खराब नहीं होता है।

3. अण्डे के पीले भाग में Xanthophyle तथा Carotenoids वर्णक पाए जाते हैं। Carotenoids शरीर में जाकर विटामिन डी में बदल जाता है।

4. अण्डे की वसा में 5% कोलेस्ट्रेल, 28% फॉस्फोलिपिड तथा 68% ट्राईग्लिसराइड उपस्थित रहता है।

5. अण्डे में कार्बोहाइड्रेट स्वतन्त्र रूप से नहीं पाए जाता है। इसी लिए कह सकते हैं कि अण्डे में कार्बोहाइड्रेट नहीं पाया जाता है। यह प्रोटीन के साथ संयुक्त रहता है।

6. अण्डा विटामिन ए का अच्छा स्रोत है।

7. अण्डे का कोलेस्ट्रॉल सूर्य की रोशनी में विटामिन डी में बदल जाता है।

8. विटामिन बी$_1$ जर्दी में एवं विटामिन बी$_2$ सफेदी वाले भाग में पाया जाता है।

9. अण्डे में 65–70% तक जल होता है।

10. अण्डे से विटामिन सी को छोड़कर शरीर वृद्धि के लिए आवश्यक सभी तत्व प्राप्त होते हैं।

➢ अण्डे का संरक्षण

अण्डे को सुरक्षित रखने के लिए निम्न उपाय जरूरी हैं-

1. अण्डे को CO_2 में रखने से सुरक्षित बना रहता है।
2. अण्डे पर खनिज तेल के छिड़काव से फफूँदी एवं कीटाणु पनपने नहीं पाते हैं।
3. अण्डे को लम्बे समय तक सुरक्षित रखने के लिए सोडियम सिलिकेट का घोल उत्तम है।
4. अण्ड़े को Thermostabilization के लिए 6 सेकण्ड तक उबालते हैं। सामान्यत: अण्डा 52^0C पर जमने लगता है जबकि 70^0C पर सम्पूर्ण जम जाता है।
5. घरों में अण्डे को सुरक्षित रखने के लिए फ्रिज होना चाहिए।
6. व्यापारिक दृष्टि से अण्डों के संरक्षण हेतु कोल्ड स्टोरेज की व्यवस्था होनी चाहिए।

➢ अण्डे की गुणवत्ता की जाँच (Testing of good Egg)

दुकानदार अच्छा अथवा सड़े गले या खराब अण्डे बेच रहा है कि नहीं आदि की जाँच करना नितान्त आवश्यक है। अच्छी गुणवत्ता वाले अण्डे की पहचान निम्न तरीकों से की जा सकती हैं। ये विधियाँ इस प्रकार हैं -

1. अण्डे को नमक वाले पानी में डाल कर देखते है कि अच्छा अण्डा पानी की तली में जाता है जबकि खराब अण्डा तैरने लगता है।
2. तोड़ने पर यदि अण्ड़े का सफेद भाग गाढ़ा हो तथा पीला भाग फैला हुआ दिखाई न दे तो यह उत्तम श्रेणी का अण्डा है।
3. प्रकाश में देखने पर अर्द्धपारदर्शी हो, तो अण्डा अच्छा है।

खण्ड - पाँच

खाद्य् पदार्थों में मिलावट और सुरक्षा

15

खाद्य् पदार्थों में मिलावट
(Food Adulteration)

> - **भोज्य पदार्थों में मिलावट**
>   - **मिलावट के कारण**
>   - **कुछ सामान्य भोजन में मिलावट**
> - **मिलावट में पहचान के तरीके**
>   - **भौतिक विधि**
>   - **रासायनिक विधि**
> - **भोजन की गुणवत्ता एवं जाँच**
> - **PFA, FPO, Agmark, ISI**

हम सभी जानते हैं कि जो भी खाद्य् पदार्थ हम लोग खाते हैं, वह विभिन्न चरणों से होता हुआ हम तक पहुँचता है। इस स्थिति में उसमें मिलावट होने की सम्भावना रहती है। सामान्य रूप से किसी भी भोज्य पदार्थ को उसके अभिन्न अंगों के अतिरिक्त किसी अन्य पदार्थ की उपस्थिति उस भोज्य पदार्थ को मिलावट युक्त बना देती है। वस्तव में निर्धारित स्तर से कम स्तर वाला आहार भी मिलावट युक्त आहार ही कहलाता है। इसके अतिरिक्त अनुचित स्रोत अर्थात दूषित स्रोत से प्राप्त आहार भी इसी श्रेणी में आता है।

सभी भोज्य पदार्थो में कार्बोहाइड्रेट, प्रोटीन, वसा, विटामिन एवं खनिज लवण पाए जाते हैं। इसके अलावा यदि अन्य कोई रासायनिक पदार्थ भोज्य पदार्थों में आ जाते हैं या मिलाए जाते हैं, तो उसे संयोज्य पदार्थ कहते हैं

यानिकि संयोज्य भोज्य पदार्थ की पैदावार, संग्रहण या प्रोसेसिंग के समय मिल जाने वाले अवान्छनीय पदार्थ हैं। "संयोज्य वे पदार्थ हैं जो भोजन के रंग, गंध, स्वाद में वृद्धि के उद्देश्य से मिलाए जाने वाले अपोषणीय पदार्थ हैं।"

खाद्य् संयोज्य गैर खाद्य् पदार्थ हैं, जो प्रसंस्करण के दौरान खाद्य् पदार्थो में मिलाया जाता है जिससे उसके स्वाद, रंग, गुणवत्ता में सुधार हो। खाद्य् पदार्थो को सुरक्षित रखने में भी भोज्य संयोज्य का प्रयोग किया जाता है।

भोज्य पदार्थो में मिलावट (Food Adulteration)

भोज्य पदार्थों में मिलावट के कारण पौष्टिकता एवं गुणवत्ता में कमी आ जाती है। कभी कभी भोजन विषाक्त हो जाता है यानिकि "भोजन में न खाने योग्य पदार्थ तथा निम्न श्रेणी के भोज्य पदार्थो को मिलाना जिससे कि विक्रेता को अधिक आर्थिक लाभ हो परन्तु उपभोगकर्ता को आर्थिक नुकसान के साथ ही साथ स्वास्थ्य पर भी हानिकारक प्रभाव पड़े, भोजन में मिलावट कहलाता है। जैसे - अनाज, दालों में कंकड़ तथा दूध में पानी मिलाना आदि।"

खाद्य् पदार्थों में मिलावट को रोकने के लिए भारत सरकार ने सन् 1954 में खाद्य् निषेध अधिनियम तैयार किया है। इसमें संशोधन का कार्य खाद्य् मानक केन्द्रीय समिति के द्वारा किया जाता है। भोज्य पदार्थो में मिलावट के परीक्षण के लिए सबसे पहले कलकत्ता में भोजन प्रयोगशाला की स्थापना की गयी। इसके बाद मैसूर में केन्द्रीय भोजन तकनीकी शोध संस्थान की स्थापना की गयी।

➢ भोजन में मिलावट के कारण (Reasons for Food Adulteration)

भोज्य पदार्थों में जानबूझ कर या अनायास मिलावट हो जाती है।

(अ) जानबूझकर मिलावट करना

विक्रेता अधिक लाभ के उद्देश्य से भोज्य पदार्थों में कुछ न कुछ मिला देते हैं। मिलाने के कारण भोज्य पदार्थ की गुणवत्ता या पौष्टिकता में कमी आ जाती है। जैसे - खोवा में मैदा, घी में डालडा, दाल, चावल, गेहूँ आदि में

कंकड़, आटा में खड़िया इत्यादि को मिलाया जाता है।

(ब) अनायास मिलावट

भोज्य पदार्थों में सूक्ष्मजीव, जीवाणु, फफूँदी, खमीर, कीड़े, घुन आदि हानिकारक जीवों का उत्पन्न हो जाना। इनके द्वारा भोजन की गुणवत्ता एवं पौष्टिकता नष्ट हो जाती है। जैसे – घरों में रखे हुए गेहूँ में पायी (सुढ़ी) का आ जाना।

धात्विक संदूषण अनायास मिलावट का एक कारण है। कई धातु भोजन में उपस्थित प्रोटीन, विटामिन के साथ रासायनिक क्रिया करते हैं और उन्हें विषाक्त बना देता है। जैसे – पीतल या ताँबा के बर्तन में दही या दही से बने व्यंजन, नीबू का अचार, आम का अचार आदि का स्वाद बिगड़ जाता है। इसी तरह चाँदी के वर्तन में अण्डा विषाक्त हो जाता है।

सामान्यतः कैडमियम का उपयोग इलेक्ट्रिक कुकर या बर्तनों के प्लेटिंग में किया जाता है। डिब्बा बन्द पदार्थों के लिए उचित डिब्बे न चुने जाए तो भी खाद्य् पदार्थों का संदूषण देखा जा सकता है। जैसे – पोलीइथिलिन व पोलीविनाइल क्लोराइड आदि से निर्मित पैकिंग पदार्थ स्वास्थ के लिए हानिकारक होते हैं।

➢ खाद्य् पदार्थों में मिलावटें

खाद्य् पदार्थों में मिलावट रोजमर्रा की बातों में शामिल हो चुकी हैं। यदि कोई त्यौहार है तब तो अधिक मुनाफा कमाने के लिए दुकानदार लोग भयानक रूप से खाद्य् पदार्थों में मिलावट करते हैं। विभिन्न समाचार पत्रों और न्यूज चैनलों में मिलावट करने वालों के नाम छपते हैं।

मिलावट के लिए प्रयोग किए जाने वाले पदार्थ को मिलावटी वस्तु (Adulterant) कहते हैं। इसकी रचना, रंग, रूप, आकार आदि मूल भोजन के काफी मिलता जुलता है। भोज्य पदार्थों में की जाने मिलावट के कुछ उदाहरण इस प्रकार हैं –

उदाहरण – 1 : तिल के तेल के साथ मूँगफली का तेल, नारियल के तेल में बिनौले का तेल, घी के साथ डालडा या चर्बी आदि ऐसे उदाहरण हैं जो जनता के बीच प्रचलित हैं।

उदाहरण – 2 : दूध में पानी मिलाना एक आम बात है। इसके अलावा दूध से क्रीम निकालना, वसा की मात्रा बढ़ाने हेतु डालडा मिला देना, दूध के पाउडर को मिलाना आदि कार्य किए जाते हैं। इतना ही नहीं, दूध पाउडर में मिलावट करने के लिए डेक्ट्रीन पाउडर या घुलनशील स्टार्च मिलाया जाता है।

दूध का आपेक्षिक घनत्व बढ़ाने के लिए कभी-कभी उसमें अरारोट और शक्कर भी मिलायी जाती है। कई बार सेपरेटेड दुध को शुद्ध दूध में मिलाकर बेचते हुए उपभोक्ताओं को ठगा जाता है।

कुछ चतुर मिलावटकर्ता भैंस के अच्छे दूध में थोड़ा सपरेटा दूध तथा थोड़ा पानी मिलाकर उसका आपेक्षिक घनत्व तथा फैट (वसा) की मात्रा गाय के दूध के बराबर कर देते हैं और ऐसे दूध को गाय के दूध के नाम से बेचते हैं। चूँकि गाय के दूध के मानक भैंस के दूध के मानकों की तुलना में कम हैं। अतः भैंस के दूध में थोड़ा सा अपमिश्रण कर उसे गाय के दूध के नाम से बाजारों में बेचते हैं।

उदाहरण – 3 : चावल, मक्का, जौ, गेहूँ जई आदि में कंकड़, रेत, बालू आदि मिला दिए जाते हैं। गेहूँ के आटे में अन्य अनाजों का आटा मिलाना, टॉक पाउडर मिलाना, चॉक पाउडर मिलाना, सूजी में टॉपिओका की सूजी मिलाना आदि मिलावटी कार्य किए जाते हैं। चावल में धान या टूटे हुए चावलों को मिलाना या फिर चावल की भूसी को भी मिला दिया जाता है।

चावल को हल्दी में मौजूद करकुमिन रंग से रंगकर गोल्डन सेला नामक महँगे चावल के रूप में बेचा जाता है। पिछले वर्षों में चावल के अनेक नमूनों में इस प्रकार का बाहरी रंग पाया गया था।

उदाहरण – 4 : दालों के वजन में वृद्धि के लिए निम्न श्रेणी की दालों को मिला दिया जाता है। बेसन से बनने वाले सस्ते नमकीन खाद्य् पदार्थो में भी खेसरी की दाल के चूर्ण का प्रयोग किया जाता है। जैसे – अरहर, मसूर,

मटर, चना आदि की दाल में केसरी की दाल को मिला दिया जाता है, जो कि स्वास्थ के लिए अत्यन्त हानिकारक है।

आहार में केसरी (खेसरी) की दाल के उपयोग से Lathyrism रोग हो जाता है। इससे पैर के घुटने के जोड़ों एवं एड़ियों में तेज दर्द होता है। केसरी दाल को लेथाइरस सटाइवस के पौधे से प्राप्त करते हैं।

उदाहरण – 5 : हल्दी, धनियाँ, काली मिर्च, दालचीनी, जीरा आदि मसालों में विभिन्न प्रकार की मिलावट देखने को मिलती है। जैसे – काली मिर्च में पपीते के बीज, धनियाँ पाउडर में घोड़े की लीद, जीरा में जंगली जीरा एवं हल्दी को लेड क्रोमेट से रंग दिया जाता है।

उदाहरण – 6 : चाय के कुछ नमूने पकड़े गए जिनमें 1 प्रतिशत भी शुद्ध चाय नहीं थी। रंग बिरंगे आर्कषक पैकटों में काजू का जला हुआ छिलका बेचा जा रहा था। काजू के छिलके के अलावा चने का छिलका भी चाय में मिलाया जाता है।

भारत में दार्जिलिंग चाय दुनिया भर में मशहूर है। काफी महंगी होने के कारण कुछ व्यापारी दूसरी चाय को दार्जिलिंग चाय के नाम से देश विदेश में बेचकर भारी धोखाधड़ी करते हैं।

उदाहरण – 7 : सरसों के तेल में पीले धतूरे के बीज का अपमिश्रण किया जाता है यानिकि सरसों के तेल में आर्जीमोन का तेल मिला दिया जाता है। इसके अतिरिक्त सरसों में अलसी और तोरिया तेल की भी मिलावट कर दी जाती है। इस मिलावटी तेल के अधिक प्रयोग से ड्रॉप्सी नामक बीमारी हो जाती है।

➢ मिलावट में पहचान के तरीके

विभिन्न भोज्य पदार्थों में की गयी मिलावट को रंग, रूप, आकार को ध्यान से देख कर पहचान सकते हैं। इसे पहचान की भौतिक विधि कहते हैं। इसके अलावा विभिन्न प्रयोगशालाओं में अम्लों की सहायता से भी मिलावटी पदार्थों की पहचान की जाती है। इस विधि को रसायनिक विधि कहते हैं।

(अ) भौतिक विधि

रंग, रूप, आकार एवं स्वाद आदि से पता लगाना भौतिक विधि कहलाता

है। कुछ सामान्य प्रचलित विधियाँ इस प्रकार हैं –

(1) **निरीक्षण विधि :** अनाज, सूखे मेवे, दाल, बीज आदि में मिले हुए कंकड़, पत्थर को देखकर साफ किया जा सकता है। जैसे – हम सभी लोग दिन या सायंकाल अथवा इच्छानुसार दाल–भात बनाते हैं। दाल और भात बनाते समय उनकी सफाई की विधि क्या है ? सबसे पहले एक बड़ी थाली में चावल को निकालकर उसमें से कंकड़ या ढेले को चुन कर अलग कर देते हैं। उसके बाद स्वच्छ पानी से धोते हैं।

कभी – कभी चीनी में चींटी या चींटे हो जाते है तब उनकी सफाई किस विधि से करते हैं ? सबसे पहले चीनी को कुछ देर के लिए धूप में रखते हैं, जिससे चींटी बाहर निकल जाती हैं। फिर भी कुछ चीटियाँ उसमें रह जाती है तब उन चींटियों को हाथ से चुन कर अलग कर देते हैं।

(2) **ब्लोटिंग पेपर :** चाय की पत्ती अथवा भुने हुए चने आदि में मिलावट का पता लगाने के लिए इस पेपर का प्रयोग किया जाता है। ब्लोटिंग पेपर को गीला करके चाय की पत्ती पर दबाने पर ब्लोटिंग पेपर का रंग बदल जाता है तब चाय की पत्ती में कोलतार की मिलावट का पता चलता है।

(3) **सूक्ष्मदर्शी यन्त्र से पहचान :** भोज्य पदार्थों के बारीक कणों को सूक्ष्मदर्शी से देख कर भी मिलावट का पता लगाया जा सकता है।

(4) पानी में घोल कर: ग्रामीण क्षेत्रों में आज भी देख सकते है कि शुद्ध हींग की पहचान के लिए पानी का प्रयोग करते है। यानिकि एक हथेली पर पानी लेकर हींग को रख कर रगड़ने पर दूधिया रंग के साथ घुल जाती हैं क्योंकि हींग जल में पूर्ण रूप से घुलनशील है यदि नहीं घुलती है तब पता चल जाता है कि हींग में मिलावट की गयी है। इसी प्रकार एक शीशे के गिलास में नमक को पानी में घोलें। शुद्ध नमक पानी में घुल जाता है तथा अन्य अघुलनशील पदार्थ पानी में नीचे बैठ जाते हैं।

पिसे हुए मसालों को पानी में डालें। मसाला पानी में ऊपर तैरता है तथा मिट्टी पानी में बैठ जाती है।

अच्छी और मिलावटी अनाज, दालों को भी पानी की सहायता से परीक्षण किया जा सकता है। बाजार से खरीदी गयी दाल को पानी से भरे शीशे

के गिलास में डाल देते हैं। अच्छी दाल गिलास की तली में बैठ जाएगी जबकि घुनीं या खराब दाल गिलास के पानी के ऊपरी सतह पर आ जाएगी।

(ब) रासायनिक विधि से परीक्षण

जब घर या किसी प्रयोगशाला में भोज्य पदार्थ की जाँच के लिए विभिन्न प्रकार के अम्लों की सहायता ली जाती है तब उसे रासायनिक विधि कहते हैं। कुछ सामान्य विधियाँ इस प्रकार हैं -

(1) हाइड्रोक्लोरिक अम्ल से जाँच

5gm दालें + 5ml जल $\ldots\ldots_{HCl}\ldots\ldots$ गुलाबी रंग का अवक्षेप (पीला रंग मिल हुआ है)

(क) एक गिलास में दाल लेकर उसमें 5 उस के लगभग HCl लेकर गर्म करने पर गुलाबी रंग आता है तब स्पष्ट है कि इस दाल में केसरी (खेसरी) की दाल मिल हुई है।

(ख) एक बर्तन में एक चम्मच शुद्ध घी को लेकर पिघलाए अब इसमें इतनी मात्रा में सान्द्र HCl मिलाए। अब इसमें दो से तीन बूदें फरफूरॉल के घोल को हिलाते हुए मिलाते हैं। तत्पश्चात दस मिनट तब के लिए छोड़ देते हैं। यदि गुलाबी रंग आता है तब स्पष्ट है कि घी में डालडा मिला हुआ है।

(ग) गुड़ में Metanil yellow रंग की जाँच के लिए थोड़े से गुड़ में 5 ml HCl डालने पर मेजेन्टा लाल रंग बनता है तब स्पष्ट है कि Metanil yellow रंग मिला हुआ है।

(घ) चीनी की जाँच के लिए एक गिलास में चीनी लेकर HCl मिलाते है। यदि गिलास में से फदफदाहट के साथ गैस निकलती हुई दिखाई देती है तब स्पष्ट है कि चीनी में धावन सोड़ा मिलाया गया है।

(2) नाइट्रिक अम्ल से परीक्षण

5ml सरसों के तेल में 5ml नाइट्रिक अम्ल मिलाकर 3 – 4 मिनट तक गर्म करने पर यदि लाल रंग हो जाए ता समझना चहिए कि इसमें आर्जीमोन का तेल मिला हुआ है।

(3) आयोडीन टेस्ट

इस परीक्षण से भोज्य पदार्थों में स्टार्च के मिलावट का पता लगाते हैं। कुछ परीक्षण इस प्रकार हैं –

उदाहरण – 1 : मक्खन में मिलावट का पता लगाने के लिए एक – दो बूँद आयोडीन डालते हैं। जब आयोडीन मिलाने पर यदि नीला रंग उत्पन्न हो जाता है तब पता चलता है कि मक्खन में स्टार्च मिला हुआ है। इस प्रकार दूध एवं दूध से बने हुए भोज्य पदार्थों का परीक्षण कर लिया जाता है।

उदाहरण – 2 : कॉफी या कोको पाउडर को पानी में घोलने के बाद पोटेशियम परमैगनेट मिलाने पर रंग उड़ जाता है। अब इस घोल में आयोडीन के घोल को मिलाते ही नीला रंग हो जाए तो समझना चाहिए कि इसमें स्टार्च मिला हुआ है।

उदाहरण – 3 : मसालों की शुद्धता की जाँच के लिए कार्वन टेट्रक्लोराइड के घोल में मसालों को डालते हैं। शुद्ध मासाले तैरने लगते है जबकि कंकड़, बालू, रेत बर्तन की तली में बैठ जाते हैं।

(4) ईथर द्वारा परीक्षण

5 ml तेल या वसा में 5 ml HCl मिलाकर लगभग एक मिनट तक हिलाते हैं। अब इस घोल में फ्लोरोग्लीसरॉल एवं ईथर का 0.1 % घोल डालकर हिलाते हुए छोड़ देते हैं। घोल के ऊपर गहरे लाल या गुलाबी रंग की पर्त दिखाई दे तो समझाना चाहिए कि घी या तेल या वसा में अशुद्धता है अर्थात कुछ मिला हुआ है।

लाल मिर्च के साथ ईथर मिलाने पर जो सत्व बनता है उसमें सान्द्र HCl को मिलाने पर गुलाबी रंग आने से मिलावट का पता चलता है ।

16

खाद्य् पदार्थों में विषाक्तता
(Food Poisoning)

खाद्य् पदार्थों में विषाक्तता

- **कारण**
  - **वाह्य कारण**
  - **आन्तरिक कारण**
- **जीवाणु**
  - **सोल्मेनेला समूह**
  - **क्लोस्ट्रीडियम बेलकाई**
  - **बोट्यूलिनम**
  - **परफ्रिजिनस**
- **विषाणु**
- **परजीवी कृमि**
- **फफूँदी**

खाद्य् पदार्थों में किसी न किसी कारण से होने वाली मिलावटी क्रियाओं से खाद्य् पदार्थ विषाक्त हो जाते हैं। मानव के शारीरिक एवं मानसिक वृद्धि एवं शरीर की क्रियाओं को संचालित करने के लिए ऊर्जा की पूर्ति में रुकावट होने लगती है और मानव बीमार पड़ने लगता है। इससे बचने के लिए मानव को शुद्ध भोजन की आवश्यकता पड़ती है।

भोजन से विटामिन, वसा, खनिज लवण, रेशा आदि की पूर्ति होती है। यदि इन तत्वों में किसी कारण से मिलावट हो जाए तो भोजन विषाक्त हो जाता है। ऐसा भोजन जो शरीर के सुदृण विकास एवं स्वास्थ पर केवल हानिकारक प्रभाव डालते हैं, उन्हें विषाक्त भोजन कहा जाता है। विषाक्त भोजन खाने से कभी-कभी मनुष्य की मृत्यु भी हो जाती है।

खाद्य् पदार्थों के उत्पादन से लेकर उनको खाने तक अनेक ऐसी परिस्थितियाँ होती हैं, जिनमें खाद्य् पदार्थों में कुछ न कुछ अवश्य मिल जाता है और वह खाद्य स्वास्थ के लिए हानिकारक बन जाता है। जैसे – हम सभी ने कभी न कभी विभिन्न अखबारो या न्यूज चैनलों अथवा कहीं न कहीं सुना होगा कि फलाँ गाँव के स्कूल के बच्चों ने जब दोपहर का भोजन ग्रहण किया तब वह बीमार पड़ गए। अर्थात बच्चों के द्वारा ग्रहण किया गया भोजन किसी न किसी कारण से विषाक्त रहा होगा। जिस कारण बच्चे बीमार पड़े।

भोजन की विषाक्तता दो कारणों से हो सकती है –

वाह्य कारण   आन्तरिक कारण

(अ) वाह्य कारण : कीटाणु, विषाणु, जीवाणु, एवं फफूँदी आदि।

(ब) आन्तरिक कारण : खनिज तत्व, विटामिन, रेशा आदि में मिलावट।

(अ) बाह्य कारण

भोजन की विषाक्तता के जिम्मेदार अनेक कारक होते हैं। ये कारक हवा, जल, मिट्टी आदि के द्वारा फैलते हैं। अर्थात जीवाणु, विषाणु, कीटाणु, कृमि एवं फफूँदी आदि एक स्थान से दूसरे स्थान पर वायु, जल आदि से फैलते हैं। इन कारको में कुछ का वर्णन इस प्रकार है –

(1) जीवाणु (Bacteria)

सन् 1683 में Antoni von leuwenhoek ने इनकी खोज की थी। ये जल, वायु एवं नम या शुष्क भूमि तथा बर्फ आदि में पाए जाते हैं। जिस मिट्टी को हाथ धोने या बर्तन माँजने के काम में प्रयोग करते हैं, उसमें भी ये मौजूद रहते हैं। कम ताप 4^0C पर इनकी वृद्धि एवं क्रियाशीलता रुक जाती है परन्तु मरते नहीं है। इसीलिए कम तापमान पर रखे हुए भोज्य पदार्थ खराब नहीं होते हैं।

जीवाणुओं द्वारा संदूषित भोजन भोज्य विषाक्तता का एक प्रमुख कारण है। जीवाणु एक कोशिकीय जीवाणु होते हैं। इन्हें एक स्थान से दूसरे स्थान

पर ले जाने के लिए वायु, जल व मिट्टी वाहक का कार्य करते हैं। शुष्क वायु में नम वायु की अपेक्षा असंख्य जीवाणु उपस्थित रहते हैं।

जीवाणुओं के द्वारा विषाक्त भोजन के निम्नलिखित लक्षण दिखाई देते हैं – वमन (उल्टी) होना, दस्त आना, शरीर में ऐंठन, चक्कर आना, सिर में दर्द व डकार आदि।

भोज्य पदार्थों को विषाक्त करने वाले जीवाणुओं को पाँच भागों में रखा जा सकता है, जो इस प्रकार हैं –

(क) सोल्मेनेला समूह (Salmonella group)

इस समूह के जीवाणु मनुष्य एवं पशु पक्षियों की आँतों में अनेक गम्भीर रोग उत्पन्न करते हैं। इस समूह का सबसे हानिकारक सॉल्मेनेला टाइफीम्यूरियम जीवाणु है। रोग ग्रस्त पशु पक्षियों एवं जानवरों के माँस खाने से यह मनुष्य में प्रवेश कर जाता है। प्रवेश करने के 6 घण्टे के अन्दर यह जीवाणु रोग के लक्षण प्रकट कर देता है। रोग प्रारम्भ में उल्टी व दस्त एवं शरीर के ताप में वृद्धि होने के कारण रोगी असहाय व कमजोर हो जाता है। इन लक्षणों से युक्त रोग टाइफाइड या डायरिया हो सकता है। रोग की तीव्रता में सिरदर्द, ज्वर तथा कभी कभी वमन, दस्त के द्वारा शरीर से अधिक जल निकल जाने से शरीर में जल की कमी हो जाती है।

(ख) स्टेफ्लोकोकई समूह (Staphylococci group)

इस समूह के जीवाणु जब आँत की दीवार पर आक्रमण करके अपनी वृद्धि करते हैं तब Enterotoxin विषैला पदार्थ निकाल कर व्यक्ति को रोगी बना देते हैं। रोग के लक्षण लगभग 1 – 5 घण्टे में दिखाई देने लगते हैं। यदि रोगी को सही इलाज मिल जाए तब रोगी लगभग दो दिन में स्वस्थ हो जाता है। ये जीवाणु खाना बनाने वाले व्यक्तियों के नाक व गले से भोजन में आ जाते हैं। ये जीवाणु अधिक तापमान पर नष्ट नहीं होते हैं।

(ग) क्लोस्ट्रीडियम बेलकाई (Clostridium Welchi)

इस समूह के जीवाणुओं का संक्रमण मानव तथा पशुओं के मल मूत्र,

मिट्टी, हवा व पानी के माध्यम से फैलता है। कीट व मक्खियाँ भी इस जीवाणु को फैलाने में सहायक होती हैं। इस जीवाणु से युक्त भोज्य पदार्थ को खाने के लगभग 10 से 20 घण्टे के अन्दर दस्त प्रारम्भ हो जाते हैं तथा पेट में दर्द शुरू हो जाता है। इस समूह के जीवाणुओं द्वारा विषाक्त भोजन लिपिला, लसदार व दुर्गन्ध युक्त होता है।

(घ) क्लोस्ट्रीडियम बोट्यूलिनम (Clostridium Botulinum)

जब भोज्य पदार्थ इस जीवाणु के सम्पर्क में आते हैं तब खाद्य् पदार्थ दूषित होकर Botulism बीमारी फैलाते हैं क्योंकि यह जीवाणु शरीर में विषाक्त पदार्थ एण्डोटोक्सिन पैदा करता है। खाद्य् पादर्थ को गर्म करके इस हानिकारक पदार्थ के प्रभाव को निष्क्रिय किया जा सकता है। बीमारी का आरम्भ अचानक होता है। लक्षणों के अन्तर्गत दोषपूर्ण दृष्टि, चक्कर आना, कभी-कभी सिर दर्द, और शारीरिक थकावट सम्मिलित है। यह टॉक्सिन केन्द्रीय स्नायविक तन्त्र को प्रभावित करके अंगाघात पैदा कर देता है, जिससे वाणी और भोजन का निगलना प्रभावित होता है। श्वसनीय या हृदय विफलता के कारण कुछ ही दिनों में मृत्यु हो जाती है।

ये कम ताप एवं सूर्य के प्रकाश में नष्ट नहीं होते हैं। ये बिना ऑक्सीजन के भी वृद्धि करते रहते हैं। यही कारण है कि ये डिब्बों में शील बन्द भोज्य पदार्थो को नष्ट कर देते हैं यानिकि सील बन्द डिब्बों में रखा हुआ सॉस मटर, सेम, माँस, मछली आदि भोज्य पदार्थ नष्ट हो जाते हैं।

(ङ) क्लोस्ट्रीडियम परफ्रिजिनस

इस समूह को क्लॉस्ट्रीडियम वेल्सी भी कहते हैं। यह जीवाणु अवायुजीवी ऊष्मा प्रतिरोधी स्पोर युक्त होता है। इससे होने वाली आहार विषाक्तता के चिन्ह पेट दर्द और पतले दस्त लगना है। इस विषाक्तता की महामारी प्राय: कच्चे माँस युक्त भोज्य पदार्थ को खाने से फैलती है।

(2) विषाणु (Virus)

विषाणु जीवाणुओं से भी अत्यन्त सूक्ष्म जीव हैं यानिकि इन सूक्ष्म जीवों

को Ultramicroscopic परजीवी चेतन पिण्ड कहा जा सकता हैं। इनका परिमाण मिली माइक्रोन में मापा जाता है। जीवाणु जहाँ कुछ ही घण्टों या दिनों में रोग उत्पन्न कर पाते हैं वहाँ विषाणु सप्ताहों या महीनों का समय लेते हैं। इनके द्वारा उत्पादित रोगों से ठीक होने पर व्यक्ति में उस रोग के प्रति रोग प्रतिरोधक क्षमता का विकास हो जाता है। ये प्राय: जानवरों के गले व आँतों में रहते हैं, जो मल द्वारा मिट्टी में दब कर, जल या हवा द्वारा भोजन को दूषित कर देते हैं। जैसे बच्चों में होने वाला पोलियो रोग के विषाणु मिट्टी एवं हवा से ही फैलते हैं यानिकि बचपन में जब बच्चा मिट्टी खाने लगता है तब ये विषाणु मिट्टी के माध्यम से बच्चे के अन्दर प्रवेश करके रोग पैदा कर देते हैं।

विषाणु लगभग 04 ^{0}C ताप पर भी जीवित रह सकता है परन्तु 55 ^{0}C ताप पर शीघ्रता से नष्ट हो जाते हैं। अत: विषाणु के प्रभाव से मुक्त रहने के लिए भोजन खुब अच्छी तरह से पकाकर ही खाना चाहिए। विषाणु द्वारा विषाक्त भोजन के सेवन से बच्चों में अत्यन्त भयानक रोग पोलियो भी हो सकता है। जिससे बच्चे जन्मभर के लिए अपंग हो जाता है।

(3) परजीवी कृमि (Parasitic Worm)

वे संदूषित खाद्य् पदार्थ जो गंदे स्थानों या गंदे पानी द्वारा सिंचित सब्जियों के खाने से कुछ परजीवी मानव शरीर में पहुँचकर रोग उत्पन्न करते हैं। जैसे – ऐबिएसिस व ऐस्केरिसिस रोग आदि। ये कृमि जल, मिट्टी, हवा, कीट पतंगों से फैलते हैं। मक्खियाँ अपने पैरों द्वारा परजीवी कृमियों के अण्डों को भोजन में छोड़ कर भोजन को विषाक्त बना देती हैं।

उदाहरण – मनुष्य की बड़ी आँत में रहने वाला एस्केरिस एवं फीताकृमि अदि कृमियों से रोग उत्पन्न हो जाते हैं। ये कृमि बच्चों की आँत में अधिक रहते हैं। कारण यह है कि बच्चे मिट्टी में खेलते हैं और कुछ बच्चे मिट्टी भी खाते हैं। इसी से ये कृमि बच्चों के पेट में चले जाते हैं और बच्चों को रोगी बना देते हैं।

कुछ प्रोटोजोआ श्रेणी के एक कोशिकीय जीव जिनसे रोग उत्पन्न हो जाते हैं। जैसे – एण्टअमीबा हिस्टोलिटिका मानव की बड़ी आँत में रहते हैं।

इनसे एमीबिक पेचिश, यकृत शोथ रोग हो जाता है।

(4) फफूँदी (Fungus)

फफूँदी वनस्पति श्रेणी के थैलाफेाइटा समूह के पौधे आते हैं। इनका अध्ययन माइकोलोजी (Mycology) कहलाता है। ये प्रायः सब जगह पाए जाते हैं। ये एक कोशिकीय से लेकर बहुकोशिक, मृतोपजीवी व परजीवी चेतन पिण्ड हैं जिनमें अनेकों जातियाँ हैं। जैसे – म्यूकर, यीस्ट, पैन्सिलियम, राइजोपस आदि। म्यूकर विभिन्न प्रकार के कार्बनिक पदार्थो पर उगते हैं यानिकि ये जानवरों के मृत शरीर, सड़े गले फलों व तरकारियों, पानी से भीगी बासी रोटी, चमड़े की नम वस्तुओं, अचार, मुरब्बा आदि पर उगता हुआ मिलता है। रोटी पर उगने के कारण म्यूकर को रोटी का फफूंद भी कहते हैं जबकि राइजोपस निग्रीकेन्स (Rhizopus nigricans) को रोटी का काला फफूंद कहा जाता है।

यीस्ट (Yeast) एक मृतजीवी कवक है, जो विशेष रूप से अधिक शर्करा वाले कार्बनिक पदार्थों पर उगते हैं। जैसे – अंगूर, गन्ना, खजूर, फलों के ऊपरी भाग, फूलों की मकरन्द ग्रन्थियों, दूध तथा पौधों के कायिक भागों में भी पाए जाते हैं। शर्करा में उगने के कारण इनके वंश को Saccharomyces या शर्करा कवक कहा जाता है। यह एल्कोहल उद्योग में प्रयोग किया जाता है। ब्रेड उद्योग में Saccharomyces cerevisiae एवं पनीर उत्पादन में Aspergillus का प्रयोग किया जाता है।

- Fusarium and clodosporium फंगस से संदूषित अनाज खाने से एलिमेन्टरि टॉक्सिक एल्यूकिया नामक बीमारी होती है। इस फफूंदी का संक्रमण तब होता है जब ठण्ड के मौसम में ज्वार को बिना काटे खेत में ही रहने दिया जाता है।
- Penicillium islandicum sp के फफूंदी पेन्सिलियम इस्लेन्डिकम चावल में पीलापन पैदा करते हुए दूषित कर देता है। जिसको खाने से यकृत में उतिक्षय और सिरोसिस रोग पैदा कर देता है।
- Aspergillus flavus फफूँदी, गीली मूँगफली, सोयाबीन, कपास के बीज, दलहन और अनाजों में विकसित हो सकता है। इससे शक्तिशाली

Aflatoxin विषाक्त पदार्थ निकलता है। इस पदार्थ से कैंसर और यकृत में सिरोसिस रोग हो सकता है।

- एनानिटा फैलॉइड्स फफूँदी में फैलॉइडिन नामक विषाक्त पदार्थ रहता है। इसको ग्रहण कर लिया जाए तो शरीर में गम्भीर कुप्रभाव पैदा हो जाते हैं, जिससे मानव को उल्टियाँ, हाइपोग्लाइसीमियाँ और ऐंठनें हो जाती हैं। यकृत और गुर्दे में भी क्षति हो सकती है।

(ब) भोजन का आन्तरिक कारणों से विषाक्तता

बाह्य जीवाणुओं व विषाणुओं तथा कृमियों से ही भोजन विषाक्त नहीं बनता वरन् कई अन्य दशाऐं भी भोजन को विषाक्त बना देती हैं। जैसे घरेलू स्तर पर प्रयोग होने वाली कीटनाशक दवाइयाँ, कृमि रसायन आदि।

उदाहरण – सीसा, टिन, ताँबा, निकिल, एल्यूमिनियम, कैडमियम आदि धातुएँ बर्तन बनाने में प्रयोग की जाती हैं। धातुओं से बने बर्तनों में पकाए अथवा संगहित किए जाने वाले बर्तनों से भोज्य पदार्थ दूषित हो सकता है। वैसे तो यह रासायनिक पदार्थ हमारे शरीर में थोड़ी मात्रा में भोजन व पानी के साथ प्रवेश करते रहते हैं परन्तु जब यह अधिक मात्रा में शरीर में पहुँचते हैं तो इनकी विषाक्तता के लक्षण स्पष्ट दिखाई देते हैं।

बढ़ती हुई जनसंख्या के लिए भोजन जुटाना एक समस्या है। प्राय: किसान अधिक उपज लेने के लिए उर्वरकों का अधिक प्रयोग करते हैं। यदि यह उर्वरक सही मात्रा में प्रयोग में न लाए जाए तो फसल के खाद्य पदार्थों में इनके अवशेष रह जाते हैं, जो स्वास्थ के लिए हानिकारक होती हैं।

आधुनिक कृषि के साधनों के प्रयोग द्वारा रासायनिक पदार्थ हमारे भोज्य पदार्थों को विषाक्त करते हैं। जैसे – किसान लोग खेतों में खड़ी फसल को कीटों से बचाने के लिए डी.डी.टी. का प्रयोग करते है। यह रसायन पौधों के द्वारा अवशोषित कर लिया जाता है तदोपरान्त इस फसल के पौधों को मानव अपना भोजन बनाता है। इस प्रकार ये रसायन मानव के भोजन के माध्यम से शरीर में प्रवेश करके रोग उत्पन्न करते हैं।

17

खाद्य् सुरक्षा (Food safety)

> ➤ PFA, FPO, Agmark, ISI

(1) PFA

इसका पूरा नाम है - Prevention of Food Adulteration Act, जिसे हिन्दी में खाद्य् पदार्थ निषेध अधिनियम कहते हैं। अर्थात सन् 1954 में भारत सरकार ने खाद्य् पदार्थों में मिलावट को रोकने के लिए खाद्य् पदार्थ निषेध अधिनियम (PFA) बनाया। मिलावटी खाद्य् पदार्थों के परीक्षण के लिए सरकार ने मैसूर में केन्द्रीय खाद्य् तकनीकि अनुसंधान संस्थान (CFTRI) की स्थापना की गयी। भोज्य पदार्थों की गुणवत्ता का मानक तैयार करने हेतु खाद्य् एवं कृषि संगठन तथा विश्व स्वास्थ्य संगठन के संयुक्त तत्वाधान में अर्न्तराष्ट्रीय कोड़ एलमेन्टेनस कमीशन का गठन किया गया। इस कमीशन का उद्देश्य था कि उपभोक्ता के स्वास्थ्य को बेहतर बनाए रखना, भोजन की गुणवत्ता में वृद्धि लाना तथा भोजन व्यापार को बढ़ावा देना। भारत सरकार के द्वारा भोजन हेतु जो मानक तैयार किए गए हैं, वे अन्तर्राष्ट्रीय कोड एलमेनटेनस के ही परिवर्तित या रूपान्तरित रूप हैं। खाद्य् अपमिश्रण रोकथाम अधिनियम के आधार पर किसी पदार्थ को निम्नलिखित कारणों एवं

अवस्थाओं में मिलावटी कहा जाएगा –

1. व्यापारी के द्वारा बेचा जाने वाला खाद्य् पदार्थ अपने स्वभाविक गुण में न होने पर मिलावटी कहा जाएगा।
2. खाद्य् पदार्थ में यदि कोई ऐसा तत्व मिला हो जिसकी वजह से उसका पोषक मूल्य प्रभावित हो रहा हो।
3. यदि कोई घटिया या सस्ता पदार्थ कुछ या पूर्ण रूप से उस पदार्थ में मिलाया गया हो, जिसकी वजह से पदार्थ के गुण एवं पोषक तत्व पर बुरा असर पड़ता है।
4. खाद्य् पदार्थ के किसी हिस्से में से अथवा पूर्ण भाग से पोषक पदार्थ निकाल लिए गए हों। जिसकी वजह से उस पदार्थ के पोषक मूल्य में परिर्वतन हो जाता है।
5. वैसा खाद्य् पदार्थ जो गंदी जगहों में या वातावरण में पैक किया गया हो या रखा गया हो, जिससे स्वास्थ्य पर बुरा प्रभाव पड़े।
6. खाद्य् पदार्थों को रंगीन बनाने के लिए मिलाया जाने वाला पदार्थ निर्धारित मात्रा से अधिक डाला गया हो।
7. यदि उस पदार्थ में निषेधित या अनियमित पदार्थ निर्धारित मात्रा से अधिक होने पर ।
8. यदि उस खाद्य् पदार्थ का गुण या असलियत उसके निर्धारित मात्रा से नीचे गिर जाता हो अथवा उसके अवयवी तत्वों की मात्रा निर्धारित माप से अधिक हो।
9. वह खाद्य् पदार्थ जो किसी जहरीले पदार्थ अथवा घटिया पदार्थ में मिलाया गया हो, जो स्वास्थ्य के लिए घातक हो।
10. खाद्य् पदार्थ के लेबल पर किसी गलत स्थान अथवा देश का नाम अंकित हो।
11. बेचे जाने वाले खाद्य् पदार्थ के लेबल अथवा पैकेट पर किसी तरह का गलत दावा अंकित हो अर्थात बढ़ा कर बाते लिख दी गयीं हों।
12. अगर इसे किसी अन्य खाद्य् पदार्थ के नाम पर बेचा जाता हो।

13. यदि उस पदार्थ में बनावटी सुगन्ध युक्त स्वाद अथवा कोई रासायनिक सुरक्षा पदार्थ बिना किसी अंकित लेबल के बेचा जा रहा हो।

14. अगर खाद्य् पदार्थ का लेबल इस अधिनियम के अनुसार न हो।

15. बेचे जाने वाले खाद्य् पदार्थ पर गलत सूचना दी गयी हो।

(2) FPO

इसका पूरा नाम है - Fruit Products Order Standard। सन् 1946 में भारत सरकार ने सबसे पहले फल उत्पाद आदेश के बारे में जनता को जानकारी दी। इसके बाद सन् 1955 में इसे आवश्यक वस्तु अधिनियम के तहत लागू किया गया। तदोपरान्त सन् 1961 में इस अधिनियम में कई सुधार करके पुनः लागू किया गया। इसके अनुसार, व्यक्ति या संस्थान फल एवं सब्जी सम्बन्धी भोज्य पदार्थ तैयार करना चहता है, तो उसे लायसेन्स लेना पड़ेगा। साथ ही तैयार मानक फल उत्पाद आदेश के अनुरूप होना चाहिए। यह उत्पाद तैयार करने हेतु मानक तैयार करता है। जैसे भोजन की गुणवत्ता, स्वच्छता, सफाई, पैकिंग, लेबल लगाना आदि।

भारत में भोज्य पदार्थ की गुणवत्ता को बनाए रखने के लिए एगमार्क एवं भारतीय मानक संस्थान द्वारा बनाए गए मानक भी प्रयोग में लाए जा रहे हैं।

(3) एगमार्क (Agmark)

सन् 1937 की सरकार ने कृषि उत्पादों के लिए ग्रेडिंग एवं बाजार अधिनियम (Grading & Marketing of Agricultural Product Act) बनाया। जिसके तहत सभी भोज्य पदार्थों की गुणवत्ता एवं पौष्टिकता को बनाए रखने के लिए एक निश्चित मानक तैयार किए गए। ये मानक इस बात की गारंटी देते हैं कि इस चिन्ह वाले उत्पाद स्वास्थ्य के लिए हानिकारक नहीं हैं। कह सकते हैं कि एगमार्क का अर्थ है कि "भोज्य या खाद्य् पदार्थ आपेक्षिक गुणवत्ता की है।" यानिकि इस खाद्य् वस्तु को खाने पीने से शरीर पर कोई

हानिकारक प्रभाव नहीं पड़ेगा। इसकी विशेषताएँ निम्न हैं –

1. यह चिन्ह मुख्यत: भैतिक एवं रासायनिक तथा पौष्टिकता के आधार पर दिया जाता है।
2. वस्तु के गुणों के साथ नाप तोल करके भी अश्वस्त हो जाने के बाद ही यह चिन्ह दिया जाता है।
3. सभी कृषि उत्पादों पर दिया जाता है।
4. इसके प्रयोग से उपभोक्ता के स्वास्थ्य को किसी तरह का कोई नुकसान नहीं होगा।
5. यह चिन्ह भोज्य पदार्थों सम्बन्धी व्यापार को बढ़ाने के लिए उत्तम एवं लाभदायी है।

(4) भारतीय मानक संस्थान प्रमाण चिन्ह योजना

इसे संक्षिप्त में ISI के नाम से जाना जाता है। सन् 1952 में इसकी शुरूआत की गयी थी। इसके बाद सन् 1961 में इसमें कई आवश्यक सुधार किए गए। ISI चिन्ह उन भोज्य पदार्थों को दिया जाता है जिनकी गुणवत्ता प्रमाणित हो चुकी होती है। इसके द्वारा केवल उन्हीं उत्पादों को लाइसेन्स दिया जाता है जिनका उत्पाद इनके द्वारा निर्धारित मानकों के अनुसार होता है। यह चिन्ह उच्च गुणवत्ता वाले भोज्य पदार्थों की गारण्टी देता है। इस संस्थान के अधिकारी वस्तुओं की गुणवत्ता का निरीक्षण वस्तु के उत्पादन के समय करते है।

18

खाद्य् संयोज्य (Food Additives)

➢ संयोज्य की उपयागिता (Uses of Additives)

> ➢ **खाद्य् संयोज्य की उपयोगिता**
>
> ➢ **खाद्य् संयोज्य के प्रकार**
>
> - **प्रतिऑक्सीकारक (Antioxidant)**
> - **पृथककारी पदार्थ (Chelating Agents)**
> - **रंग प्रदान करने वाले तत्व (Colouring Agents)**
> - **परिक्षण हेतु प्रयुक्त पदार्थ**
> - **इमल्सीफायर (Emulsifiers)**
> - **सुगन्धकारी पदार्थ**
> - **ब्लीचिंग बनाने बाले एजेन्ट**

1. भोज्य पदार्थो को सड़ने से बचाने के लिए प्रयोग किए जाते हैं अर्थात भोज्य पदार्थों को संरक्षित रखने के काम आते है।

2. भोज्य पदार्थो के पोषणीय गुणों को बनाए रखने के लिए अथवा उनके गुणों को बढ़ाने के लिए संयोज्य पदार्थो का उपयोग किया जाता है। जैसे – नमक में पोटेशियम आयोडाइड, ब्रेड में बी कॉम्प्लेक्स विटमिन तथा दूध में विटामिन डी।

3. भोजन को पकाते समय यानिकि भोज्य पदार्थों को मनचाहा रूप देने के लिए विभिन्न प्रकार के संयोज्य पदार्थो को प्रयोग में लाया जाता है।

4. वसा युक्त भोज्य पदार्थो में वसा के सड़ान्ध के कारण एक विशेष प्रकार की दुर्गन्ध आने लगती है। इसे भी Anti – Oxidant Additive से रोका जाता है।
5. भोज्य पदार्थो की प्रोसेसिंग के लिए कुछ संयोज्य जैसे अम्ल, क्षार व कर आदि की आवश्यकता है।
6. भोज्य पदार्थों को नया रंग या स्वाद देने के लिए भी संयोज्य पदार्थो को मिलाया जाता है।

संयोज्य पदार्थों के प्रकार

(1) प्रतिऑक्सीकारक (Antioxidant)

ये वे पदार्थ हैं जो तेल या वसा या वसा से बने पदार्थों में आक्सीकारण को रोकते हैं यानिकि वसा तथा तेल को खराब होने से बचाने के लिए मिलाए जाते हैं। कुछ फिनॉलिक पदार्थ जैसे – ब्यूटीलेटेड हाइड्रॉक्सी एनीसॉल, प्रोपाइलगैलेट, ब्यूटीलेटड हाइड्रॉक्सी टौलिन तथा टरसरी ब्यूटाइल हाइड्रोक्वीनोन का उपयोग प्रतिऑक्सीकारक पदार्थ के रूप में विभिन्न पदार्थों में मिलाया जाता है। जैसे – बिस्कुट, कुक्कीज, चिप्स आदि में किया जाता है।

अच्छा प्रतिऑक्सीकारक उसे माना जाता है जो कम मात्रा में डालने पर भी ऑक्सीकरण को रोक सके तथा जिसके डालने से उस भोज्य पदार्थ में किसी तरह का आपत्तिजनक रंग, स्वाद या गंध उत्पन्न न हो जाए।

प्रति ऑक्सीकारक पदार्थ यदि 0.01 – 0.02 % तक भी भोज्य पदार्थों में मिलाए जाते हैं, तो भी इनका पर्याप्त प्रभाव पड़ता है। कटे हुए फलों व सब्जियों में ऑक्सीकरण के कारण ब्राउनिंग की क्रिया देखी जाती है। जिससे फलों या सब्जियों के रंग गहरा भूरा काला हो जाता है।

उदाहरण – एस्कोर्बिक अम्ल का प्रयोग फलों व सब्जियों में ब्राउनिंग को रोकने के लिए प्रतिऑक्सीकारक पदार्थ के रूप में किया जाता है।

(2) पृथककारी पदार्थ (Chelating Agents)

ये वे पदार्थ होते हैं जो कि धातुओं के साथ क्रिया कर जटिल यौगिक

बना लेते हैं। कुछ भोज्य पदार्थो में जब धातु के मुक्त कण उपस्थित रहते हैं तो वे भोज्य पदार्थो को बदरंग बना देते हैं यानिकि उनका ऑक्सीकरण कर दुर्गन्ध उपस्थित कर देते हैं। परन्तु इन भोज्य पदार्थो में पृथककारी पदार्थो के डाल देने से उपरोक्त अवॉछनीय परिर्वतन नहीं आ पाते हैं। जैसे साइट्रिक अम्ल, इथलिन डायएमीन टेट्राएसिटिक अम्ल के लवण फॉस्फेट सर्वाधिक उपयोग में लाए जाने वाले पृथककारी पदार्थ हैं।

(3) रंग प्रदान करने वाले तत्व (Colouring Agents)

भोज्य पदार्थ को आकर्षक बनाने के लिए उनमें रंग मिलाया जा सकता है। कई बार लम्बे समय तक संग्रहित करने पर या खाद्य् पदार्थो की प्रोसेसिंग करने पर उनका प्राकृतिक रंग हल्का पड़ जाता है। आज कल फूल, बीजों से तैयार किए गए बहुत से संयोज्य पदार्थ भोज्य पदार्थो में मिलाए जा रहे हैं। जैसे – पीले से लाल रंग बनाने के लिए Bixin वर्णक का प्रयोग किया जाता है। भारतीय जनमानस में सुप्रचलित केसर का प्रयोग पीले रंग के साथ साथ अच्छी गंध के लिए किया जाता है।

(4) परिक्षण हेतु प्रयुक्त पदार्थ (Preservation)

इन पदार्थो को सूक्ष्म जीवाणुओं, फफूँदी, कीटाणुओं आदि की वृद्धि को रोकने के लिए मिलाया जाता है। इस प्रकार ये भोज्य पदार्थ को संरक्षित रखने का कार्य करते हैं। कुछ परिरक्षण पदार्थ इस प्रकार हैं –

(अ) नमक

यह सूक्ष्म जीवाणुओं की वृद्धि को रोकने का कार्य करता है यानिकि नमक की सान्द्रता से जीवाणुओं की क्रियाशीलता नष्ट हो जाती है। गाँवों में रखे जाने वाले विभिन्न प्रकार के अचारों में नमक व तेल डाल कर अधिक दिनों तक सुरक्षित रखते हैं। अर्थात भोज्य पदार्थो को जितने अधिक तेल में डुबो कर रखा जाता है वह अधिक समय तक सुरक्षित रहता है।

(ब) शक्कर

सभी ने देखा होगा कि बाजारो में बिकने वाली जैम, जैली, मर्मलेड,

मुरब्बे, किसमिस आदि को शक्कर में डुबो कर ही रखा जाता है क्योंकि शक्कर का उच्च रसाकर्षण दबाव (Osmotic pressure) ऐसी स्थितियाँ उत्पन्न कर देता है, जिससे सूक्ष्म जीवाणु, फफूँदी आदि की वृद्धि नहीं हो पाती है। इसी लिए फलों को संरक्षित करने के लिए चीनी की गाढ़ी चासनी बनाकर उसमें फलों को पकाया जाता है।

(स) सल्फर डाईऑक्साइड़ (SO_2)

यह फलों, सब्जियों को सुरक्षित रखने के काम में लाया जाता है। इसके प्रयोग से विटामिन $बी_1$ नष्ट हो जाता है।

(द) नाइट्रेट

यह मीट व मछली को सुरक्षित रखने के काम में लाया जाता है यानिकि यह मीट व मछली को सड़ने से बचाता है। अर्थात इन पर सूक्ष्मजीवों की वृद्धि रुक जाती है। इससे इनका रंग व गंध भी नहीं बदलता है।

(य) रासायनिक पदार्थों द्वारा

रासायनिक विधि से भोज्य पदार्थों के संरक्षण की प्रक्रिया में विभिन्न पदार्थों को मिलाकर कीटाणुओं, जीवाणुओं आदि की वृद्धि को रोका जाता है। इन पदार्थो का उपयोग मूल रूप से पनीर, केक, फलों के रस, बाइन, अचार आदि को सुरक्षित रखने के लिए किया जाता है। यानिकि ये पदार्थ या अम्ल के भोज्य पदार्थों पर सूक्ष्म जीवाणुओं की वृद्धि को रोक देते हैं। जैसे - पोटेशियम मेटाबाई सल्फाइड सोडियम मेटा बाईसल्फाइड, बैन्जोइक अम्ल, सोडियम बैन्जोइट, सिरका, ग्लेशल एसीटेट एवं साइट्रिक अम्ल आदि रसायनों का थोड़ी ही मात्रा में प्रयोग से अचार, शर्बत, सॉस आदि को सुरक्षित रखा जाता है। अधिक मात्रा में प्रयोग करने से ये रसायन भोज्य पदार्थों पर हानि कारक प्रभाव डालते हैं। जैसे - अचार, चटनी, ब्रेड़, सॉस आदि में सोडियम बेंजोइट की उचित मात्रा सुरक्षित रखने का कार्य करता है।

(5) इमल्सीफायर (Emulsifiers)

इन्हें सरफेस एक्टिंग कारक भी कहा जाता है। इनका कार्य उन दो तरह

के तरल पदार्थों को आपस में मिलाना है जो कि वैसे नहीं मिल पाते। ये गैस को तरल में तथा गैस को ठोस पदार्थों को मिलाने का कार्य करते हैं। प्रकृतिक रूप से उपलब्ध इमल्सिफायर में लेसीथिन प्रमुख हैं, जो कि दूध, अण्डे, सोयाबीन में पाया जाता है। मोनोग्लिसराइड़ व डाइग्लिसराइड भी अच्छे एमल्सीफायर माने जाते हैं।

(6) सुगन्धकारी पदार्थ

ये प्राकृतिक एवं कृत्रिम दोनों ही प्रकार के होते हैं। ये संयोज्य पदार्थो का सबसे बड़ा समूह होता है। कृत्रिम रसायन मोनोसोडियम ग्लूटामेट एक प्रमुख सुगन्ध बढ़ाने वाला पदार्थ है, जो 10000 से भी ज्यादा भोज्य पदार्थो में डाला जाता है। विभिन्न भोज्य पदार्थों में मिलाए जाने वाले रसायनो की सूची नीचे की तालिका में प्रदर्शित है –

तालिका

➢	भोज्य पदार्थ	मिलाए जाने वाले सुगन्धित पदार्थ
1	सेब	एमाइल बैलरेट, एमाइल ब्यूरेट
2	अनानास	इथाइल आइसो बैलरेट, इथाइल ब्यूरेट
3	शहद	इमाइल बैलरेट
4	अंगूर	मिथाइल एन्थ्रानिलेट
5	केला	एमाइल एसिटेट, एसिटेल्डिहाइड
6	चेरी	बैन्जेल्डिहाइड, टोलेल्डिहाइड
7	मक्खन	डाइएसिटिल, ब्यूटारिक अम्ल

(7) ब्लीचिंग बनाने वाले एजेन्ट

ये आटे का विरंजक तथा परिपक्वीकरण दोनों ही कार्य सम्पन्न करते हैं। इससे आटे के रंग में भी सुधार आता है। उसकी बेकिंग क्वालिटी भी बेहतर हो जाती है। इनके उदाहरण है – क्लोरीनडाइऑक्साइड(ClO_2), नाइट्रोसिलक्लोराइड ($NOCl$), कैल्सियम परऑक्साइड (CaO_2), बेन्जोइल

परऑक्साइड एवं पोटेशियम ब्रोमाइड ($KBrO_3$) आदि।

(8) पोषक पूरक पदार्थ

इनका उपयोग भोज्य पदार्थों को अधिक पोषण युक्त बनाने में किया जाता है। संग्रह, प्रोसेसिंग आदि के समय नष्ट हुए पोषक तत्वों की क्षति या कमी हो जाने पर पूर्ति करते हैं। जैसे – अनाजों का P.E.R. (Protein Efficiency Ratio) लाइसिन एवं थ्रियोनिन अमीनों अम्लों को मिलाकर बढ़ाया जाता है। इसी प्रकार दालों एवं फलियों में मिथियोनिन से उनका P.E.R 50 - 100 % तक बढ़ाया जा सकता है। यदि जब गाय के दूध में मिथियोनिन मिला दिया जाता है तब गाय का दूध मानव के दूध के समान हो जाता है। बेबीफूड में विटामिन ए, ई, सी, बी$_6$ तथा लौह लवण और नमक में पौटेशियम आयोडाइड मिलाया जाता है।

चावल पर थायमिन, नियासिन व लोहा के घोल की एक परत चढ़ाई जाती है तदोपरान्त दूसरी पर्त। क्योंकि दूसरी पर्त पहली पर्त को पानी के सम्पर्क से बचाए रखती है। वसा एवं वसा युक्त पदार्थों में हाइड्रोजनेटिड वसा यानिकि विटामिन ए व डी मिलाया जाता है। जैसे – वनस्पति घी के एक लीटर के पैक में 22400 I.U विटामिन मिलाया जाता है। मार्गरिन का उपयोग मक्खन के स्थान किया जाता है क्योंकि इसे विटामिन ए व डी से परिपूर्ण बनाया जाता है।

(9) एण्टीकेकिंग एजेन्ट

वातावरण की नमी से कुछ भोज्य पदार्थों में गीलापन आ जाता है, इन्हें ठीक बनाए रखने के लिए जो पदार्थ प्रयोग किए जाते हैं। उन्हें एन्टीकेकिंग एजेन्ट कहा जाता है। जैसे – कैल्सियम सिलिकेट, सोडियम सिलिकोएल्युमिनेट, ट्राईकैल्सियम फॉस्फेट, मैगनीशियम सिलिकेट तथा मैगनीशियम कार्बोनेट आदि एण्टीकेकिंग पदार्थ हैं।

(10) मीठे पदार्थ

ऐसे भोज्य पदार्थों को जिसमें कार्बोहाइड्रेट्स अथवा शर्करा की अधिकता

होती है, उनके उचित प्रयोग के लिए थाइमिन एवं नियासिन की को - एन्जाइमों के रूप में जरूरत पड़ती है। अत: ऐसे भोज्य पदार्थों को इन विटामिनों से दृढ़ कर अधिक ऊर्जा की जाती है। भोज्य पदार्थों के स्वाद को मीठा करने के लिए सेक्रीन, साइक्लामेट आदि का प्रयोग किया जाता है।

(11) कीट नाशक रसायन (Insecticides & Pesticides)

यदि भोज्य पदार्थों को अच्छ तरह सुरक्षित नहीं रख सकने पर उनमें घुन, कीड़े, मकोड़े, फफूँदी लग जाने से खराब हो जाते हैं। साथ ही ये कीड़े अपने उत्सर्जी पदार्थों को भोजन में छोड़ जाते हैं जोकि व्यक्ति के स्वास्थ पर बुरा प्रभाव डालते हैं। अत: इन सब हानियों से बचने के लिए कुछ न कुछ कीटनाशक दवाइयों व रसायनों का प्रयोग किया जाता रहा है। जैसे - Pyrathrum, Melathion तथा Benzene Hexa Chlorid (BHC) आदि दवाइयों का प्रयोग अनाज व दालों को सुरक्षित रखने में किया जाता है।

कीटनाशक रासायनिक पदार्थों का थोड़ी मात्रा में प्रयोग करना ज्यदा महत्वपूर्ण साबित होता है। वे रासायनिक पदार्थ गैस के रूप में बदल कर बर्तन या कमरे के अन्दर फैलकर अनाज, भोज्य पदार्थों आदि को सुरक्षित रखते है। इथायलिन डाई ब्रोमाइड, कार्बन टेट्रा क्लोराइड मिश्रण तथा मैलाथियॉन आदि रसायनों का प्रयोग किया जा सकता है।

19

भोजन और स्वास्थ्य (Food and Health)

प्राचीन काल में मानव का पर्यावरण से सम्बन्ध परस्पर सहयोग एवं साहचर्य पर आधारित था किन्तु आज मानव प्रगति के नाम पर पर्यावरण की उपेक्षा कर रहा है अर्थात् मानव ने जो भी कार्य किए हैं वे पर्यावरण के विरूद्ध ही हैं क्योंकि मानव अपनी प्रत्येक आवश्यकता के लिए पर्यावरण पर ही निर्भर है। अफसोस है कि विकास के नाम पर हो रही इस अन्धी दौड़ में पर्यावरण संरक्षण को महत्व देना जरूरी नहीं समझा जा रहा है। जिसका परिणाम है– ओजोन क्षरण, हरितगृह प्रभाव, अम्ल वर्षा, ग्लोबल वार्मिंग, संकटग्रस्त जैव विविधता एवं विभिन्न रोगों का उत्पन्न होना।

पर्यावरण में विषैली धातुओं की मात्रा में अप्रत्याशित वृद्धि हो रही है जिनका घनत्व 5 ग्राम प्रति घन सेन्टीमीटर से अधिक है, जैसे आर्सेनिक, कैडमियम, कॉपर, सीसा, पारा, सेलेनियम, मैगनीज इत्यादि। ये भारी धातुएं मानवीय क्रियाकलापों से जल, वायु व मिट्‌टी के द्वारा पर्यावरण में घुलते रहते हैं जो प्रकृति में स्वत: जल्दी विघटित नहीं हो पाते। विगत् वर्षों में विभिन्न उद्योगों एवं वाहनों व उर्वरक तथा फसल संरक्षण हेतु कीटनाशियों का अधिक मात्रा में प्रयोग होने से भारी धातुओं के स्रोत उभर कर आए हैं।

अपशिष्ट पदार्थों में उपस्थित विषैली भारी धातुएँ व अन्य कार्बनिक

रसायनों की मात्रा कृषि उत्पादों तथा पेयजल में संचयित होकर जन स्वास्थ्य के लिए समस्या खड़ी करने लगे हैं क्योंकि पर्यावरण में स्वीकार्य सीमा से अधिक भारी धातुओं के विषैलेपन के कारण मानव स्वास्थ्य पर प्रभाव पड़ने से विभिन्न घातक रोग उत्पन्न होने लगते हैं। विडम्बना है कि पर्यावरण की सुरक्षा की ओर मनुष्य अब भी इसलिए सचेत नहीं हो रहा है कि इसे प्रकृति से प्यार है बल्कि बहुत हद तक इसलिए कि प्रत्यक्ष अथवा परोक्ष रूप से वह अपनी सुख सुविधा, स्वास्थ्य औार कल्याण की रक्षा तथा बीमारियों और रोगों से अपने को बचाने के लिए चिंतित हैं। जिस वायु में मानव साँस लेता है, जो भोजन ग्रहण करता है, पानी पीता है, कार्य करने की जो परिस्थितियाँ है यहाँ तक कि तेज अथवा मधुर ध्वनि भी मानव स्वास्थ्य के लिए खतरा पैदा कर रही है।

रसायन युक्त भोजन और संक्रमित जल द्वारा उत्पन्न समस्याओं पर किए गए अनुसंधानों ने यह सिद्ध कर दिया है कि भौतिक पर्यावरण (जल, वायु, ध्वनि, भूमि आदि) एवं मानव द्वारा निर्मित सामाजिक पर्यावरण (परम्पराएँ, खान-पान, रहन-सहन, आदि) का सम्बन्ध उन प्रदूषकों से है जो पर्यावरण में फेंक दिए जाते हैं। प्रकृति व पर्यावरण, पोषण, स्वास्थ, विकार एवं रूग्णता को न सिर्फ विभिन्न जैविक एवं पर्यावरण सम्बन्धी कारक प्रभावित करते हैं बल्कि तमाम् सामाजिक, सांस्कृतिक मूल्य, कृत व व्यवहार भी प्रभावित करते हैं। सामाजिक पर्यावरण के कारण उत्पन्न स्वास्थ्य की समस्याओं पर यहाँ चर्चा की जा रही है –

स्वास्थ्य (Health)

पर्यावरण सम्बन्धी स्वास्थ्य की परिभाषा देने से पहले स्वस्थ्य की परिभाशा पर विचार करना उचित रहेगा। स्वास्थ्य प्राकृतिक उपादान है, जिसमें वयक्ति शारीरिक, मानसिक व पर्यावरण सम्बन्धी प्राकृतिक नियमों के अनुसार अपना जीवनयापन करता है यानिकि स्वास्थ्य जीवन का वह गुण है, जो व्यक्ति को अधिक समय तक जीवित रहने व सर्वोत्तम प्रकार से सेवा करने के योग्य बनता है। आमतौर पर कोई रोग या पीड़ा शरीर में न होना और जीवन

लम्बा होना ही अच्छा स्वास्थ्य माना जाता है। निःसंदेह बीमार न होना भी स्वास्थ्य का एक पहलू है, किन्तु इसमें जीवन की गुणवत्ता तथा सुख सुविधा की प्राप्ति भी शामिल है, जो केवल अच्छे स्वास्थ्य द्वारा ही प्राप्त हो सकती है। स्वास्थ्य भी जीवन का एक गुण है जिसे एक सूत्र में बाँधना अत्यन्त कठिन है। स्वास्थ्य सम्बन्धी कुछ परिभाषाएँ इस प्रकार हैं –

1. ऑक्सफोर्ड शब्दकोषानुसार – स्वास्थ्य वह शारीरिक, मानसिक स्थिति है जिसमें व्यक्ति अपने कार्य समुचित रूप से सम्पादित करने में सक्षम होता है और उसमें रोग, अपंगता नहीं होतीं है।

2. Encyclopaedia of Health – यह वह स्थिति है, जिसमें मनुष्य अपनी समस्त दैनिक क्रियाओं के साथ बौद्धिक क्रियाओं को संचालित करता है।

3. विश्व स्वास्थ्य संगठनानुसार – बीमारी, अपंगता न होना ही स्वास्थ्य नहीं है बल्कि यह शारीरिक, मानसिक, भावनात्मक, आर्थिक सामाजिक रूप से सामान्य होने की स्थिति है, जिसमें व्यक्ति स्वयं पारिवारिक, सामाजिक दायित्वों का निर्वाह कर सामाजिक, आर्थिक रूप से उपयोगी, सार्थक जीवन व्यतीत कर अपना योगदान दे सकता है। ऐसे व्यक्ति को पूर्ण रूप से स्वस्थ माना जा सकता है।

4. बेवस्टर के अनुसार – शरीर, मन आत्मा का सामान्य होना, बीमारी, दर्द का कोई आभास न होने पर व्यक्ति को स्वस्थ कहा जा सकता है।

5. जे. एफ. विलियन के अनुसार – स्वस्थ जीवन का वह गुण जो व्यक्ति को अधिक सुखी ढ़ंग से जीवित रहने तथा सर्वोच्च रूप से सेवा करने के योग्य बनाता है।

6. चिकित्सा शास्त्र के अनुसार – रोग ग्रस्त न होने पर मनुष्य को स्वस्थ समझा जा सकता है।

7. मनोवैज्ञानिकों के अनुसार – व्यक्ति सामाजिक, मानसिक, आर्थिक, राजनैतिक परिस्थितियों के अनुसार सामान्य रूप से कार्य करता है तो वह स्वस्थ कहा जा सकता है।

विभिन्न विद्वानों की परिभाषा के आधार पर यह कहा जा सकता है कि स्वास्थ्य का अर्थ सिर्फ बीमारी अपंगता न होना ही नहीं बल्कि इसके अनेक

आयाम हैं, जैसे कि शारीरिक, मानसिक, भावनात्मक, आध्यात्मिक, सामाजिक इत्यादि में घनिष्ट सम्बन्ध हैं और ये एक दूसरे से प्रभावित भी होते हैं यानिकि स्वास्थ्य मानव एवं अन्य प्राणी की वह स्थिति है जिसमें शरीर और मन सामान्यत: कार्य करते हैं। वास्तव में स्वस्थ मानव वह है जिसका शारीरिक एवं मानसिक स्वास्थ अच्छा है।

पर्यावरण एवं मानव तथा समस्त जीवों की अन्त: क्रिया के संतुलन पर मानव स्वास्थ्य आधारित है। संतुलन में गड़बड़ी से अस्वस्थता दृष्टिगोचर होती है। मानव का सामाजिक रहन सहन, व्यवहार, खानपान, वेशभूषा आदि स्वास्थ्य को प्रभावित करते हैं। स्वास्थ्य को स्वच्छता, प्रदूषण, व्यक्तिगत आदतें एवं आचार विचार इत्यादि भी प्रभावित करते हैं।

भोजन और स्वास्थ्य (Food and Health)

भोजन और अनेक दीर्घकालीन रोगों का सीधा सम्बन्ध है। पर्याप्त मात्रा में सन्तुलित भोजन, स्वस्थ सक्रिय रहने के लिए आवश्यक है। भोजन की, रोगों के बचाव एवं उपचार में महत्वपूर्ण भूमिका होती है, परन्तु असन्तुलित व गलत भोजन अनेक बीमारियों को जन्म देता है यानि कि जीवन में अधिकतर बीमारियाँ कम खाने से नहीं बल्कि संक्रमित तथा दूषित भोजन खाने से हाती हैं।

भोजन क्या है ? भोजन (Food) वह खाद्य पदार्थ है, जिसके खाने से शरीर को ऊर्जा प्राप्त होती है तथा शरीर का विकास होता है। इस परिभाषा का यह अर्थ कतई नहीं है कि व्यक्ति जो ग्रहण करता है वह भोजन है। यथा शराब, तम्बाकू, चाय, कॉफी, पान, जंकफूड भोजन नहीं हो सकता क्योंकि इनमें पोषणीय तत्व नहीं होते हैं। अत: भोजन के अन्तर्गत् उन्हीं तत्वों को रखा जा सकता है, जिन्हें ग्रहण करने से प्राणी का शरीर जीवित रह सके, विकसित, परिपक्व तथा व्यवस्थित हो सके। इस परिभाषा को भी सही नहीं कहा जा सकता है क्योंकि विभिन्न दवाइयों एवं जंकफूड को भोजन के अन्तर्गत् नहीं रख सकते हैं। भोजन न सिर्फ शरीर को जीवित रखने में सहायक भूमिका का निर्वाह करता है, वरन् शरीर की प्रतिरोधात्मक शक्ति को बढ़ाने में महत्वपूर्ण योगदान देता है। भोजन में वे सभी तत्व होते हैं जिनसे शरीर की क्षमता में वृद्धि

होती है तथा शरीर को ऊर्जा मिलती है जिससे प्राणी अपने कार्यों को करता रहता है।

भोजन के संक्रमण का कारण सूक्ष्मजीवी, रोगाणु, आविष, कृमि तथा रसायन हो सकता है। भोजन को सुरक्षित रखने के लिए जानबूझ कर मिलाए जाते हैं। इन रसायनों से भोजन सुरक्षित हो जाने के साथ स्वाद, गंध और बनावट में अच्छा लगता है। ये रसायन स्वयं भोजन में प्राकृतिक रूप में नहीं होते हैं। इनसे खाद्य पदार्थ खराब नहीं हो पाते हैं।

रसायन युक्त खाद्य पदार्थों में Food additive का प्रयोग तथा प्रचलन महानगरों तथा ग्रामीणों में भौतिक सुखों के संसाधनों के रूप में बढ़ता जा रहा है। वे सभी रसायनों को Food additive कहा जाता है जो भोजन को स्वाद, सुगन्ध तथा सुरक्षा प्रदान करते हैं। जैसे – बेनिलीन रसायन का प्रयोग कस्टर्ड केक आदि को सुगन्धित करने में किया जाता है जबकि शरबत और अचार के रक्षक के रूप में पौटेशियम या सोडियम मेटाबाईसल्फाइड का प्रयोग किया जाता है। इन पदार्थों से भोजन डिब्बों में सुरक्षित बना रहता है।

खाद्य पदार्थों में रसायनों के अनियन्त्रित तथा अव्यवस्थित प्रयोग से उपभोक्ताओं में स्वास्थ्य संकट पैदा कर रहा है। ऐसे खाद्य पदार्थों को बड़ी सतर्कता से प्रयोग करना चाहिए ।

उदाहरण – 1 : तरह–तरह के डिब्बा बन्द व बोतल तथा पैकेट बन्द भोज्य पदार्थों की बाजार में भरमार है, साथ ही फास्ट फूड जैसे – बर्गर, केक, पेस्ट्री, ठण्डा पेय, पेस्टीज इत्यादि के सेवन का शौक बढ़ता जा रहा है। फास्ट फूड को कूड़ा भोजन भी कहा जाता है क्योंकि इन भोज्य पदार्थों में वसा, नमक, चीनी अत्यधिक मात्रा में होती है जबकि प्रोटीन, रेशा, एन्टी–ऑक्सीडेन्ट, खनिज लवण तथा विटामिनों की कमी होती है। अतः यह भोजन का स्थान नहीं ले सकता है।

उदाहरण – 2 : दक्षिणी इंग्लैड स्थित साउथेम्पटन यूनिवर्सिटी के शोधकर्ताओं के द्वारा किए गए एक नये अध्ययन से पता लगा है कि खाद्य पदार्थों में इस्तेमाल होने वाले रंग और सामान्य रूप से इस्तेमाल होने वाले प्रिजर्वेटिव जैसे कि सोडियम बैन्जोएट बच्चों में अति सक्रियता (हाइपर एक्टीविटी)

को बढ़ाते हैं। अतः खाद्य पदार्थों के इन योजकों का बच्चों की सक्रियता से गहरा सम्बन्ध है। इसलिए जरूरी हो जाता है कि अपने बच्चों के आहार की जाँच करते रहें, जिससे उनके व्यवहार को संयमित रखने में मदद हो सकती है।

खाद्य पदार्थों में अपमिश्रण (Food Adulteration)

खाद्य अपमिश्रण निवारण कानून और औषधि एवं सौन्दर्य प्रसाधन अधिनियम में डिब्बाबन्द, तैयार खाद्य और दवाओं आदि के लेबल पर, उसमें इस्तेमाल पदार्थों का नाम स्पष्ट उल्लेख अनिवार्य किया गया है। खाद्य पदार्थ और दवा बनाने वाली अनेक कम्पनियाँ इन नियमों की अनदेखी करती हैं या कुछ तत्वों को तो जानबूझ कर छिपा लेती हैं। जैसे – दन्त मंजन, टॉफी, चॉकलेट, केक, आइसक्रीम, बिस्किट, जैली वगैरह व सौन्दर्य प्रसाधन में पशु चर्बी और अण्डे का धड़ल्ले से इस्तेमाल हो रहा है। बिस्किट और केक बनाने में खमीर का उपयोग महँगा होने के कारण इनके ज्यादातर उत्पादक में अण्डे का इस्तेमाल करते हैं। जेली और दन्त मन्जन में कभी-कभी पशु चर्बी का उपयोग होता है। मगर उपभोक्ता को इसके बारे में नहीं बताया जाता है। बल्कि कई बार अण्डे को शाकाहार कह कर प्रचारित किया जाता है। अण्डे वाले पदार्थों पर धड़ल्ले से शाकाहार का हरा लेबल चिपका दिया जाता है, जैसे डबलरोटी या बिस्कुट पर। जहाँ खान-पान संवेदनशील मसला हो, वहाँ उपभोक्ता को भ्रमित कर या तथ्यों को छिपाकर भावनाओं के साथ खिलवाड़ करना अनैतिक आचरण है और असामाजिक भी।

नैतिक मूल्यों तथा वस्तु गुणवत्ता से परे वर्तमान भारतीय बाजार व्यवस्था में विशाक्त खाद्य पदार्थों की बिक्री जोरों पर है। गर्मी और बरसात या सर्दी के मौसम में मिलावटी चीजें खाने से लोग बीमार पड़ रहे हैं।

उदाहरण – 1 : तेल माफिया मिलावटी खाद्य तेलों को दूसरे नाम से तेल पीपों में सील बन्द कर बेच रहे हैं। सिर्फ तेल ही नहीं, दाल, मसाले, आइसक्रीम, चॉकलेट और दूसरे खाद्य पदार्थों में भी मिलावट हो रही है। खाने पीने की चीजों में मिलावट से लोग भयंकर बीमारियों के शिकार हो

जाते हैं, यहाँ तक कि लोगों की मौत भी हो जाती है। वजह यह है कि नकली को असली बताने के लिये खाद्य पदार्थों में कुछ ऐसे रसायन मिलाए जाते हैं जो स्वास्थ्य के लिए बेहद खतरनाक होते हैं।

उदाहरण – 2 : बच्चों की विशेष प्रिय वस्तु चॉकलेट में निकल धातु, फिनाइल, इथाइलएमीन, पायोक्रोमीन इत्यादि घातक पदार्थ पाए जाते हैं, जिनसे बच्चों के तन्त्रिका तन्त्र पर रसायनों का प्रतिकूल प्रभाव पड़ता है जो बच्चे नियमित चॉकलेट का सेवन करते हैं, उनमें मधुमेह, उच्च रक्तचाप, दमा, लीवर की खराबी जैसे प्राण घातक रोग होने की आशंका उत्पन्न हो जाती है।

उपभोक्ताओं के लिए शुद्ध खाद्य् पदार्थो की आपूर्ति सुनिश्चित करना स्वास्थ एवं परिवर कल्यण मंत्रालय की जिम्मेदारी है। इसको ध्यान में रखते हुए सन् 1954 में खाद्य् अपमिश्रण रोकथाम अधिनियम बनाया गया। इसका उद्देश्य यह सुनिश्चित करना है कि उपभोक्ताओं को शुद्ध खाद्य् पदार्थ मिलें और उनके साथ किसी भी तरह की धोखाधड़ी न हो। इस अधिनियम की विषयवस्तु संविधान की समवर्ती सूची में शामिल है लेकिन इस कानून का क्रियान्वयन राज्यों और केन्द्रशासित प्रदेशों द्वारा किया जाता है। केन्द्र सरकार मुख्य रूप से सलाहकार की भूमिका निभाती है।

खाद्य् पदार्थो की गुणवत्ता विनियमित करने वाले कानून देश में सन् 1899 से लागू हैं। सन् 1954 तक कई राज्यों ने इसके लिए अपने कानून बनाए थे लेकिन नियमों और खाद्य् पदार्थो के विनिर्देशों में काफी अन्तर होने के कारण व्यापार में बाधाएँ आती थी। सन् 1937 में भारत सरकार ने केन्द्रीय सलाहकार बोर्ड का गठन किया और सन् 1943 में खाद्य् अपमिश्रण समिति ने केन्द्रीय कानून बनाने की सिफारिश की थी। तदोपरांत् खाद्य् अपमिश्रण निवारक अधिनियम, 1954 बना। यह अधिनियम 15 जून सन् 1955 से लागू हुआ। इसके अनुसार, "वह खाद्य पदार्थ जिसकी उपस्थिति से भोजन, स्वास्थ्य के लिए हानिकारक हो जाता है, अपमिश्रक कहलाता है।" खाद्य पदार्थ निवारण अधिनियम 1954 के अन्तर्गत् कृत्रिम रंगों का उपयोग अवैध घोषित हो चुका है परन्तु दुकानदार ग्राहकों की रूचि को बतलाकर सस्ते एवं घातक रंग तथा सुगन्धित रसायनों को मिला कर बेचते हैं।

उदाहरण – 1 : मिठाइयों की दुकानों में लड्डू में मोहनिल ऐलो, लाल रंग के लिए क्रोमेट तथा अन्य वस्तुओं में रोजामाइन, ओरामाइन, सूडान 3-4, औरैंज-4, मैलाचाइट ग्रीन आदि हानिकारक रंगों का प्रयोग अधिकता से किया जा रहा है। मोहनिल एलों से कैंसर, सूडानी रंगों से गुर्दे तथा यकृत के असाध्य रोगों के होने की सम्भावना सदैव बनी रहती है।

उदाहरण – 2 : चाइनीज फास्ट फूड खाद्य पदार्थ में अजीनोंमोटो या सोडियम मोनोग्लूटामेट नामक रसायन से एक विशेष प्रकार के स्वाद की अनुभूति होती है। इस तरह के खाद्य पदार्थों के अधिक सेवन से उल्टी, चक्कर, सिरदर्द, पेट की खराबी, माइग्रेन इत्यादि की शिकायत हो सकती है।

उदाहरण – 3 : महानगरों से लेकर गाँव की गलियों और नुक्कड़ों में बिकने वाली दालें अक्सर खेसरी मिश्रित होती हैं। खेसरी दालों में बीटा आक्सिल, एमीनों ऐलाइन और ब्लाइक्सो एसिड इत्यादि खतरनाक रसायन पाए जाते हैं। इस दाल को खाने से बच्चों की हड्डियाँ टेढ़ी हो जाती हैं। लकवा, जैसी बीमारियाँ हो सकती हैं और पेट बाहर निकल आता है। ज्यादा दिन तक मिलावटी दाल के इस्तेमाल से लेटरिज्म जैसी भयंकर बीमारी हो जाती है।

उदाहरण – 4 : हल्दी में मेटानिल और पीला रंग मिलाया जाता है। इस मिलावटी हल्दी के सेवन से प्रजनन क्षमता पर बुरा प्रभाव पड़ता है। कभी-कभी प्रजनन क्षमता खत्म हो जाती है। मिर्च और गरम मसाले में कॉपर सल्फेट का धड़ल्ले से प्रयोग हो रहा है, जिससे अल्सर जैसी जानलेवा बीमारी हो सकती है।

उदाहरण – 5 : भारतीय बाजारों में बिक रही खुली चाय की पत्ती में चमड़े का चूर्ण और पॉलिश चूर्ण की मिलावट की जा रही है। इस मिलावटी चाय के सेवन से आँखों की रोशनी जा सकती है।

उदाहरण – 6 : कई बार ऐसा भी देखा गया है कि सभी प्रकार की सावधानियों को बरतने के बावजूद हाथ पैरों की नसों में भयंकर दर्द की अनुभूति होती है। दरअसल तेल के साथ में आक्सीमोनिया और नागफनी के बीज पीस कर मिला दिए जाते हैं जिससे ड्रॉप्सी नामक बीमारी हो सकती है या टाइरामिन नामक रसायन के कारण ऐसा होता है। यह रसायन शराब, काफी, चॉकलेट, पनीर, चेरी, कलेजी, बीन इत्यादि में पाया जाता है।

खण्ड छः

प्रतियोगिता मंच

मॉडल टेस्ट पेपर–1

1. निम्न में से कौन राष्ट्रीय खाद्यान्न सुरक्षा मिशनों में सम्मिलित नहीं है?

   (अ) तिलहन (ब) गेहूँ

   (स) चावल (द) दलहन

2. विभिन्न खाद्य् पदार्थों को समान पोषक मानने वाले खाद्य् पदार्थों को एक साथ रखने पर प्राप्त समूह को कहते हैं।

   (अ) आहारिक खाद्य् वर्ग (ब) आधरिक खाद्य् वर्ग

   (स) सन्तुलित खाद्य् वर्ग (द) इनमें से कोई नहीं

3. सब्जियों को पकाने की सबसे अच्छी विधि है।

   (अ) भाप द्वारा (ब) उबाल द्वारा

   (स) तल कर (द) सभी

4. भोज्य पदार्थो को 11 खाद्य् वर्गो में किस वैज्ञानिक ने बाँटा है।

   (अ) एस. स्वमीनाथन् (ब) हरगोन्दि खुराना

   (स) कैरोलिन हण्ट (द) डॉ. ए. के उपाध्याय

5. मूलतः कितनी खाद्य् वर्ग योजनाओं का निर्माण किया गया है।

   (अ) चार (ब) पाँच

   (स) सात (द) ग्यारह

6. दूध की शुद्धता किस यंत्र से मापी जाती है।

(अ) मैनोमीटर (ब) हाइड्रोमीटर

(स) लैक्टोमीटर (द) फैदोमीटर

7. सब्जियों में हरे रंग का कारण है।

(अ) कैरोटीन (ब) क्लोरोफिल

(स) जैन्थोफिल (द) सभी से

8. काली गाजर, जामुन आदि में कौन सा वर्णक पाया जाता है।

(अ) कैरोटीन (ब) बीटा कैरोटीन

(स) एन्थोसायनिन (द) कोई नहीं

9. खाद्य संरक्षण का तरीका कौन सा नहीं है।

(अ) प्रशीतन (ब) खमीरीकरण

(स) निर्जलीकरण (द) ऑक्सीकरण

10. सामान्यतः फलों को डिब्बा बन्दी की जाती है।

(अ) शर्बत (ब) नमक के घोल में

(स) अम्ल में (द) कोई नहीं

11. शीत संग्राहारगार का तापक्रम होता है।

(अ) 0 - 10 फे. (ब) 0 - 20 फे.

(स) 0 - 30 फे. (द) 0 - 40 फे.

12. घरों के फ्रिज में किस ताप पर सब्जियाँ सुरक्षित रहती हैं,

(अ) 0 से. (ब) 4 से.

(स) - 2 से. (द) - 1से.

13. सबसे अच्छी जैली किस फल से बनती है

(अ) अमरूद (ब) आँवला

(स) केला (द) पेठा

14. निम्न फलों में से मुरब्बा बनाया जाता है।

(अ) गाजर (ब) आँवला

(स) पपीता (द) सभी

15. घरों में अचार बनाने में प्रयोग किया जाता है।

(अ) जल वाष्प का (ब) चीनी का घोल

(स) नमक का घोल (द) सभी तत्वों का घोल

16. केक बनाने में आटे को फुलाने के लिए किस तत्व प्रयोग होता है।

(अ) बेकिंग सोडा (ब) सोडियम कार्बोनेट

(स) कास्टिक सोडा (द) सोडियम बेंजोएट

17. निम्न में कौन सा पदार्थ खाद्य् संरक्षण में प्रयोग किया जाता है।

(अ) सोडियम बेंजोएट (ब) सोडियम कार्बोनेट

(स) कास्टिक सोडा (द) सोडियम एसिटेट

18. मक्खन को बेचने के लिए किस ताप पर रखते है।

(अ) 25 - 30 फे. (ब) 0 - 30 फे.

(स) 15 - 18 फे. (द) 2. 0 फे.

19. खाद्य् पदार्थ सड़ने वाले जीव की क्रिया किस ताप पर रुक जाती है

(अ) 40 फे. (ब) 45 फे.

(स) 50 फे. (द) 55 फे.

20. जैम बनाया जाता है।

(अ) चार चरणों में (ब) तीन चरणों में

(स) दो चरणों में (द) एक चरण में

21. डिब्बा बन्दी के समय रस भरी कितने समय तक गर्म जल में रहती है।

(अ) 16 से 17 मिनट (ब) 6 से 10 मिनट

(स) 11 से 15 मिनट (द) 20 मिनट

22. कौन सी वस्तुएँ नमक लगाकर सुखाकर संरक्षित रखी जाती हैं।
    (अ) चावल, दाल, दलिया (ब) मछली, आमचूर, इमली
    (स) आलू, परवल, टमाटर (द) इनमें से कोई नहीं

23. किस खाद्य् पदार्थ को नमक का प्रयोग कर अधिक समय तक सुरक्षित रखते है।
    (अ) जैम (ब) जैली
    (स) अचार (द) मुरब्बा

24. किस भोज्य पदार्थ का जैम अच्छा नहीं बनता है।
    (अ) काली गाजर (ब) रसभरी
    (स) अंजीर (द) आलू

25. घरेलू फ्रिज में पके केले, अंगूर, चीकू आदि फलों को किस ताप पर सुरक्षित रखा जा सकता है।
    (अ) 0 से. (ब) 0 से 4 से.
    (स) 5 से 8 से. (द) 10 से 15 से

26. जैली, मुरब्बा को सुरक्षित रखने के लिए किस अम्ल को मिलाया जाता है।
    (अ) साइट्रिक अम्ल (ब) एसिटिक अम्ल
    (स) टारट्रिक अम्ल (द) पॉमटिक अम्ल

27. निम्न में से किस जीवाणु समूह से केनिंग एवं बोटलिंग प्रक्रिया द्वारा संरक्षित भोज्य पदार्थ विषाक्त एवं जहरीला हो जाता है।
    (अ) साल्मोनेला समूह (ब) बोट्यूलिज्म समूह
    (स) स्टैफिलोकोक्साई (द) क्लाइस्ट्रीडियम समूह

28. घरों में अक्सर देखा जाता है कि रखी हुई रोटी, अचार आदि पर सफेद कोमल आवरण में कुछ जमा होता है। वह क्या है ?
    (अ) जीवाणु (ब) विषाणु
    (स) फफूँदी (द) कीटाणु

29. खमीरीकरण किन पदार्थों का किया जाता है।

(अ) खट्टे भोज्य पदार्थ (ब) शर्करा युक्त भोज्य पदार्थ

(स) नमक युक्त भोज्य पदार्थ (द) सभी भोज्य पदार्थ

30. खमीरीकरण के बाद अन्तिम उत्पाद बनते है।

(अ) एल्कोहल (ब) लैक्टिक अम्ल

(स) कार्बन (द) फार्मिक अम्ल

31. व्यापारिक स्तर पर खाद्य् पदार्थों को सुरक्षित रखने वाले कोल्ड स्टोर का तापमान होता है।

(अ) 0 से 32 फे. (ब) -18 से 0 से.

(स) अ + ब दोनों (द) कोई भी नहीं

32. भोज्य पदार्थ में उपस्थित............की मात्रा को कम करने की प्रक्रिया निर्जलीकरण कहलाती है।

(अ) पानी (ब) खनिज तत्व

(स) विटामिन (द) स्टार्च

33. ताप के प्रति कौन सा विटामिन अधिक संवेदनशील होता है।

(अ) विटामिन ए (ब) विटामिन बी1

(स) विटामिन सी (द) ये सभी

34. विटामिन $बी_2$ नहीं पाया जाता है।

(अ) मछली (ब) सेब

(स) दूध का पाउडर (द) दूध

35. किस भोज्य पदार्थ से सबसे अधिक ऊर्जा मिलती है।

(अ) कार्बोहाइड्रेट (ब) विटामिन

(स) प्रोटीन (द) वसा

36. खेसरी की दाल खाने से कौन रोग जन्म लेता है।

(अ) लकवा (ब)फ्लूरोसिस

(स) सिरोसिस (द) सभी

37. विश्व स्वास्थ्य संगठन की स्थापना हुई

(अ) 7 अप्रैल 1948 (ब) 3 अप्रैल 1953

(स) 19 जुलाई 1977 (द) 25 जनवरी 1962

38. शरीर की वृद्धि करने वाले पदार्थ होते हैं

(जल) (ब) वसा

(स) प्रोटीन (द) रोटी

39. आयोडीन के प्राणिज साधन हैं

(अ) मछलियाँ (ब) माँस

(स) अण्डा (द) दूध

40. ऊष्मा और शक्ति देने वाला पदार्थ है

(अ) वसा (ब) विटामिन

(स) कार्बोज (द) लोहा

41. शरीर के आन्तिरिक क्रियाओं को नियन्त्रित करने वाले पदार्थ हैं

(अ) खनिज लवण (ब) विटामिन

(स) प्रोटीन (द) सभी

42. प्राणिज भोज्य पदार्थों और वानस्पतिक भोज्य पदार्थों द्वारा प्राप्त होता है।

(अ) खनिज लवण (ब) वसा

(स) प्रोटीन (द) विटामिन

43. वैसलीन बनाने में प्रयुक्त होता है

(अ) कॉपर ऑक्साइड (ब) जिंक ऑक्साइड

(स) सिल्वर ऑक्साइड (द) सोडियम ऑक्साइड

44. जैम बनाने में प्रयुक्त होता है

(अ) पूरा पका फल (ब) अधपके फल

(स) कच्चा फल (द) सूखा फल

45. कृत्रिम रेशे के निर्माण में सर्वप्रथम उपयोग किया गया पदार्थ है।

(अ) सेल्यूलोज नाइट्रेट (ब) सेल्यूलोज सल्फेट

(स) सेल्यूलोज ऐसीटेट (द) सुपर पॉली ऐमाइड

46. घरों में मच्छर भगाने के लिए प्रयोग होने वाली मैट में किस धातु का प्रयोग किया जाता है।

(अ) FeS (ब) Cu_2S

(स) $FeS + Cu_2S$ (द) सभी

47. दूध एक उदाहरण है

(अ) झाग (ब) पायस

(स) जैल (द) जैली

48. सबसे अधिक प्रोटीन मिलती है

(अ) दालों में (ब) दूध में

(स) हरी सब्जियो में (द) वसा में

49. लैक्टोमीटर कार्य करता है

(अ) दूध की शुद्धता मापने के लिए (ब) गैसीय शुद्धता मापने के लिए

(स) ध्वनि तरंगों की जाँच के लिए (द) वसा की शुद्धता मापने के लिए

50. कच्चे फलों का खट्टा स्वाद किसके उच्च सान्द्रता के कारण होता है।

(अ) फिनोइक यौगिकों के (ब) स्टार्च की अधिकता से

(स) ऑर्गेनिक अम्ल के कारण (द) इनमें से कोई नहीं

51. सोडियम ग्लूटामेट निम्न में से किसका रासायनिक नाम है

(अ) नमक (ब) हल्दी

(स) आजीनोमोटो (द) जीरा

52. सामान्य खाद्य् पदार्थ जैसे आटा, सूजी, तेल, दूध का मानकीकरण और बाजारीकरण निम्न चिन्ह के तहत होता है।

(अ) एगमार्क (ब) आई.एस.आई.

(ग) एफ.पी.ओ. (द) बीपीओ

53. विटामिन राबोफ्लोविन इसमें नहीं पाया जाता है।

(अ) मछली (ब) सेव

(स) दूध का पाउडर (द) खमीर

54. फलों एवं सब्जियों में लाल रंग निम्न कणों की उपस्थित के कारण होता है

(अ) फ्लेविन एवं फ्लेविनोयड (ब)क्लोरोफिल एवं जेन्थोफिल

(स) एन्थोसायनिन (द) उपरोक्त सभी सत्य हैं

55. प्रोटीन तथा ऊर्जा की संयुक्त कमी से हो जाता है।

(अ) क्वाशिरकर (ब) मिरेस्मस

(स) ऑस्टियोमलेशिया (द) किरेटोमलेशिया

56. प्रोटीन एक कार्बनिक यौगिक है, जो बना होता है।

(अ) सल्फर (ब) नाइट्रोजन

(स) अमीनो अम्ल (द) कोई नहीं

57. निम्न में से कौन सा सामान्य रूप से भोज्य पदार्थों में मिलावट के लिए मिलाया जाता है।

(अ) पपीते के बीज (ब) लकड़ी का बुरादा

(स) जल (द) उपरोक्त सभी

58. आवश्यक वसीय अम्ल निम्न विटामिनों के अवशोषण में सहायक हैं।

(अ) A B C D (ब) A B C D E

(स) A D E K (द) सभी

59. केक या ब्रेड बनाने में कौन सा फुलाने वाला तत्व प्रयोग होता है।

(अ) $NaHCO_3$ (ब) $NaCO_3$

(स) NaOH (द) कोई नहीं

60. निम्न में सामान्यतर कौन सा संतुलन आहार के लिए आवश्यक नहीं है।

(अ) फल व सब्जी (ब) सलाद

(स) दालें (द) चाय

61. अण्डे में सभी पोषक तत्व होते हैं, इसे छोड़ कर

(अ) एविडिन (ब) विटामिन $बी_2$

(स) कार्बोज (द) सभी

62. शरीर में ग्लाइकोजन संग्रहित होता है।

(अ) यकृत (ब) माँसपेशियाँ

(स) अ + ब (द) कोई नहीं

63. दूध को पास्चुराईस निम्न के लिए के लिए किया जाता है।

(अ) दूध की सुरक्षा के लिए (ब) क्रीम निकालने के लिए

(स) खमीरीकरण करने के लिए (द) विटामिन बढ़ाने के लिए

64. निम्न में से कौन सा कथन सही है।

(अ) विटामिन सी रिकेट्स होने से रोकता है।

(ब) विटामिन डी चोट ठीक करता है ।

(स) विटामिन के खून को जमाने के लिए आवश्यक है।

(द) विटामिन ई रतौंधी होने से बचाता है।

65. इनमें से कौन सा पदार्थ खाद्य् संरक्षण में प्रयोग किया जाता है ?

(अ) सोडियम बेनजोएट (ब) सोडियम कार्बोनेट

(स) सोडियम क्लोराइड (द) सोडियम एसिटेट

66. सबसे अधिक स्टार्च पाया जाता है।

(अ) आलू (ब) मूली

(स) गाजर (द) टमाटर

67. खाना पकाने की क्रिया में कौन सा तत्व बदलता है।

(अ) मॉड (ब) डेक्सट्रिन

(स) सैलुलोज (द) सभी

68. जैम में फल व जल का कितना कितना भाग होता है।

(अ) 10 : 90 (ब) 20 : 80

(स) 35 : 65 (द) 45 : 55

69. मार्गरीन में कितने प्रतिशत वसा होनी चाहिए।

(अ) 60 % (ब) 70 %

(स) 80 % (द) 85%

70. भारत में आई. एस. आई. द्वारा प्रमाणित करने का कार्यक्रम कब से चलाया जा रहा है।

(अ) सन् 1959 (ब) सन् 1957

(स) सन् 1955 (द) सन् 1952

71. भारत में फल उत्पादक कानून कब से लागू है।

(अ) सन 1946 (ब) सन 1947

(स) सन 1949 (द) सन 1951

72. भारत सरकार में खाद्य् अधिनियम कब से प्रभावी है।

(अ) 1 जून सन 1955 (ब) 10 जून 1956

(स) 1 अप्रेल सन 1955 (द) 12 जून 1948

73. F A O का पूरा नाम क्या है।

(अ) फूड एण्ड एग्रीकल्चर ऑर्गनाइजेशन (ब)फाइनेंस एडमिनिस्ट्रेशन संघ

(स) फीमेल आर्मी ऑर्गनाइजेशन (द) उपर्युक्त सभी

74. आहार में प्रयोग होने वाली दालचीनी प्रमुख रूप से प्राप्त होती है।

(अ) पेड़ की छाल से (ब) भूमिगत तने से

(स) वृक्ष की कली से (द) कृत्रिम बनाई जाती है।

75. प्रतिदिन खाने में प्रयोग किए जाने वाले आलू और अदरख क्या हैं

(अ) भूमिगत तना (ब) अपस्थानिक जड़े

(स) झाड़ी के फूल (द) वृक्ष के फल हैं

76. लौंग और हींग पौधे से किस रूप में प्राप्त किए जाते हैं।

(अ) कली व गोंद (ब) गोंद व कली

(स) कली (द) केवल गोंद

77. खाने में प्रयोग की जाने वाली धनियाँ पौधे के किस भाग से मिलती है।

(अ) फल (ब) फूल

(स) पत्ती (द) तना

78. केन्द्रीय खाद्य् तकनीकि अनुसंधान संस्थान कहाँ पर है

(अ) मैसूर (ब) हैदराबाद

(स) लखनऊ (द) शिमला

79. Reginal Food Research Analysis Center कहाँ है।

(अ) कानपुर (ब) लखनऊ

(स) गोरखपुर (द) इटावा

80. मानव द्वारा सर्वप्रथम प्रयुक्त अनाज कौन सा है।

(अ) गेहूँ (ब) चावल

(स) जौ (द) मक्का

81. दूध के बाद किसको पूर्ण आहार कहा जाता है।

(अ) फलों को (ब) हरी सब्जियों को

(स) सेब (द) अण्डा

82. गेहूँ में पायी जाने वाली प्रोटीन क्या कहलाती है।

(अ) नायसीन (ब) थ्रियोनायन

(स) ग्लूटिन (द) सभी

83. लैक्टोज किसमें पाया जाता है।

(अ) गेहूँ (ब) अण्डा

(स) दूध (द) फल

84. वसा की कमी से कौन सा रोग हो जाता है।

(अ) मधुमेह (ब) फ्राइनोडर्मा

(स) ओबेसिटी (द) पोलियो

85. ऊर्जा संग्रह का सबसे उत्तम साधन क्या है।

(अ) वसा (ब) प्रोटीन

(स) कार्बोज (द) सभी

86. दैनिक आहार में खाद्यान्न की मात्र होनी चाहिए।

(अ) 100ग्राम (ब) 200 ग्राम

(स) 300 ग्राम (द) 350 ग्राम

87. हींग जल में .... है।

(अ) घुलनशील (ब) अघुलनशील

(स) रवेदार (द) कोई नहीं

88. गीले ब्लोटिंग पेपर से किसका परीक्षण करते हैं।

(अ) चाय की पत्ती का (ब) तुलसी की पत्ती का

(स) काली मिर्च का (द) सभी का

89. मिलावटी दाल की जाँच के लिए हाइड्रोक्लोरिक अम्ल के साथ गर्म करने पर गुलाबी रंग का अवक्षेप आता है, तब इसमें मिली हुई है –

(अ) केखरी की दाल (ब) मूँग के दानें

(स) इनमें से कोई नहीं (द) दोनों सत्य हैं

90. गुड़ को हाइड्रोक्लोरिक अम्ल के साथ गर्म करने पर मेजेन्टा लाल रंग आता है, इसमें किस पदार्थ के मिले होने की सम्भावना है –

(अ) मेटानिल यलो (ब) सूडानी ओरेंज

(स) आर्जीमोन (द) सभी

91. सरसों के तेल में नाइट्रिक करें लगभग 5 मिनट तक गर्म करने पर यदि लाल रंग आए तो मिलावट होने की सम्भावना है।

(अ) सूर्यमुखी का तेल (ब) आर्जिमोन का तेल

(स) मूँगफली का तेल (द) अरण्डी का तेल

92. कॉर्डियल्स तैयार किए जाते हैं।

(अ) नीबू प्रजाति के फलों से (ब) अमरूद की प्रजाति के फल

(स) आम के फलों से (द) कटहल के फलों से

93. आहार संसाधन संगठन सन् 1955 के अनुसार स्क्वैश में पाया जाता है –

(अ) 25 : रस + 40 : ठोस (ब) 35 : रस + 40 : ठोस

(स) 25 : रस + 50 : ठोस (द) 55 : रस + 45 : ठोस

94. मारमालेड बनाए जाते हैं –

(अ) खट्टे फलों से (ब) मीठे फलों से

(स) कच्चे आम के फल से (द) अधपके फलों से

95. स्क्वैश को संरक्षित रखने के लिए सल्फर डाई ऑक्साइड की कितनी मात्रा प्रति किलोग्राम मिलाई जाती है।

(अ) 350 PPM (ब) 450 PPM

(स) 550 PPM (द) 650 PPM

96. मीट व मछली के परिरक्षण में उपयोग किया जाता है।

(अ) नाइट्रेट अम्ल (ब) सर्बिक अम्ल

(स) सोडियम क्लोराइड (द) सभी

97. निम्न में से कौन सा पदार्थ शहद की गन्ध वाला होता है।

(अ) एमाइल ब्यूरेट (ब) मिथाइल एन्थ्रानिलेट

(स) टोलेल्डिहाइड (द) इमाइल वैलरेट

98. प्राकृतिक रूप से पाए जाने वाले एमल्सीफायर का प्रमुख तत्व है।

(अ) मोनोग्लसराइड (ब) डाईग्लिसराइड

(स) लेसीथिन (द) सभी

99. वे रसायन जो खाद्य् पदार्थों में सुरक्षा, स्वाद एवं सुगन्ध के लिए मिलाए जाते हैं।

(अ) खाद्य् संयोज्य (ब) जंक फूड

(स) खमीर (द) जलयोज्य भोजन

100. बच्चों की प्रिय चाकलेट स्वास्थ्य की दृष्टि से होती है।

(अ) लाभदायक (ब) हानिकारक

(स) स्वास्थ पर कोई प्रभाव नहीं पड़ता (द) इनमें से कोई नहीं

101. राष्ट्रीय पोषण सप्ताह निम्न में से कब मनाया जाता है -

(अ) 1 से 7 सितम्बर (ब) 7 से 14 सितम्बर

(स) 14 से 21 सितम्बर (द) 21 से 28 सितम्बर

102. राष्ट्रीय स्तर पर कृषि विपणन सहकारिताओं का शीर्ष संगठन है

(अ) FCI (ब) NAFED

(स) नेशनल कोऑपरेटिव यूनियन (द) भारतीय कृषि परिषद

103. चन्द्रशेखर आजाद कृषि और तकनीकि विश्वविद्यालय के वैज्ञानिकों ने एक पदार्थ बनाया है जो दलहनी फसलों के पुष्पों के झड़ने के प्रतिशत को कम कर सकता है, ताकि दालों का उत्पादन बढ़ सके। यह कौन सा पदार्थ है

(अ) एक कीटनाशी जिसे TIVA कहते हैं।

(ब) एक उर्वरक जिसे TIVA कहते हैं।

(स) एक पोषक मिश्रण जिसे TIVA कहते हैं।

(द) एक वृद्धि हार्मोन जिसे TIVA कहते हैं।

104. FAO का मुख्यालय किस देश में स्थित है

(अ) रोम (ब) इटली

(स) स्पेन (द) फ्राँस

105. विश्व का सबसे बड़ा मेगा फूड़ पार्क कहाँ स्थापित किया जा रहा है।

(अ) इग्लैण्ड (ब) अमेरिका

(स) रूस (द) भारत

106. भारत के किस नगर में सबसे बड़ा मेगा फूड़ पार्क स्थापित किया जा रहा है।

(अ) हरिद्वार (ब) नयी दिल्ली

(स) चैन्नई (द) हैदराबाद

107. उत्तर प्रदेश के किस स्थान पर मेगा फूड़ पार्क बनाया जाएगा

(अ) लखनऊ (ब) रायबरेली

(स) गोरखपुर (द) इलाहाबाद

108. मस्तिष्क में पाए जाने वाले लिपिड़ का नाम है ।

(अ) फॉस्फोलिपिड़ (ब) ग्लाइकोलिपिड़

(स) सल्फोलिपिड़ (द) ये सभी

109. शरीर में वसा का स्थानान्तरण किस रूप में होता है।

(अ) लाइपोप्रोटीन (ब) ग्लाइकोप्रोटीन

(स) सल्फोप्रोटीन (द) इनमें से कोई नहीं

110. निम्न में से किस तत्व में नाइट्रोजन नहीं पाया जाता है।

(अ) प्रोटीन (ब) वसा

(स) काइटिन प्रोटीन (द) कोई नहीं

111. दुर्घटना के दौरान रक्त बहने पर रक्त को जमने के लिए किस प्रोटीन की आवश्यकता पड़ती है।

(अ) फइब्रिन (ब) ग्लूटिन

(स) हीम प्रोटीन (द) ग्लाइकोलिपिड़

112. फफूँदी में कौन सा विटामिन सबसे अधिक पाया जाता है।
(अ) विटामिन ए (ब) विटामिन सी
(स) विटामिन डी (द) कोई नहीं

113. निम्न में से कौन सा विटामिन वनस्पतियों में पूर्णतः अनुपस्थित होता है।
(अ) विटामिन ए (ब) विटामिन $बी_1$
(स) विटामिन डी (द) विटामिन सी

114. शरीर से मूत्र में सोडियम उत्सर्जित होने लगता है, इस रोग को कहते हैं
(अ) एडीसन्स रोग (ब) हाइपोनेट्रेमियाँ रोग
(स) हाथीपाँव रोग (द) टाइफाइड़ रोग

115. शिशु पोषण के लिए निम्न में से कौन सा दूध उपयुक्त नहीं है।
(अ) वाष्पित दूध (ब) माँ का दूध
(स) गाय का दूध (द) माल्टेड दूध

116. निम्न में से किस दूध को हृदय रोगियों के लिए अच्छा माना जाता है।
(अ) संघनित दूध (ब) सप्रेटा दूध
(स) फिल्ड दूध (द) परिष्कृत दूध

117. विश्व में सेबों का सर्वाधिक उत्पादन वाला देश है।
(अ) संयुक्त राज्य अमेरिका (ब) रूस
(स) भारत (द) चीन

118. निम्न में से किसे लौंग का द्वीप के नाम से जाना जाता है।
(अ) क्यूबा (ब) जंजीबार
(स) मेडागास्कर (द) इण्डोनेशिया

119. भोजन पकाते समय अधिकतम् होने वाला पदार्थ है।
(अ) वसा (ब) कार्बोहाइड्रेट
(स) प्रोटीन (द) विटामिन

120. रेफ्रिजरेटर में प्रशीतक का काम करने वाला द्रव है।
(अ) द्रव कार्बनडाईऑक्साइड (ब) द्रवीय नाइट्रोजन
(स) द्रवीय अमोनियाँ (द) अतिशीतल जल

121. ब्रेड बनाने में गुथा हुआ आटा निम्नलिखित के कारण उठता है।

(अ) पकाने की प्रक्रिया में ऊष्मा की क्रिया से।

(ब) गुथे हुए आटे में केशिका की क्रिया से।

(स) गुथने के काम में लाए जाने वाले पानी का वाष्पीकरण से।

(द) किण्डवन प्रक्रम के दौरान बनने वाली कार्बन डाईऑक्साइड की मोचन क्रिया से।

122. चाय तथा कॉफी का मुख्य क्रियाशील घटक है।

(अ) निकोटीन (ब) क्लोरोफिल

(स) कैफीन (द) एस्परिन

उत्तर

1अ	2अ	3अ	4अ	5ब	6स	7ब	8स	9द
10अ	11स	12ब	13अ	14ब	15स	16अ	17अ	18ब
19अ	20स	21ब	22ब	23स	24द	25ब	26अ	27ब
28स	29ब	30अ	31स	32अ	33स	34द	35द	36अ
37अ	38स	39अ	40अ	41ब	42द	43ब	44अ	45अ
46ब	47ब	48अ	49अ	50स	51स	52अ	53अ	54स
55द	56स	57द	58स	59अ	60द	61स	62स	63अ
64अ	65अ	66अ	67ब	68द	69स	70द	71अ	72अ
73अ	74अ	75अ	76अ	77अ	78अ	79ब	80ब	81द
82स	83स	84ब	85अ	86स	87अ	88अ	89अ	90अ
91ब	92अ	93अ	94अ	95अ	96अ	97द	98स	99अ
100ब	101अ	102ब	103स	104अ	105द	106अ	107ब	108स,
109अ	110ब	111अ	112द	113स	114अ	115द	116ब	117अ
118ब	119द	120स	121द	122स				

मॉडल पेपर नं - 2

1. विटामिन होते हैं।

   (अ) अकार्बनिक यौगिक जिन्हें शरीर नहीं बना सकता

   (ब) अकार्बनिक यौगिक जिन्हें शरीर बना सकता

   (स) आवश्यक कार्बनिक यौगिक जिनका संश्लेषण शरीर में नहीं होता है।

   (द) शरीर में संश्लेषित होने वाले आवश्यक कार्बनिक अम्ल है।

2. निम्नलिखित खाद्य पदार्थ रेटिनॉल का सर्वोत्तम स्रोत है।

   (अ) दूध (ब) गाजर

   (स) पालक (द) ये सभी

3. एन्जाइम मूलतः क्या हैं

   (अ) कार्बोज (ब) प्रोटीन

   (स) वसा (द) विटामिन

4. प्रोटीन के पाचन में सहायक एन्जाइम है।

   (अ) यूरिएज (ब) सल्फेटेज

   (स) प्रोटिएज (द) ट्रिप्सिन

5. पोषक तत्वों का धारण अधिक होता है।

(अ) दाब द्वारा पकाने पर (ब) उबालने पर

(स) भूनने पर (द) तलने पर

6. दूध में किस पौष्टिक तत्वों का अभाव होता है।

(अ) लौह तत्व (ब) कैल्सियम

(स) प्रोटीन (द) विटामिन ए

7. मोटापा किसकी अधिकता से होता है।

(अ) प्रोटीन (ब) कैलौरीज

(स) वसा (द) विटामिन

8. फल तथा सब्जी अच्छे स्रोत होते हैं, निम्न में किसके –

(अ) खनिज लवण, प्रोटीन तथा वसा

(ब) कार्बोज, प्रोटीन तथा तेल

(स) खनिज लवण, विटामिन तथा रेशे

(द) वसा तथा तेल और विटामिन

9. खाद्य् पदार्थों के परिरक्षण हेतु निम्नलिखित में से कौन सा प्रयुक्त होता है।

(अ) सोडियम कार्बोनेट (ब) एसिटिलीन

(स) बेन्जोइक अम्ल (द) ये यभी

10. घरों में प्रयोग किए जाने वाले रेफ्रिजरेटर में थर्मोस्टेट का कार्य है

(अ) ताप को कम करना (ब) हिमायन ताप को बढ़ना

(स) गलनॉक को घटाना (द) एक समान ताप को बढ़ाए रखना

11. रेफ्रिजरेटर में खाद्य् पदार्थ को ताजा रखने हेतु सुरक्षित तापमान है।

(अ) 4 ^{0}C (ब) 8 ^{0}C

(स) 10 ^{0}C (द) 0 ^{0}C

12. निम्न कथनों पर विचार करिए –

कथन (A) : यदि फ्रीजर पर बर्फ एकत्रित होती है, तो रेफ्रिजरेटर में शीतलन बुरी तरह प्रभावित हो जाता है।

कारण (R) : बर्फ एक दुर्बल चालक है।

(अ) A और R दोनों सही हैं, A का स्पष्टीकरण R है।

(ब) A और R दोनों सही हैं, A का स्पष्टीकरण R नहीं है।

(स) A और R दोनों गलत हैं।

(द) A सही हैं परन्तु R गलत है।

13. मानव शरीर में विटामिन ए संचित रहता है।

(अ) यकृत (ब) आमाशय

(स) तिल्ली (द) उदर

14. निम्न में से सवंमित मच्छर के काटने से नहीं होता है।

(अ) मलेरिया (ब) प्लेग

(स) डेगू (द) पीत ज्वर

15. निम्नलिखित में से कौन स्कर्वी रोग के इलाज में उपयोगी है।

(अ) आम (ब) पपीता

(स) आँवला (द) बेर

16. निम्नलिखित में से किसका निर्माण हमारे शरीर में नहीं होता है।

(अ) विटामिन ए (ब) प्रोटीन

(स) एन्जाइम (द) हार्मोन

17. निम्न में से किन विटामिनों का संश्लेषण हमारे शरीर में होता है।

(अ) विटामिन ए एवं बी$_1$ (ब) विटामिन बी समूह और सी

(स) विटामिन डी एवं ई (द) विटामिन डी एवं के

18. दालों में किस अमीनों अम्ल का अभाव होता है

(अ) लासिन (ब) मिथियोनिन

(स) ल्यूसिन (द) ये सभी

19. सूची एक को सूची दो से मिलानकर सही उत्तर का चुनाव करें –

	सूची – 1	सूची – 2
A –	हार्मोन	1. लाइपेज
B –	एन्जाइम	2. टेस्टोस्टेरोन
C –	फॉस्फोलिपिड	3. लेसिथिन
D –	बहुलक	4. पालीइथीन

	A	B	C	D
(अ)	2	1	3	4
(ब)	4	1	2	3
(स)	2	3	4	1
(द)	1	2	3	4

20. सूची – 1 को सूची – 2 से मिलानकर कूट की सहायता से सही उत्तर का चुनाव करें –

सूची – 1	सूची – 2
A – लैक्टिक अम्ल	1. नीबू
B – एसिटिक अम्ल	2. दुर्गन्ध युक्त मक्खन
C – साइट्रिक अम्ल	3. दूध
D – ब्यूटाइरिक अम्ल	4. सिरिका

	A	B	C	D		A	B	C	D
(अ)	2	1	3	4	(ब)	3	4	1	2
(स)	2	3	4	1	(द)	3	4	2	1

21. शरीर के किस भाग में पित्त का निर्माण होता है।

(अ) यकृत (ब) पित्ताशय

(स) रक्त (द) गुर्दा

22. निम्नलिखित में से पित्त का स्रोत किसे माना जाता है।

(अ) पित्ताशय (ब) पित्तवाहिनी

(स) अग्न्याशय (द) यकृत

23. पित्त जमा होता है।

(अ) यकृत में (ब) पित्त की थैली में

(स) पित्तवाहिनी में (द) उपर्युक्त सभी में

24. निम्न में से पित्त किसके पाचन एवं अवशोषण में मदद करता है।

(अ) कार्बोज (ब) प्रोटीन

(स) विटामिन (द) वसा

25. पित्त की प्रकृति होती है।

(अ) अम्लीय (ब) क्षारीय

(स) उदासीन (द) इनमें से कोई नहीं

26. कौन सी विधि बच्चे के पोषण से सम्बन्धित नहीं है।

(अ) भोजन ग्रहण करना (ब) स्तन त्यज्य

(स) मलमूत्र नियन्त्रण (द) अध्ययन करना

27. किस प्रकार का रोग फफूँदी से फैलता है –

(अ) पेट सम्बन्धी (ब) नेत्र सम्बन्धी

(स) त्वचा सम्बन्धी (द) हड्डी का टेढ़ा होना

28. थायमिन है

(अ) विटामिन सी (ब) विटामिन $बी_6$

(स) विटामिन डी (द) विटामिन $बी_1$

29. मानव द्वारा सर्वप्रथम प्रयुक्त अनाज था

(अ) गेहूँ (ब) चावल

(स) जौ (द) बाजरा

30. वसा का अवशोषण होता है।

(अ) ग्रासनली (ब) छोटी आँत

(स) बड़ी आंत (द) आमाशय

31. लाइपेज एन्जाइम किस पदार्थ पर क्रिया करता है।

(अ) लौह तत्व (ब) शर्करा पर

(स) दुग्ध प्रोटीन (द) वसा व तेल पर

32. मलेरिया तथ डेंगू में निम्नलिखित में से क्या उभयनिष्ठ नहीं है।

(अ) बुखार (ब) मच्छर की काट

(स) मानव की जाति (द) मच्छर की जाति

33. सूची - 1 को सूची - 2 से मिलानकर कूट की सहायता से सही उत्तर का चुनाव करें -

सूची - 1	सूची - 2
A - मलेरिया	1. बोनमैरो
B - फाइलेरिया	2. मष्तिस्क ज्वर
C - इन्सफिलाइटिस	3. लसीका ग्रन्थियाँ
D - ल्यूकीमियाँ	4. रक्त कोशिकाएँ

	A	B	C	D
(अ)	4	3	2	1
(ब)	3	4	1	2
(स)	2	3	4	1
(द)	3	4	2	1

34. सूची - 1 को सूची - 2 से मिलानकर कूट की सहायता से सही उत्तर का चुनाव करें -

सूची - 1	सूची - 2
A - विश्व टी.बी दिवस	1. दिसम्बर 1
B - विश्व एड्स दिवस	2. जनवरी 30
C - कुष्ठ निवारण दिवस	3. सितम्बर 16
D - ओजोन दिवस	4. मार्च 26

	A	B	C	D
(अ)	2	1	3	4
(ब)	4	1	2	3
(स)	2	1	4	3
(द)	3	4	2	1

35. सूची - 1 को सूची - 2 से मिलानकर कूट की सहायता से सही उत्तर का चुनाव करें -

सूची - 1	सूची - 2
A - विश्व अल्प संख्यक दिवस	1. दिसम्बर 01
B - विश्व एड्स दिवस	2. नवम्बर 18
C - विश्व पशु दिवस	3. अक्टूबर 16
D - विश्व खाद्य् दिवस	4. अक्टूबर 03

	A	B	C	D
(अ)	2	1	3	4
(ब)	3	4	1	2
(स)	2	3	4	1
(द)	2	1	4	3

36. गोलकृमि से होने वाला रोग है।

(अ) फाइलेरिया (ब) मलेरिया

(स) गोनेरिया (द) ये सभी

37. सुअरों को मानव के घरों से दूर रखना किस रोग को दूर करने में सहायक है।

(अ) मलेरिया (ब) मोतीझरा

(स) टाइफाइड (द) जापानी इन्सिफिलाइटिस

38. निम्नलिखित में से कौन पौटेशियम की कमी से सम्बन्धित है।

(अ) गुर्दा क्षति तथा पेशीय लकवा (ब) निम्नरक्तचाप

(स) शरीर में खून की कमी (द) जोड़ो में दर्द तथा कमजोर नज़र

39. सूची - 1 को सूची - 2 से मिलानकर कूट की सहायता से सही उत्तर का चुनाव करें -

	सूची - 1	सूची - 2
A -	विटामिन बी $_{12}$	1. मैग्नीशियम
B -	हीमोग्लाबिन	2. कोबाल्ट
C -	क्लोरोफिल	3. ताँबा
D -	पीतल	4. लोहा

	A	B	C	D
(अ)	2	1	3	4
(ब)	2	4	1	3
(स)	1	2	3	4
(द)	2	1	4	3

40. सूची – 1 को सूची – 2 से मिलानकर कूट की सहायता से सही उत्तर का चुनाव करें –

सूची – 1	सूची – 2
। – अर्सेनिक – 74	1. थायरॉइड ग्रन्थि की सक्रियता
ठ – कोबाल्ट – 60	2. रक्त व्यतिक्रम
ब – आयोडीन – 131	3. ट्यूमर
क – सोडियम – 24	4. कैंसर

	A	B	C	D
(अ)	2	1	3	4
(ब)	3	4	2	1
(स)	3	4	1	2
(द)	2	1	4	3

41. निम्नलिखित में से किस विटामिन में कोबाल्ट पाया जाता है

(अ) विटामिन बी$_1$ (ब) विटामिन बी$_{12}$

(स) विटामिन बी$_6$ (द) ये सभी

42. शहद का मुख्य घटक है –

(अ) ग्लूकोस (ब) सुक्रोस

(स) माल्टोस (द) फ्रक्टोस

43. निम्नांकित में कौन – एक सुमेलित नहीं है।

(अ) अदरक – राइजोम (ब) केसर – बीज

(स) चाय – पत्तियाँ (द) हल्दी – तना

44. सूची - 1 का सूची - 2 से मिलान कर सही उत्तर चुने -

सूची - 1	सूची - 2
A - खट्टा दूध	1. मैलिक अम्ल
B - सिरका एवं अचार	2. कार्बोनिक अम्ल
C - सोड़ा वाटर एवं शीतल पेय	3. एसीटिक अम्ल
D - सेब एवं कच्चे फल	4. लैक्टिक अम्ल

	A	B	C	D
(अ)	1	2	3	4
(ब)	2	1	3	4
(स)	4	3	2	1
(द)	4	3	1	2

45. वनस्पतियों के उपयोगिता के आधार पर सूची - 1 का सूची - 2 से मिलान कर सही उत्तर चुने -

सूची - 1(वनस्पति)	सूची - 2 (उपयोग)
A - ब्रह्मी	1. मधुमेह प्रतिरोधी
B - सदाबहार	2. बातहर
C - पोदीना	3. कफोत्सारक
D - तुलसी	4. मस्तिष्क स्फूर्तिदायक

	A	B	C	D
(अ)	1	2	3	4
(ब)	2	1	3	4
(स)	4	1	2	3
(द)	4	3	2	1

46. घरेलू धूल में वह क्या है जो दमा पीड़ितों को परेशान करता है।

(अ) रसायन जो धूल में छिपे रहते हैं

(ब) धूल में मिल हुए अकार्बनिक कण

(स) धूल की नमी

(द) ये सभी

47. मच्छर मारने की दवा या क्वाइल में जहरीला पदार्थ होता है।

(अ) पाइरेनथ्रिन (ब) मैलाथियॉन

(स) कार्बनडाईऑक्साइड (द) इनमें से कोई नहीं

48. कच्चे फलों को पकाने के लिए कौन सा रसायन प्रयोग किया जाता है।

(अ) इथेफॉन (ब) एस्ट्राजिन

(स) आइसोप्रोटूरॉन (द) इनमें से कोई नहीं

49. कोलेस्ट्रॉल है, एक –

(अ) कीटनाशी (ब) कार्बोहाइड्रेट्स

(स) विटामिन डी (स्टेरॉइड) (द) एन्जाइम

50. हम हल्दी को पौधे के किस भाग से प्राप्त करते हैं ।

(अ) तना (ब) जड़

(स) फूल (द) फल

51. पीत क्रान्ति किस से सम्बन्धित है।

(अ) खाद्यान्न से (ब) मछली पालन से

(स) तिलहन के उत्पादन से (द) अण्डों के उत्पादन से

52. निम्नलिखित में से कौन लौह खनिज का अच्छा स्रोत है

(अ) गाजर (ब) मटर

(स) चावल (द) पालक

53. एक वयस्क व्यक्ति को प्रतिदिन कितने मि.ग्रा. लौह की आवश्यकता होती है।

(अ) 05 मिलीग्राम (ब) 10 मिलीग्राम

(स) 15 मिलीग्राम (द) 20 मिलीग्राम

54. सूची - 1 का सूची - 2 से मिलान कर सही उत्तर चुने -

सूची - 1	सूची - 2
A - मैरेस्मश	1. कई दिनो तक उपवास
B - क्वशरकॉर	2. प्रोटीन की कमी
C - टी.बी.	3. जीवाणु संक्रमण
D - हिपैटाइटिस	4. विषाणु संक्रमण

	A	B	C	D
(अ)	1	2	3	4
(ब)	2	1	3	4
(स)	4	1	2	3
(द)	4	3	2	1

55. मांसपेशियों में निम्नलिखित में से किसके एकत्र होने से थकान होती है।

(अ) बेन्जोइक अम्ल (ब) लैक्टिक अम्ल

(स) पाइरूविक अम्ल (द) इनमें से कोई नहीं

56. कथन और कारण के आधार पर सही उत्तर चुनें -

कथन (A) : यदि कोई व्यक्ति हरी सब्जियाँ खाना बन्द कर दे तो उसे रतौंधी रोग हो जाएगा।

कारण (R) : उस व्यक्ति में विटामिन ए की कमी हो जाएगी।

(अ) A एवं R दोनों सही हैं। R, A की सही व्याख्या है।

(ब) A एवं R दोनों सही हैं। R, A की सही व्याख्या नहीं है।

(स) A एवं R दोनों गलत हैं।

(द) A गलत हैं परन्तु R सही है।

57. रसोई घरों में प्रयोग होने वाली गैस, एक मिश्रण है।

(अ) ब्यूटेन एवं हाइड्रोजन का (ब) ब्यूटेन और ऑक्सीजन का
(स) ब्यूटेन तथा मेंथेन का (द) ब्यूटेन और प्रोपेन का

58. भारत के किस राज्य को मसालों का बागान कहा जाता है।

(अ) कर्नाटक (ब) केरल
(स) उत्तर प्रदेश (द) इनमें से कोई नहीं

59. बहुत अधिक पकाना और खाद्य् तेलों का बार-बार प्रयोग क्यों अवांछनीय है।

(अ) तेल के वाष्प से आन्तरिक प्रदूषण हो सकता है।
(ब) कैंसरजनक तत्व बैन्जपाइरीन पैदा होते हैं।
(स) भोजन के पोषक तत्वों में वृद्धि हो जाती है, जिससे वह पौष्टिक बनते हैं
(द) तेल अधिक लगता है और भोजन खराब पकता है।

60. गहरे तले हुए खाद्य् पदार्थ कैंसर जनक हो जाते हैं, क्योंकि उनमें अधिकता होती है -

(अ) पोषक तत्वों की (ब) प्रोटीन और कार्बोज की
(स) वसा या तेल की (द) खनिज तत्वों की

61. विटामिन बी$_6$ की कमी से पुरूष में हो जाता है

(अ) रिकेट्स (ब) स्कर्वी
(स) बेरी-बेरी (द) एनीमियाँ

62. निम्नलिखित में कौन विटामिन है।

(अ) केरोटिन (ब) राइबोफ्लाबिन
(स) इंसुलिन (द) बोन मैरो

63. मानव शरीर में वसा कहाँ जमा होती है।

(अ) त्वचा में (ब) वसीय ऊतकों में
(स) यकृत में (द) इनमें से कोई नहीं

64. निम्नलिखित में से कौन ऊर्जा प्रदान नहीं करता है।

(अ) वसा व तेल (ब) प्रोटीन

(स) विटामिन (द) कार्बोहाइड्रेट्स

65. मानव जठर में प्रोटीन पाचन के लिए उत्तरदायी अनुकूलतम् परिवेश है।

(अ) क्षारीय (ब) अम्लीय

(स) उदासीन (द) इनमें से कोई नहीं

66. विटामिन बी$_{12}$ का रासायनिक नाम क्या है।

(अ) थायमिन (ब) हीमोग्लोबिन

(स) रायबोफ्लेबिन (द) इनमें से कोई नहीं

67. विटामिन डी की कमी से होने वाले रोग रिकेट्स में शरीर का कौन सा अंग प्रभावित होता है।

(अ) त्वचा (ब) केश (बाल)

(स) अस्थि (द) रक्त

68. बच्चों की अस्थियाँ मुड़ जाती हैं, यदि कमी हो –

(अ) विटामिन ए की (ब) विटामिन सी की

(स) विटामिन डी की (द) विटामिन ई की

69. प्रातःकालीन धूप में शरीर में कौन सा विटामिन उत्पन्न होता है।

(अ) विटामिन बी समूह (ब) विटामिन ई

(स) विटामिन के (द) विटामिन डी

70. निम्न में से कौन सा विटामिन हमारे शरीर में अधिक तीव्रता से बनता है।

(अ) विटामिन डी (ब) विटामिन सी

(स) विटामिन बी 1 (द) विटामिन ई

71. सब्जियाँ जल्दी खराब हो जाती हैं क्योंकि उनमें अधिक मात्रा होती है –

(अ) सुक्रोज की (ब) जल की

(स) विटामिनों की (द) खनिज तत्वों की

72. दालें निम्न में से किसकी उत्तम स्रोत हैं –

(अ) कार्बोज (ब) प्रोटीन

(स) वसा (द) ये सभी

73. ग्लूकोज को इथाइल एल्कोहल में कौन सा इन्जाइम बदलता है।

(अ) इन्वर्टेज (ब) माल्टेज

(स) जाइमेज (द) इनमें से कोई नहीं

74. एन्जाइम होते हैं –

(अ) सूक्ष्मजीव (ब) प्रोटीन

(स) जीवाणु (द) फफूँदी

75. एन्जाइम क्या हैं –

(अ) स्टेरॉइड (ब) कार्बोहाइड्रेट्स

(स) लिपिड (द) प्रोटीन

76. एन्जाइम के प्रोटीन भाग को कहते हैं।

(अ) आइसोएन्जाइम (ब) होलोएन्जाइम

(स) एपोएन्जाइम (द) उपर्युक्त सभी

77. डायस्टेज एन्जाइम का स्रोत है।

(अ) लार ग्रन्थि (ब) आमाशय

(स) यकृत (द) अग्न्याशय

78. कौन – सा एन्जाइम प्रोटीन को पेप्टोन में बदलता है।

(अ) पेप्सिन (ब) ट्रिप्सिन

(स) इरेप्सिन (द) इन्टेरोकाइनेज

79. एन्जाइम मूल रूप में क्या होते हैं।

(अ) कार्बोहाइड्रेट्स (ब) विटामिन

(स) खनिज लवण (द) प्रोटीन

80. अग्न्याशय को पाचक रस के उत्पादन के लिए उत्तेजित करने वाला हारमोन निम्न में से कौन है।

(अ) रेनिन (ब) ट्रिप्सिन

(स) सिक्रिटिन (द) पेप्सिन

81. भोजन का पाचन कहाँ से शुरू होता है।

(अ) मुखगुहा से (ब) गले से

(स) आमाशय से (द) छोटी आँत से

82. पाचन में –

(अ) बड़े भोजन कण छोटे कणों में टूटते हैं।

(ब) अविसरणशील भोजन कण, विसरणशील घटकों में टूटते हैं।

(स) स्टार्च ग्लाइकोजन में बदलता है।

(द) अघुलनशील भोजन से जीवद्रव्य बनता है।

83. सर्वप्रथम भोजन को कुतरने का काम कौन से दाँत करते हैं।

(अ) कृन्तक (ब) रदनक

(स) चर्वणक (द) कोई भी सत्य नहीं है।

84. मानव के जीवन काल में दाँत कितनी बार निकलते हैं।

(अ) एक बार (ब) दो बार

(स) तीन बार (द) इनमें से कोई नहीं

85. बच्चों में दूध के दाँत कितने होते हैं।

(अ) 10 दाँत (ब) 20 दाँत

(स) 25 दाँत (द) 15 दाँत

86. मानव के दाँत को कहा जाता है –

(अ) एकबार दन्ती (ब) बहुबार दन्ती

(स) द्विबार दन्ती (द) इनमें से कोई नहीं

87. मानव जाति में सर्वप्रथम उगने वाले दाँतों को कहा जाता है।

(अ) दूध के दाँत (ब) अक्लदाढ़

(स) खाने के दाँत (द) दिखने के दाँत

88. मानव शरीर का सबसे कठोर भाग है।

(अ) अस्थि (ब) इनामेल

(स) नाखून (द) बाल

89. कठोर वस्तु को चीरने- ाड़ने का कार्य करने वाले दाँत होते हैं।

(अ) कृन्तक (ब) रदनक

(स) अग्रचर्वणक (द) दाढ़

90. मनुष्य के दाँत कितने प्रकार के होते हैं।

(अ) एक प्रकार के (ब) दो प्रकार के

(स) तीन प्रकार के (द) चार प्रकार के

91. आमाशय की संरचना होती है।

(अ) थैलीनुमा (ब) पाइपनुमा

(स) अगूँठीनुमा (द) इनमें से कोई नहीं

92. आमाशय का पेशीय संकुचन कहलाता है।

(अ) अवशोषण (ब) पाचन

(स) क्रमाकुंचनगति (द) सर्पिलाकारगति

93. मनुष्य के दाँतों का प्रमुख भाग होता है।

(अ) इनामेल (ब) किरैटिन

(स) सिक्रिटिन (द) डेन्टीन

94. वयस्क मानव में कौन से दाँत दूध के दाँत नहीं होते –

(अ) प्रचवर्णक अर्थात प्रीमोलर (ब) रदनक अर्थात कैनाइन

(स) चवर्णक अर्थात मोलर (द) कृन्तक अर्थात इन्साइजर

95. भोजन को निगलते समय भोजन को श्वासनाल में जाने से रोकने वाली संरचना है।

(अ) ग्रसनी (ब) होंठ

(स) घॉटीढापन (द) निगलद्वार

96. आमाशय में भोजन के जीवाणुओं और अन्य सूक्ष्मजीवों को कौन नष्ट करता है।

(अ) पेप्सिन (ब) पित्त

(स) श्लेष्म (द) हाइड्रोक्लोरिक अम्ल

97. आमाशय में अम्लीयता होती है।

(अ) 7 पी. एच (ब) 5 पी.एच.

(स) 3 पी. एच (द) इनमें से कोई नहीं

98. आमाशय में हाइड्रोक्लोरिक अम्ल का कार्य है।

(अ) भोजन में उपस्थित जीवाणुओं को नष्ट करना।

(ब) भोजन को ड्यूडनम के बाद छोटी आँत में भेजना।

(स) भोजन को तुरन्त नष्ट कर ग्लूकोस में बदल देना।

(द) उपर्युक्त सभी

99. आमाशय में भोजन का पाचन होता है।

(अ) अग्रभाग अर्थात काडियक में

(ब) मध्यभाग अर्थात आमाशयकाय में

(स) अंतिम भाग अर्थात पायलोरिक भाग में

(द) इनमें से कोई नहीं।

100. मनुष्य की जीभ के किस क्षेत्र तक कडुवाहट की संवेदना सीमित रहती है।

(अ) अगले भाग पर (ब) किनारों पर

(स) मध्य भाग पर (द) पिछले भाग पर

उत्तर

1. स	2. ब	3. ब	4. द	5. अ
6. अ	7. ब	8. स	9. स	10. द
11. अ	12. अ	13. अ	14. ब	15. स
16. अ	17. द	18. ब	19. अ	20. ब
21. अ	22. द	23. ब	24. द	25. ब
26. द	27. स	28. द	29. ब	30. ब
31. द	32. द	33. अ	34. ब	35. द
36. अ	37. द	38. अ	39. ब	40. स
41. ब	42. द	43. ब	44. स	45. स
46. ब	47. अ	48. अ	49. स	50. द
51. स	52. द	53. द	54. अ	55. ब
56. अ	57. द	58. ब	59. ब	60. स
61. द	62. ब	63. ब	64. स	65. ब
66. ब	67. स	68. स	69. द	70. अ
71. ब	72. ब	73. स	74. ब	75. द

76. स	77. द	78. अ	79. द	80. स
81. अ	82. ब	83. अ	84. ब	85. ब
86. स	87. अ	88. ब	89. ब	90. द
91. अ	92. स	93. द	94. स	95. स
96. द	97. स	98. अ	99. स	100. द

स्मरणीय बिन्दु

13. गहरे तले हुए खाद्य् पदार्थ कैंसर जनक होते हैं क्योंकि उनमें वसा या तेल की अधिकता हो जाती है। खाद्य् तेलों में उपस्थित ट्रॉसफेट कैंसर के कारक हो सकते हैं अथवा भोजन को बार-बार वसा या तेल में पकाकर खाने से कैंसर हो सकता है क्योंकि इससे कैंसरजनी पदार्थ बेन्जापाइरीन का निर्माण होता है।
14. मानव जठर में प्रोटीन का पाचन अम्लीय माध्यम में होता है।
15. एन्जाइम मूलरूप से प्रोटीन के बने होते हैं।
16. अग्न्याशय को पाचक रस के लिए उत्पादन के लिए उत्तेजित करने वाला हार्मोन सिक्रिटिन है, जिसके फलस्वरूप अग्न्याशय से पाँच एन्जाइम (एमाइलेस, ट्रिप्सिन, लाइपेज, माल्टेस एवं रेनिन) अग्नयाशयी रस का स्रावण करते हैं।